追訪
建文帝
流亡遺跡

▲這張地圖上，暗藏著建文帝千里逃亡的美麗傳說：潔庵禪師住持的「閩侯雪峰寺」，相傳曾為建文帝藏身處；「支提寺」珍藏著五爪金龍袈裟；「鄭岐村」為建文帝從亡大臣鄭洽潛伏之地；「上金貝」則發現疑似建文帝墓葬所在。

上金貝神秘古墓

二〇〇八年，福建寧德上金貝村的山腳下發現了一座神秘古墓，因其格局特殊，隱含明初皇家氣派，有考古學家與史家推測，或為明建文帝陵。

◀古墓墓手的「閉嘴龍」龍形石刻（左），與明孝陵（洪武帝陵）享殿三台基的龍刻（右）極為相似。

▼此墓採墓塔混搭，體現墓主人僧俗兩界的雙重身分；五級台階和九級墓埕，顯示九五之尊之數；前方的石柱拜亭，為明初宮廷「王」的規制。

▲墓中舍利塔。上方碑文刻有「御賜金襴佛日圓明大師第三代滄海珠禪師之塔」；中層須彌座上有橫向如意雲花紋，其下為蓮花基座。如意雲和蓮花圖飾在明初為皇室成員所享用。

建文帝避難鄭義門

位於浙江浦江縣的鄭義門，九世同居，孝義傳家，洪武帝賜頒「江南第一家」之匾。據明人史仲彬《致身錄》記載，建文帝出亡後，曾隨鄭洽隱居於鄭義門萬松嶺。

▲鄭義門昌三公祠，為紀念建文帝曾藏匿該村而建。

▲(左)昌三公祠正廳拜有「大明建文老佛」神位。
(右)老佛社裡供奉的「老佛爺」神像。

▲昌三公祠大門門板上，留存著一組二十幅明清時期木雕，講述的是建文帝自金川門破，焚宮出亡，到鄭義門避難被人告發，後倖免於難的故事。

江南第一家

二〇一〇年，浦江鄭義門「江南第一家」迎接失蹤六百年的八世祖鄭洽一族歸宗，百位族人舞起「板凳龍」一步一磕頭。「板凳龍」源自漢代的求雨習俗。

鄭岐村——建文從臣鄭洽隱居地

翰林待詔鄭洽隨建文帝出奔後，從此不知所蹤。據近人考證，鄭洽當時更名隱居於寧德漳灣鄭岐村，或許提供了建文由浙入閩的另一佐證？

1 鄭岐村雖位於福建，卻有與閩派民居迥然不同的格局。
2 鄭岐村前的「鄭宅井」，與鄭義門的「建文井」一脈相承。
3 鄭岐村鄭氏宗祠內也供奉有「老佛爺」。
4 古宅木柱上刻有「無益人言休著口，不干己事莫當真」等對聯，類似鄭義門《鄭氏規範》家訓；「九世同居孝義家」也和鄭義門「九世同居」相吻合。
5 鄭岐村《鄭氏宗譜》取名為《白麟譜》，與鄭義門前流經的白麟溪暗合。圖為現存於鄭義門的石碑。

徐皇后、鄭和與千尊鐵佛

永樂五年，徐皇后的臨終遺願是請鄭和以船艦運送千尊鐵佛到寧德支提寺供奉，這裡面是否藏著與朱家皇室有關的秘密？

▲永樂年間，海運發達，鄭和七次下西洋，其造船基地之一便位於福建寧德的三都澳。第一次回航後，僅隔十二天後又啟航，經史家推測，可能是急於將徐皇后下令鑄造的千尊鐵佛運至支提寺。

◀長樂顯應宮鄭和像。

▲支提寺千尊鐵佛存放處。

►支提寺現存947尊明代鐵佛，每尊高約33公分，重約20公斤，身上彩繪大多已剝落，或合掌或趺坐，神態各異，栩栩如生。

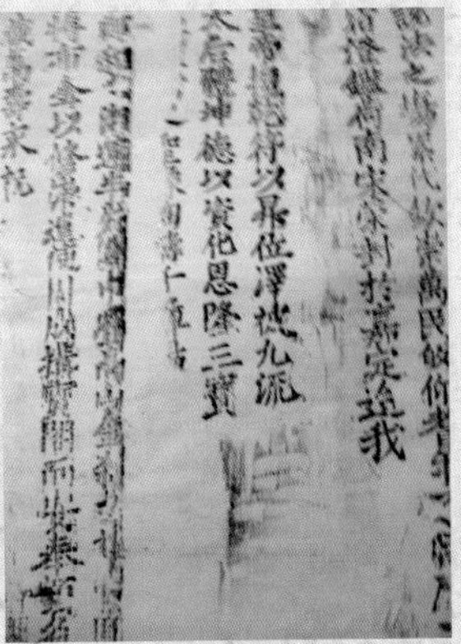

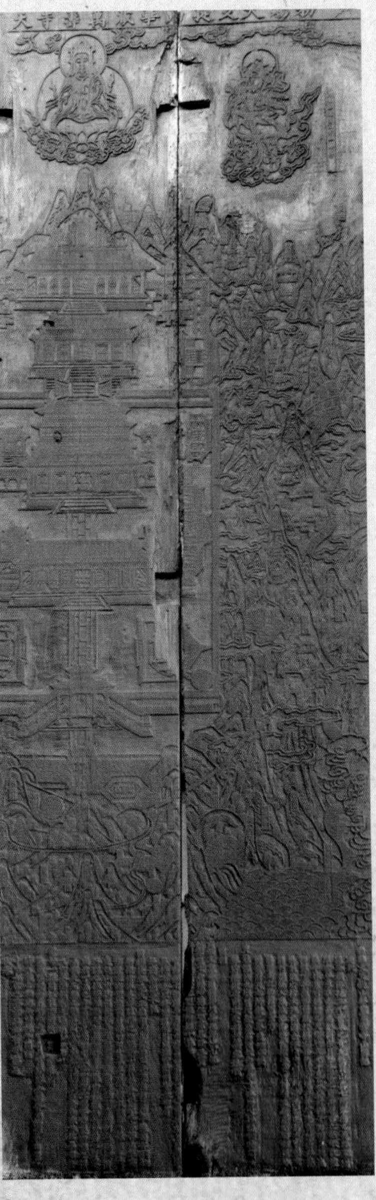

▶明代木刻「支提寺全圖」，正式名稱為「敕賜大支提山華藏萬壽寺山圖記」，高225公分，寬75公分，此文物已在支提寺珍存數百年，為鄭和運送千尊鐵佛到支提寺提供了證據。

▲木刻下方刻有「鄭和」、「仁孝皇太后體坤德以資化恩隆三寶」等文字拓片。

雲錦袈裟

支提寺現存一件明萬曆帝所賜的雲錦袈裟。據種種考證，這是一件與明初皇家有關的袈裟，這件袈裟的主人可能當過皇帝又當了和尚……

▲五爪金龍紫衣袈裟。展開後呈梯形，上寬216公分，下寬300公分，長108公分，因採用金、黃、紅錦緞，並具「五爪金龍」御用圖騰等元素，史家判斷此袈裟應為朱元璋賜給建文帝之物。

▲大量用金（右）、緙絲技術（中）、本色暗花（左），為明初永樂前南京雲錦技術的特徵。

王道劍

伍 王道無敵

上官鼎 著

目錄

【第二十四回】強弩神箭

應文捧起弓弩，先用心瞄準了標的，然後按照第四箭所試再略加修正，深吸一口氣後屏住氣息，穩住身心，隨即一放機簧。

呼的一聲，強弩發射了第五支箭，百步之外的燈籠應聲而熄。

朱泛和鄭芫同時爆出一聲彩：「大師父，好箭法！」

鄭芫和覺明師太回到佛堂時，章逸和朱泛都已到了室中，覺明師太對章逸比了個手勢，右手食指豎起彎了兩下，表示馬札已經死翹翹了。她暗自忖道：「馬札這廝去而復返，自以為神不知鬼不覺，卻不曉得我就隨時盯住那口井和我的地道。」

現在的問題是：馬札死了，有什麼後遺的麻煩？會不會為鄭義門帶來什麼災難？

鄭芫道：「朱泛讓鄭學士削髮給馬札認，這一招實在高明，我瞧那個元宵夜告密的人回去定要倒霉了。」應文大師父對鄭洽合十為禮道：「鄭洽為貧僧落髮做替身，實在罪過。」鄭洽合十回禮道：「大師父休要如此說，鄭洽暫時便以您『應岐』師弟的身分侍候您，反而方便。」

朱泛對著鄭芫笑道：「下次再有人來查，咱們大夥兒都削髮為僧，擾得他們一場糊塗。」鄭芫嗔道：「誇你一句，你就要翻天覆地亂搞。」

章逸皺著眉道：「原來乃是設計讓馬札撲個空，以告密者認錯人結案，可現在馬札送了命，他的部下等不著帶頭的，這該如何是好？」一時之間，大家陷入了沉思。

那應能和尚忽道：「馬札雖死，但對方永遠找不到他的屍體，也就是說他們永遠找不到是咱們動手殺了馬札的證據呀……」

應文大師父打斷道：「這一點師兄無須過慮，咱們這邊露面的只有你和鄭洽二人，憑你們兩人怎能殺死武藝高強的馬札？重點在於要讓對方以為馬札之所以消失，乃是別有原因，與這邊的事無關。錦衣衛對咱們這邊的情形已經一目瞭然：就是落了髮的鄭洽和他師兄應能在家鄉修行宏法罷了！」

大師父一言切中要害，大家都點頭稱是。那于安江道：「俺有一個主意，或許能達到大師父說的……」

鄭芫道：「于叔快講，你總是有好主意的！」于安江笑道：「承鍾靈女俠這般瞧得起，真不容易啊。俺的主意是叫廖魁把馬札的那匹馬牽到浦江城外江邊，尋個好所在，把馬給宰了，要讓馬札的手下發現後以為馬札遭仇人暗算，屍首可能跌入江中，隨溪水流到富春江去了。」

朱泛拍手道：「這主意好，馬札壞事做多了，江湖上仇人多的是，這下栽在高人手上，把他媽的連人帶馬都做掉了，這就跟咱們這邊扯不上關係了。魯烈知道了，不但不會再找這邊的碴，恐怕睡覺都睡不著了，他做的壞事可比馬札多一倍也不止，這就叫那個什麼……竹難書。」鄭芫道：「朱泛，你成語搞不清楚還要賣弄。」

章逸前後想了想，點頭道：「這主意要想矇混過關，恐怕有些一廂情願，但眼下別無他計，便值得一試。大師父，您說可好？」

應文大師父點頭道：「朱棣到處在搜尋貧僧的下落，咱們固然是隱姓埋名，步步為營，他們那邊卻也不敢明目張膽地宣揚要搜捕貧僧。只因朱棣已對天下宣稱建文已死，還以帝禮葬了建文，魯烈如明著要抓建文，豈不自相矛盾？是以他們也是遮遮掩掩，儘量暗中行動，避免把事鬧大。對貧僧而言，最重要的是不能牽累到鄭義門的無辜。」

章逸道：「大師父說得好，試想魯烈接到回報說建文帝並不在鄭義門，是告密者誤將鄭洽看成了建文，然後馬札又突然失蹤，他多半得要好好編個故事，在朱棣面前為這趟失敗的行動交代一個說法哩。」

于安江右拳打在左掌裡，冷冷地道：「章頭兒這話說得透徹，不愧是錦衣衛的高層大官，完全掌握了當官的心理。魯烈這廝不但不會張揚，反而會儘量把行動失敗的責任推給馬札，只因馬札不會說話了。大夥如無其他意見，俺這就去找廖魁辦事了。」他眼光投向一直沒說話的覺明師太，她好像沒有什麼意見，也沒有怎麼進入狀況，只搖了搖頭，又點了點頭道：「反正馬札在黑暗中永遠出不來了。」

眾人不十分明白她這句話有何深意，鄭芫卻覺得一股寒意從脊背涼下去，她隱隱覺得覺明師太一切的心思和關切，全部集中在回味如何把人鎖在她的機關中，讓他呼天不應喊地不靈，然後慢慢絕望而死。

于安江匆匆離席找廖魁辦事去了，佛堂中難得大夥兒齊聚，章逸便向應文道：「大師父，不論魯烈那邊反應如何，咱們要準備離開鄭義門了。只待方軍師他們回來，咱們就動身南遷。」

應文道：「方軍師他們去了已有兩個多月，照說應該回來了？」鄭芫也道：「傅翔臨走時曾告訴我，此去尋找長住久安之地，方軍師胸有成竹，只是要去實地勘查一番，兩個月內一定回來，不知為何迄今音訊全無？」

朱泛道：「話雖如此，其實也說不準，如果所勘查之地並不合適，他們三人便要繼續向南去看別的地點。大師父不需擔心，也不要心焦。」鄭芫忽然道：「完顏道長呢？道長從早到晚都不見蹤影，不知現在何處？」

章逸道：「道長聽說咱們這邊要演這場戲，便說不好玩不想參與，一個人到浦江縣城裡去喝酒了。待會回來時，正好帶回那十二個錦衣衛回到縣城後的消息。」

就在他們繼續談論未來計畫之際，廖魁和于安江已經把馬札那匹白馬拉到縣城外江邊宰掉了。宰馬對廖魁來說可謂輕而易舉，他在白馬倒地後，將馬血放完，便和于安江將那馬屍體弄成像是要害中劍，突然摔倒不起，流血不止而死，馬上的騎士被殺後跌入江裡，被江水沖向下游。

一切布置妥當了，廖魁拍拍手，掏出一塊布來揩汗，那于安江也掏出一條汗巾來，將右手食指用汗巾包了，蹲在地上蘸著馬血，在白馬身上寫了「血債」兩個大字，又在旁邊寫了「傅友德」三個較小的字。廖魁並不曉得傅友德和傅翔的關係，不禁大吃一驚，問道：「于指揮呀，你這是幹啥？」于安江道：「俺要教這些錦衣衛的傻蛋以為是傅友德的後人來報血仇了，包管把魯烈那個王八蛋嚇破膽。」

廖魁奇道：「穎國公傅友德的血債？那時候的錦衣衛首領好像是蔣瓛哩，又跟馬札、魯烈有啥牽扯？」于安江低聲道：「嚴格說起來，傅友德是給朱元璋逼死的。不錯，蔣瓛是那時候的錦衣衛頭頭，但穎國公自刎後，帶人去追殺傅家後人的是魯烈和馬札這兩個王八蛋。俺這麼用鮮血一寫，人人都會認為是傅友德的後人來報仇，要馬札和魯烈血債血還，如此一來，便沒有人會想到鄭義門這一邊了。」

廖魁道：「于指揮這栽贓的把戲玩得高啊，最重要的是把錦衣衛在鄭義門逮捕大師父認錯人的事，和馬札被殺的事切割開了，只不知傅家後人竟出了武功這麼厲害的人，這……魯烈信不信啊？」于安江微笑道：「他不信也得信。」心中卻暗道：「殺個馬札算什麼，傅翔啊，俺用你的名，請你包涵則個。」

8

地尊失蹤已經八、九個月了，連天尊也不知道他的行蹤。

旭日未出，霞光已經滿天，嵩山少室山的五乳峰在初現的曙光照射下，是一座暗藍色為底、金黃光為飾的美麗山峰。白雲繚繞的半山腰處只見到一線微曦，一個異常高瘦的人影從密林中緩緩走出來，他手提一隻瓦瓶，背上揹了一個用細麻繩織成的網袋，袋中裝滿了各種野果、野菜。

這位又高又瘦的怪人在無路的密林及山石之中行走，如履平地，走得雖不快，但平穩得有如冰上滑行，黑暗中乍看之下，幾乎人人都會以為遇到了鬼魂，冷冷的沒有聲音也沒有生命氣息。這人漸漸走近了，正是天竺武林的絕頂高手——地尊。

地尊走過一片石筍，停在一個小山洞前，這洞口對他的身材而言是小了一點，他必須彎下身來，先將瓦瓶及網袋放入洞內，然後一縮身如狸貓般進入山洞。

洞內倒是愈走愈寬敞，約行數十步，便到了盡頭，迎面是一面石壁，從洞口射入的光線到了此處，已經微弱到難以察覺，但在地尊眼中，仍然清清楚楚看到石壁上刻著一個比常人身軀還要高大的「禪」字。地尊斜著眼看了一下，那「禪」字筆畫入石三分，運筆一氣呵成，不知是如何刻上去的。地尊每次面對這個「禪」字，便要喃喃自問：「這字是用刀斧鑿的？還是以手為筆在壁上抓出來的？還是……」他始終無法想通，但有一事卻能肯定：「看起來達摩祖師至少也像我地尊這般高個兒。」

他十分熟練地在石壁下盤膝坐好，在右下角的石壁摸到一橫排文字，是用古梵文刻在壁上，說明如何啟動機關進入石洞。地尊最初發現這排文字時十分震驚，因為這種古梵文早已消失，即使在天竺，也只有極少數鑽研古經文的人能讀懂，他正好就是其中一個。他遍尋天竺各古寺中的心經，從經文中參悟高深武學，是以很輕易地就解破了秘密機關，進入內室。

這時地尊摸進內室，室內一片黑暗，他閉目運氣，雙目瞳仁竟然大開，黑暗中依然可見室內情景，顯然這石室頂上仍有極微的光線透入，只是常人之眼完全不能見。這室內屋角放著一個半滿的水缸，地尊先將那隻大瓦瓶中的清水加注缸內，再把網袋中的野果、野菜、山藥、甘藷分門別類放在幾個瓦缸中，然後對著石牆面壁坐了下來。這時他暗暗忖道：

「千年前，達摩祖師便是坐在這裡面壁九年而悟道，他吃的喝的肯定便如今日之我，這幾個瓦缸必就是千年前達摩使用過的。」

他想到自去年在武當山見到少林《洗髓經》在傅翔身上造成的奇蹟，便決心不顧一切上少林要來強取《洗髓經》，豈料到了少室山那個夜晚，忽然遇上鋪天蓋地的狂風暴雨，一道電光閃過，地尊發現了這個山洞。當他因避風雨而進入洞內，那古梵文引導他進入了達摩祖師一千年前面壁苦修的地點。

長夜過去，翌晨卯正，忽然一道強光射入石室，正好照在石壁上，壁上密密麻麻的文字，全是達摩以指代刀在壁上刻下的兩篇用古梵文寫的經文：《易筋經》與《洗髓經》。

那道強光只照射了一盞茶時間便消失了，石室恢復黑暗，地尊暗道：「必是這石洞頂上有一線極狹的縫隙可通天光，每日只有日頭正對一片反射物之時，才將強光折入投射在這面牆上，日頭在天上位置一移走，便偏離反射了。」失了強光，他便以指代眼觸摸著壁上的古梵文細讀，幾個月下來，已經把達摩這兩部心經背誦如流，牢記心中。

地尊來少室山原是要到少林寺借《洗髓經》，如借不到便打算動粗硬搶，卻不料誤入這個千年前達摩祖師面壁悟道的密洞，目睹了達摩的手跡，而且是用古梵文書寫，只有地尊能輕鬆讀懂，便是換了天尊，恐怕也只是一知半解呢。因此地尊認為此乃天意，是天要賜他這兩部經文，既非盜取，亦非傳自少林，而是由達摩祖師親手傳授給他。既是天意，他完全受之無愧。

地尊在這密洞中匆匆已過了九個月，九個月來他勤練《洗髓經》，順便也練《易筋經》，每每與自己原來即已精通的天竺武功相互印證，兩種極端相異的武學在他身上同時體現，一時之間難以相容，他也不著急，暗道：「當年達摩祖師在此洞面壁九年始得悟道，我才九個月那能修成正果？」

中土武林都在傳言地尊不見了。有的傳說武當一戰，地尊和完顏道長雖然戰成平手，但完顏道長老而彌「辣」，在地尊身上暗下了毒手，七七四十九天後地尊傷勢發作，不知去向；也有傳說地尊該勝未勝，害得天尊的盟主計畫成為泡影，他對地尊極為不滿，兩人吵翻後，地尊負氣回天竺去了。這些傳說全是源自江湖中人一廂情願的想法，加上繪聲繪影的渲染，竟也傳得活龍活現。

這一切地尊都聽不到，即使聽到也不會在意，連天尊也不知他究竟在那裡，他現在心中只有一件大事：天竺的武學、張三丰的《太極經》、達摩的《洗髓經》和《易筋經》，每一種武學都博大精深，也都似乎有極大的包容性，但修練起來卻難以跨越各種武學的障礙，而他要突破這些障礙。

過去地尊在武學的深造上總是和天尊合練雙修，以致他倆的天竺瑜伽神功能突破各種限制，離那天竺武學的至高點僅僅一步之距。但此時地尊的想法迥異，只因他親眼看到了「融會貫通」的武學奇蹟發生在傅翔身上。

地尊對上乘武學有瘋狂的追求慾，當他想要突破一大關卡時，世上其他任何事都變得無足輕重，他曾暗對自己說：「如果傅翔能，為何我不能？如果傅翔願教我訣竅，我地尊立刻拜他為師。」地尊是會說到做到的。

武林中少了一個地尊，天尊似乎也暫時銷聲匿跡，但很少人能預見，震動武林的武學大突破，正在這暫時的平靜中默默孕育，蓄勢待發。

8

傅翔站在纍纍山石的高地，面對著東方海灣眺望，海風帶著鹹味迎面吹來，他展開道袍披襟擋之，感到一種飄飄然的快意。

遠方的岩岸巍峨而曲折，海浪此起彼落，激起一堆堆的白色浪花，傅翔只有兒時隨師父在泉州看過大海，對海有著一種奇妙的憧憬。甚至在神農架上練武的四年，仍然不時會夢見自己乘長風破大浪在海中遨遊。這時他站在海邊，近距離感受海的晶瑩透明，海的奇幻變化，還有那海浪嗚咽中透露出無與倫比的力道。

「就是這裡了。」傅翔喃喃自語。

這時不遠處傳來阿茹娜的叫聲：「方福祥，你在那兒？」傅翔回過身來，只見遠處的岩石叢後出現了阿茹娜的身影。他對這個聰慧而美麗的蒙古女子又愛又敬，這回到福建來為應文大師父選一個長住久安的地點，聽到她與方冀之間談論天文、地理，分析所勘查地點的形勢優劣、攻防大要，不但頭頭是道，而且每有創見。有一次方冀聽了她的分析，忍不住嘆息道：「他日明教若能復興，這孩子倒是當軍師的好材料。」

傅翔對她揮手，然後盯著一片岩石，看那海浪一個接一個湧來，內含巨大的力道，外表卻是無比的優雅，甚至有些嫵媚，撞擊在岩石上，看似力盡而止進，但那些岩石的每個隙縫裡立刻冒出往上升的海水，直到整個岩石被徹底濡濕了，才緩緩退下去，留下一層白色的小泡沫。那些泡沫尚未消失殆盡，第二個浪頭又已報到，來得還是那麼優雅，那麼從容。傅翔抬眼望時，第二道海浪之後還有第三道、第四道……終於看不到浪頭了，但傅翔卻看得到遠處大海中一波又一波的潛勢，生生不息。

他轉目去看那一段平坦的沙灘，一道接一道的海浪湧上來，沒有受到任何挑戰，那些浪頭湧到極處，乖乖地退回海裡，沒有引起任何激情的衝突和攻防。

傅翔想起昨夜想了一整夜都想不通的幾招劍式，試了許多不同的組合，卻不能達到自己心中設定的境界，這時忽然若有大悟。他喃喃自語：「是了，那浪頭推上沙灘時，未遇衝突和挑戰，儘管內蘊巨大力道，然而進退之間何等雍容大方；但是，同一個浪頭在這端遇到岩石時，那股堅強的撞擊力道，看似粉碎了它的形象，它卻立刻化為千百支細流，內蘊的強大力道支撐這些細流如水銀瀉地無所不在，竟將岩石裡裡外外、每一個細處都征服了，方才優雅而退。最厲害的是，第二道浪頭以同樣的從容之態已經湧到岩前，永無間斷，永無休止。」

那「王道劍」的幾招在傅翔心中有了全新的構想及鋪陳，他心中忍不住一陣狂喜。

這時傅翔聽到阿茹娜在他耳邊低語：「傅翔，你又在發什麼呆？海浪有這麼好看麼？」傅翔一把抱住她，攬著她的纖腰飛身而起，一面大聲笑道：「好看，海浪太好看了！」一面以上乘輕功在海邊的岩石上飛奔。阿茹娜覺得好像騰雲駕霧，索性全身放鬆，一分力氣也不用，任由傅翔帶著她上下奔馳。

過了一會，阿茹娜叫道：「該回去了，方師父在等著哩。」傅翔這才緩下腳步，停在一塊平坦的巨石上，把阿茹娜放下，整整道袍，和阿茹娜一同走向海邊的茅屋。

那簡陋的茅屋中堆了些漁具，想是漁民暫時存放器物的地方，一張粗糙的木桌，幾張木凳。方冀坐在桌邊，藉著一支蠟燭微弱的光線，在看桌上一張手畫的地圖，見傅翔進屋來，便笑道：「翔兒，方才從這窗口看你在海天之間飛了一陣，還真不負了你名字中這個『翔』字。你的創新劍法有了突破？」傅翔道：「我從海浪裡看到一些東西，極感震撼。」

方冀指著桌上的圖道：「這圖是阿茹娜經過仔細測量後繪製的寧德地圖，各點的距離及方位相當準確。這附近有十幾座大小寺廟，我選了其中三座。」他一面說，一面掏出一個精巧的石製墨盒，打開一看，中間分隔成兩半，一半用絲棉吸飽墨汁，另一半的絲棉則飽吸了用朱砂調製的紅汁。方冀自製的毛筆兩端皆是筆頭，一黑一赤，他用紅筆在地圖上三個地方畫了圓圈。

傅翔趨近細看，只見紅筆圈了三座寺廟，分別是西面的支提山華嚴寺、甘露寺，以及南面的雪峰寺。

傅翔有些狐疑，問道：「咱們是在這三座寺廟中選一座？」阿茹娜道：「這三座寺廟位置適中，所以三座都要。傅翔，你沒聽過狡兔三窟的故事麼？」傅翔側首想了想，仍然想不通如何讓這三座素昧平生的寺廟願意接受來歷不明的應文大師父，他搖了搖頭，問道：「這三座廟的位置雖好，然則我們如何進行？大師父可是當今朝廷頭一個要追捕的要人，尋常寺廟怎敢接納？即使用了匿名，大師父及應能連一張度牒都沒有。」

方冀道：「度牒的事可以後辦，翔兒的顧慮確實棘手，為師和阿茹娜商量的結果是，事先到這三廟中去進香獻佛，在廟中借宿幾日，把廟裡的情形及寺內外周遭的形勢仔細勘查並記錄，然後再作道理。」

阿茹娜道：「方師父此言極其重要，咱們已掌握了這地區的大體形勢，這才選定這三座寺廟，下一步便是掌握寺廟內外周遭，如果一切滿意，這才讓大師父移過來，咱們可不能讓大師父過不了多久又要逃亡。」傅翔點頭：「再要逃亡，真的只好出海了。」

次日三人便扮作老爹和兒、媳到廟裡進香投宿，少不了先送一份豐厚的香油錢，果然大受寺方歡迎。那甘露寺是座小廟，做為「三窟」之一位置卻十分理想，三人宿了兩夜便弄清楚了寺廟內外及附近情況，但支提山的華嚴寺便不簡單了。

那支提山華嚴寺始建於宋開寶年間，當地人簡稱支提寺，唐朝時就有高麗高僧在此講解《華嚴經》，而《華嚴經》有支提山天冠菩薩及其所屬千人在此常駐說法的記載，可說是中土東南隅的佛教重地。

三人住進香客的廂房，白天阿茹娜四處遊走，見佛就拜，百般許願，乘機將寺內各殿的細部布置一一記下，更將僧侶人數、運作及作息方式也一一記下；到了晚上，則由方冀及傅翔行走於內外各隱秘角落，將各殿樓及地下密室都摸了個遍，這才於第五日拜辭方丈，離寺而去。

三人整理了各項紀錄，便啟程前往閩侯雪峰寺，抵達時卻吃了個閉門羹。原來雪峰寺對外宣稱內部年久失修，暫時關閉，便於工人修繕。阿茹娜心細，觀察了一整天後，對方冀道：「軍師，我瞧這雪峰寺大有問題，廟方說是為了整修內部暫時關閉，但我仔細瞧了一天，沒有一個工人進出，也沒有看到任何修繕工作在進行。」方冀點了點頭道：「阿茹娜心細，咱們今夜做個不速之客。」

到了晚上，方冀命傅翔陪著阿茹娜在寺外等候，他本人施展輕功進了雪峰寺。阿茹娜對傅翔道：「傅翔啊，這雪峰寺透著好生古怪，你瞧這廟的規模真比得上咱燕京的古寺名剎，從而推估其中僧侶應在千人上下。但從昨日到今，我沒有見到一個僧人出進寺門，就算是閉門修繕，這情形也不合理呀。」

傅翔可沒有阿茹娜的細心，他只大而化之地答道：「想來廟裡自給自足，不需每日與外界聯繫。好在師父帶了于叔給他的信號燄火箭，如果有什麼不測之事，師父只要一揮手，我見著金色燄火便立即入寺接應。倒是那時候妳要小心躲好，不要露了行藏。」

阿茹娜道：「不怕，我也有一支信號火燄，到時我也發射了，你又回來救我。傅翔，你還真忙碌啊，誰教你武功高呢。」

傅翔聽她說得有趣，便緊握她的手道：「若是兩頭遇險，我必先來救妳，師父武功高強，多少能撐些時候。」阿茹娜正色道：「錯了，傅翔，你該先救軍師，解了軍師之圍可增加我方戰力；解了阿茹娜之危，卻於我方戰力無補，是以兵法上你必先救軍師。」傅翔道：「那妳怎麼辦？」阿茹娜道：「我手無縛雞之力，沒武功的自有沒武功的存活之道，我見敵就投降，拿些話胡亂遮掩，未必不能拖些時間。」

傅翔從沒想過這些事，他處理危機時全仗著武功高強在臨場做最佳的判斷，而沒有武功的阿茹娜總是從全局的總體利害來考慮；傅翔聽了不禁沉思。

足足過了一個時辰，方冀才從雪峰寺的後牆越出，藉著地形及林木的掩護，神不知鬼不覺地出現在傅翔及阿茹娜面前。傅翔道：「師父，你的『伏地潛形』功夫已經爐火純青了。」方冀只低聲道：「咱們先離此地。」說完便率先施出輕功向北疾走，傅翔連忙牽起阿茹娜快步跟上。

三人一語不發跑出了十里路，來到了一處亂葬墳場，停在一間宗祠的門前。方冀伸掌推開祠門，一閃而入，亮起火摺子點燃供桌上的半截蠟燭，傅翔將祠堂門關緊。

燭火在方冀臉上閃爍，只見他臉上終於露出一絲笑容。阿茹娜放下心中的石頭，問道：「方師父有好消息？」方冀道：「天大的好消息，你們猜這雪峰寺為何關門不讓人進香？

廟裡好多地方年久失修是真的，卻完全沒有工人在幹修繕的活，反而是兩個老和尚在爭吵，寺裡的大小和尚分成兩派，爭論不休。」

傅翔道：「上千名和尚在爭啥呀？」

方冀道：「我在廟裡的大殿外聽了一個多時辰，總算聽到了個大概。原來雪峰寺目前住持方丈之位從缺，寺中兩位長老各有一派和尚擁護，一位的擁護者是雪峰寺原來正宗禪宗的僧人，另一派卻參雜了許多曾經從軍打過仗的僧兵，兩派人數各有好幾百。這幾日他們正關起門來辯論，要找出一個解決的辦法，今夜他們總算吵出了一個結論，正好被我碰上聽到了。」

阿茹娜道：「如何解決？另找第三者來住持？」

方冀誇道：「阿茹娜真有見識。他們今日從午後辯論到晚課，吃過晚飯繼續爭論，發言者多喜從雪山崇聖禪寺唐朝建寺開始講，祖師爺泉州高僧義存如何與門人弟子創下禪宗法眼及雲門兩宗派，在禪門五宗之中佔有其二……我都聽得滾瓜爛熟了，仍然不知眼下的問題如何了結。我心想，難道這些老和尚、中和尚、小和尚、武和尚這段時日每天就這般爭論，無休無止？還好……」

方冀吁了一口氣，繼續道：「還好終於有一個留了虬髯、身高體壯的大和尚道：『小僧建議大家停止爭論，不如從寺外找一個有道高僧來做住持。大夥兒在大雄寶殿菩薩面前講道這麼多天，菩薩也沒有什麼開示，可見菩薩對兩派的長老都不中意。小僧這個建議可以向菩薩請示一下，就請菩薩來替雪峰寺做個決定。』想來也是兩派長老爭了幾日沒有任何結論，大家都有些心煩了，便紛紛表示贊成。這氣勢威猛的大和尚一看就是打過仗的僧兵出身，看他走一步路有點將軍的樣兒。他上前在菩薩前跪下，朗聲祝禱完了，便請兩位長老在佛前擲筊。說也奇怪，兩派的長老焚香祝禱後，竟然都擲出聖筊，圍觀的大小和尚全忘了在佛殿上應有的規矩，全部振臂歡呼。」

阿茹娜聽方冀說得生動有趣，忍不住笑出聲來，問道：「他們便決定從寺外另外找高僧了？」方冀道：「菩薩的旨意那還有得說的？最不可思議的是，一千個和尚爭論了七天才達成另請高明的結論，而這個高明的寺外高僧是誰，卻只花了半個時辰便得到絕大多數的贊同。他們要找的高僧，竟是泉州開元寺的潔庵禪師。」

傅翔也像那些和尚一樣，忘了身在別人家的宗祠內，居然也振臂高呼：「這下可好，咱們大師父的問題有解了。」

方冀也笑著點頭道：「如果是潔庵來雪峰寺住持，應文便可先駐錫雪峰寺了。有潔庵的加持，假以時日，咱們選的另外兩寺一定也能接納大師父，咱們這『狡兔三窟』的計畫就能順利完成了。」

阿茹娜喜道：「問題解決了？」方冀道：「還有兩個環節，其一，要潔庵本人的同意；其二，像雪峰寺這樣有名的古寺，住持人選須得到京師『僧錄司』的同意。」傅翔不禁有些擔心。方冀續道：「當今僧錄司的左善司是道衍和尚，他是朱棣的主錄僧，而潔庵是當年太子朱標的主錄僧，他們原是舊識。只要雪峰寺一千名僧人支持潔庵來住持，想來道衍沒有不准的理由，何況僧錄司的右善司是溥洽呢。」

傅翔聽了較為放心，點頭問道：「咱們是否要去一趟泉州？」方冀道：「不錯，明日就動身去泉州開元寺找潔庵，告訴他準備來住持雪峰寺，保護大師父。」

∞

馬札被覺明師太的土木機關活活關死在地道中之後，鄭義門又恢復了平靜。馬札的錦衣衛部下回報了魯烈，便再也沒有下文，鄭義門的佛堂又恢復原狀。只有鄭洽削了髮，出門時都戴上一頂方巾帽。

方冀、傅翔和阿茹娜離開鄭義門正好滿三個月時，三人終於回來了。到達時已過亥時，方冀與阿茹娜在鄭宅鎮外就和傅翔分手，他們要回章家娘子的農舍，傅翔要上萬松嶺，大家約好次日在萬松嶺見。

傅翔獨自沿著白麟溪進入鄭義門，他從村北繞道萬松嶺佛堂後面的山徑上嶺。是夜月色皎潔，小徑上人影在地，傅翔想到這一趟南行，總算為應文大師父的「三窟」勘查到位，又見到了潔庵禪師，暗忖道：「待明日我告訴芫兒她師父老當益壯，她定開心得緊。」

潔庵得知大師父將從浦江南移，如果自己住持雪峰崇聖禪寺，該寺當是應文最佳的暫時藏身之處，當下便答允，如果南京僧錄司核准了，他立即去雪峰寺住持。尤其他提到道衍和他同為當年朱元璋所選定的十八位皇室主錄僧，兩人之間不但沒什麼過節，多少還有一點香火之情，如今雪峰寺上千名僧人主動要求他去住持，料想道衍不至於從中作梗。至此，傅翔完全放下心中的憂慮。

他一面緩緩地在林間小徑走向佛堂，一面暗自欣喜地想到另外兩個意外的收穫。其一是他在寧德三都澳海灣仔細觀察海浪時，對自創王道劍有了極大的啟發；其二是在泉州時，竟然在市中最熱鬧的街上見到了一間店舖，生意鼎盛，門楣上一塊嶄新的金字招牌：「丁家玉舖」。當時他不敢相信自己的眼睛所見，心想怕是同名的玉舖吧？

但當他懷著緊張的心情進入「丁家玉舖」，那忙得不可交開的掌櫃不是丁爾錫老爺家劫後餘生的公子又是誰？丁家公子突然見到傅翔，恍如隔世，丟了手中的算盤衝出來，也不顧滿屋的客人，朝著傅翔跪下就拜，一面嗚咽道：「恩公，又見著您了，莫不是在作夢吧？」傅翔嚇了一跳，玉舖裡的客人也都嚇了一跳，他連忙將丁家公子一把拉起道：「想不到真是這南陽府的老牌『丁家玉舖』，更想不到你重振家業如此之快，可喜可賀啊。」

傅翔走在小徑上，暗讚道：「這色目人丁家經商真是家學淵源，在南陽府幾乎家破人亡，短短半年時間，就憑著那一袋珠寶美玉重新起家，竟然在數千里外的泉州克紹箕裘，重振家業，丁老爺子在天之靈也可得到安慰了吧。」

這時林子外傳來微弱的金屬破空之聲，傅翔一晃之間已經到了一棵大樹上，落在濃密的枝葉中居然沒有發出聲響。他居高臨下望去，只見林子外邊應文大師父正持著那支鋼弩在練射。

應文雙手捧著那鋼弩，左手托住，右手扣住機簧，「咻」的一聲，又是一箭射出。那鋼弩力道奇強，鋼羽才射出，已「奪」的一聲，射在數十步外一棵大樹上掛著的木牌。過了半晌，大樹後面鑽出一張笑咪咪的俏臉，正是鄭芫。

鄭芫將樹上那塊木板取下，拔出五根鋼箭，回頭向應文走來。她把五支箭還給應文，輕聲道：「大師父，您方才射了五箭，四箭射中紅心，只有一箭偏了一寸。」一面將那塊木板給應文看。板上貼了一張畫了靶心的白紙，果然只有一個箭痕落在紅心之外，紅心上密密擠著好幾個箭孔，重疊在一起。

應文點了點頭，也輕聲道：「我知道，射偏的是第二箭，扣下機簧時，左手略微抖了一下。」鄭芫道：「大師父，您的準頭十分驚人，目力也好得出奇，射箭時雖已屏住呼吸，但全身的真氣仍不能達到完全平順穩重。您不要只顧苦練射箭，定要同時勤練內力和運氣，等您能做到平順穩重時，包您百發百中。」

樹上的傅翔驚得睜大雙眼不敢置信；短短三個月，應文的射術竟然精進如此，難怪他的小師父鄭芫樂得笑逐顏開，萬萬想不到這個皇帝出身的應文，竟有一身練武的好資質。他再也忍不住在樹上輕輕拍手，壓低了聲音道：「大師父好準頭啊，三個月不見，鄭芫調教出一個神箭手啦。」

鄭芫和應文都歡聲道：「傅翔，你回來啦！」傅翔輕輕躍下，對應文大師父行一揖之禮，喜孜孜地道：「此行雖比預定時間長了些，但師父和阿茹娜規劃的任務大功告成，他兩人已回章家娘子的農舍。」

鄭芫迫不及待地追問此行細節，傅翔道：「咱們先回佛堂去再說吧。」

到了佛堂中，應能請了覺明師太及完顏道長過來，大家見傅翔回來都感興奮。完顏道長一見面就道：「傅翔，你不在的這段時間，我老人家的醃菜已經出味了。」傅翔道：「恭喜道長，咱們大夥兒吃齋的都有口福了。」完顏道長道：「便是不吃齋的也有口福，不信你問芫兒，道長的醃菜滋味如何？」鄭芫不置可否，只隨口道：「完顏不敗。」答非所問，完顏卻大喜。

傅翔待大夥兒坐定了，便向大家宣布：「師父、阿茹娜和我三人仔細勘查了閩東北的形勢，決定在寧德和福州之間選定三座寺廟：寧德的支提寺、甘露寺，以及閩侯的雪峰寺，未來大師父便在這三寺之間走動，雲遊掛單，絕不至引起官方懷疑。師父說，大師父蓄鬚後與未出家前形貌大異，過一段時日，便是當年熟人見了也未必能相認。更好的消息是雪峰寺住持從缺，寺中上千僧人公開推舉泉州開元寺的潔庵禪師繼任。」

鄭芫首先驚喜地叫道：「傅翔，你見著我潔庵師父了？」傅翔微笑答道：「咱們在寧德、閩侯實地勘查各方細節後，就跑了一趟泉州，在開元寺見著潔庵大師。芫兒，妳師父的內功精湛，比起我上次見著他老人家時，竟似更加健朗了呢。」

應文聽了也高興地道：「潔庵能到雪峰寺最好，便可長期與我相守。」應文心中明白，眼前有這些江湖好漢、武林高手，自己的安全暫保無虞，但此種情形豈可長久？去到福建後，如得武功高強的潔庵禪師同住寺內，就近長相守護，方是長久之計。他想到潔庵這位忠於父親朱標的主錄僧，今後又將成為自己的守護神，兩代欠他恩情，此生難以報答，只有來世再報了。

傅翔回道：「大師父說得極是，潔庵禪師聽了師父的完整計畫後，也立即瞭解到這一點。他老人家將要修書到南京靈谷寺，請天慈大師到這三寺來駐錫掛單，追隨大師父的行腳，也可照護您的安全。」

完顏道長聽了，哈哈大笑道：「好哇，咱們再去遊說幾個少林寺的和尚，每年輪流到這三座寺廟來雲遊掛單，把這三座和尚廟守得如鐵桶一般。大師父你不但狡兔有三窟，還窟窟有門神，可安心練你百步穿楊的神箭了。」鄭芫暗忖：「聽說這老道已到達不需睡覺的境界，我和大師父半夜起來練箭的事可瞞不過他老人家。」

一直沒有開口的覺明師太這時忽然道：「說實話，貧尼還沒見過用鋼弩習射，像大師父那樣進步神速的呢。」鄭芫聽了不禁傻了，暗道：「原來每個人都知道得一清二楚。」

應文也不禁莞爾，合十為禮。他對自己勤練射弩大有進展也覺安慰，但是在安慰之餘，也有無限的心酸，這心酸只有鄭芫懂得。鄭芫望著應文合十微笑後，眼中流露出一種難言的空虛與寂寥，心裡暗暗對他說道：「我懂你的哀傷，也懂你的憂心，咱們這些人護著你的日子還能多久？你往後大半輩子的日子怎生過？總不能完全靠別人保護你一生一世。窩在這萬松嶺上，除唸經之外百無聊賴，十足的龍困淺灘啊。所以，我傳給你的內功和方師父送給你的鋼弩，就是你全部的依靠。師太說從來沒見過用鋼弩進步得那麼快的人，我卻知道，我從來沒見過苦練內功和弓弩射箭像你那麼勤奮的人。」

耳邊聽得完顏道長對傅翔道：「南京來的錦衣衛已經查到了萬松嶺，好在朱泛和章逸的鬼腦袋想了個辦法，不但讓來者撲了空，還有一個叫馬札的錦衣衛被他自己關進地道裡永遠出不來了，嘻嘻，實在好笑之極。」說到好笑，他真的笑不可抑。

傅翔聽說京師的錦衣衛已查到萬松嶺，不禁大吃一驚，連忙要問細節，完顏道長笑意卻一時難止，便指著鄭芫要她說明，他老人家笑到咳嗽才停。

鄭芫便將馬札率錦衣衛來萬松嶺捕人的事說了，說到大師父躲在井中不現身，鄭洽削髮頂替，讓馬札傻眼撲空的計策，後來馬札去而復返，跳入井中追查，終於著了覺明師太所設機關的道兒，把自己關死於地道中……傅翔聽得驚心動魄，暗忖道：「就算這一次僥倖過關，大師父終究還是得儘快離開此地，愈快愈好。」

鄭芫說完，傅翔道：「覺明師太好厲害的土木機關。」覺明師太微笑道：「咱這次做機關地道，設計上章逸和芫兒幫了好多忙，便是朱泛、于安江、廖魁都有出力，不然單憑貧尼一人如何造得出一條地道？傅翔今日帶回的消息好極了，你們去了寧德，貧尼也要回南京去看看莫愁湖邊的蕚梅庵現在成了個什麼樣啦。」

傅翔道：「待咱們離此南下，福建那邊三所寺廟，尤其是那雪峰寺和支提寺還要請師太去瞧瞧，也為安全出入的布置出些主意。」鄭芫問道：「為何特別是雪峰寺和支提寺？」傅翔道：「咱們選的三座寺廟，雖說是『狡兔三窟』，其實大師父將來絕大多數時間將待在雪峰及支提兩寺之中。明日師父、章叔、朱泛、鄭學士他們都會來此，大家好好會商。」鄭芫道：「你一路辛苦，時近子夜，早些歇息了吧。」

傅翔和完顏進入了第三間佛堂，關上了門，傅翔第一件事便是打開醃菜缸，用筷子夾一塊醃菜吃了。完顏道長吹噓了許久的獨門醃菜，味道雖然不差，但也和天下所有的醃菜沒有太大差別，但傅翔見到完顏道長以極其盼望的眼光望著自己，只能嘖嘖叫好，心虛地說從來沒吃過更美味的醃菜。其實傅翔自己做的醃菜就不差。

吃過醃菜，傅翔就精神奕奕地迹說他從觀察海浪而領悟的道理，這麼一來，兩個武學高手忽然興奮起來，再無睡意。完顏道長聽完傅翔的心得，沉吟了一會，問了一個極實際的問題：「你說得極好，其中的道理似乎很深，俺人老了腦子不好使，一時想不清。但你這一路來一定已經想得很多、很深了，這些道理如何用你的劍招表達出來？要不要試給老道看看，興許便能激發我老人家一些好主意。」

傅翔道：「我想了三招，待我演一遍給道長看。」

傅翔到牆角拿了兩柄木劍，將其中一柄遞給完顏道長。他閉目沉思了一會，睜開眼時，只見他雙目放出一種明亮圓潤的光澤，然後極其從容地使出一劍，直奔完顏道長的胸前。

完顏道長施展「後發先至」的功夫，凝目感應傅翔這一招的招式及潛隱的運氣之勢，要從其中找到傅翔必先自救之點，結果令他大大吃驚，原來傅翔這一招刺出，既無隱藏後續的殺著，劍上放出的內力也感應不到任何潛在的運氣，幾乎就如一個不會武功的人信手發出的一招。但是傅翔這一招看似隨意，完顏卻一絲也不敢大意，只因他遍測傅翔內外，不但測不到任何可以「後發先至」的潛在弱點，感受到的卻是一股深厚、和穆清平、大而化之的氣勢。完顏感其勢而不測其鋒，因為無鋒便無以為攖，但是那股能感測到的正大氣勢，卻令完顏心驚不已，不敢出招。

這是完顏從未經歷過的情形，過去和天尊、地尊交手的經驗，使他練就無所不適的感應功夫，天尊、地尊再能隱避，仍然難逃完顏的感應偵測，他能感測到每一招後面的動心起意，以及必須自救的弱點，從而後發先至，使他達到「完顏不敗」的境界。但此時面對傅翔這一招，完全測不到招式背後真氣的動向，因為它根本就沒有，但一種至大至廣的包涵氣勢似乎無所不在。傅翔什麼後續攻擊都沒有，完顏道長卻在心裡陷入了困境。他試著有所作為，才一動心運氣，傅翔反而立即感測到了。完顏這才恍然，原來傅翔也懂得「後發先至」的武學原理。

就在這樣複雜而尷尬的互動之中，完顏決定退一步。

從表面上看，不過就是傅翔揮出一劍，完顏退了一步；實際上這一招真正的意義卻是石破天驚、震古鑠今——武林有史以來，第一次出現了「王道劍」的一招，一出招就逼退了完顏道長「後發先至」的無上武學！

傅翔宛如未覺，手中木劍一橫，緩緩推出第二招。同樣的，完顏道長立即感受到一股中庸穩重的氣勢平壓而至，但卻感測不到這一招後面的任何動心起氣，他大驚之下不知如何應對，便決定再退一步。

傅翔的木劍毫無滯留，一翻劍尖，直指完顏左肩。完顏道長忽然捨棄「後發先至」，唰的一劍疾刺而出，木劍尖上發出劍氣，一吞吐間穿過了傅翔的劍勢，直接點向傅翔的劍身。

完顏道長這一下回到了全真劍法中最威猛的招式，他陡然放棄了「後發先至」，直接使出霸氣十足的「鬼箭飛磷」，要看傅翔的「王道劍」如何接招。

豈料傅翔依然一成不變地點出他的木劍，劍身和完顏的劍尖尚未接觸，他的木劍已被完顏的劍氣盪開，高高揚起，幾乎要脫手飛去，然而完顏立時感到傅翔這一劍所內蘊的劍勢，瞬間化為千百股細流的力道，使得他上半身每一個要穴都受到壓力。那些細流的力道溫和卻凝重，結合在一起，完顏沒有感到一點凌厲的攻擊力，卻感受到無所不在的滲透力，迫使完顏收招再退一步。傅翔也收劍佇立片刻，臉上肅穆平和的表情漸退，恢復常態。

完顏道長沒有說話，他佇立在屋中沉思，約莫過了一盞茶時間，才開口道：「傅翔，你的『王道劍』有點意思了。」

傅翔第一次將這段時間在武學上苦思的精義，與在鄭義門及寧德海邊所受的種種啟發，一股腦兒表現在劍法上，他急於知道完顏道長的感覺，聞言連忙道：「您怎麼講？」

完顏道長道：「你所創的三招，最神奇之處在於：第一，無招式、無真氣，卻能展現強大的氣勢，此乃因為你已將你一身的霸道武功濃縮成為內蘊的支撐力，隱而不現；第二，你的招式受到強力攻擊時，內蘊的武功瞬間化為無數道細流，對方身上各穴道皆普受壓力，卻不知你的攻擊點在那裡。我老人家不懂你如何做到的。」

傅翔聽了完顏道長和他過了三招的感覺，心中一陣狂喜，這正是他長時間苦思苦練，卻總是差那麼「一點點」的突破。他驚喜萬分地道：「自從受了鄭義門各種生生不息、永續運作的啟發，又聽了大師父說『王道』必須有強大的力道做為支撐，我便日夜思考要如何創建這『王道劍』。從福建回來，我終於想好了這三招，但就只這三招。道長如果再攻我一招威力猛烈的全真劍，我便被打回原形，只好用原來的『霸道』武功抵抗您了。」

完顏道長不停地點頭道：「是有那麼點意思了，尤其是……尤其是你那麼大的王道氣勢，後面撐著的武學涵蓋了明教十種絕學，還有我老道傳你的後發先至，氣勢大而能化之，這個倒是我老道前所未見、前所未聞，有意思啊。」

傅翔道：「話雖如此，但憑這劍法，要真正派上用場來對付天尊地尊，那還差得遠了。」

完顏卻搖頭道：「昨日的你，和天尊地尊差那麼一點點就差天差地，甚至永遠追不上；今天的你，只進步了那麼『一點點』，卻和天尊地尊差得有限了。」

傅翔懂得完顏的意思，唯有創出全新的武學，才有打敗天尊、地尊的希望。今天進步的那一點點，卻為日後一套全然不同境界的武學問世，跨出了第一步。

完顏又沉思了許久，他索性趺坐床上，像是進入了冥思。傅翔坐在地上，木劍從左手緩緩移到右手，又從右手緩緩移回左手，偶而上下揮舞一下。這兩柄木劍原是他和完顏切磋武功用的，馬札的部下來搜索時以為是道士捉鬼的桃木劍，傅翔此刻的動作倒真有幾分捉鬼畫符的模樣。

也不知過了多久，完顏忽然開口講了一句話，聽起來卻像是廢話：「傅翔，三招太少。」原來他老人家苦思如此之久，發現的竟是這個大道理，豈不可笑？傅翔聽了卻一點不覺好笑，躬身答道：「道長說得好，三招太少。」因為他已知道完顏在想什麼，而且想得很深了，暗中忖道：「道長必有所教我。」

果然又過了近一個時辰，完顏方才再開口道：「十招太多。」傅翔聽了喜上眉梢，忍不住脫口叫道：「九招如何？」完顏道長按榻而起，朗聲道：「不錯，九招正好！」

隔壁佛堂中，鄭芫完全清醒著，傅翔帶來了勘查福建的結果，應文大師父離開鄭義門的日子屈指可數了。從離開南京到達此地，這大半年來，應文生命及生活上的改變之大，任何人都難以承受，更遑論必須立即調整適應，這期間大夥兒都看到大師父應變裕如，調適得宜，令大家十分欽佩。然而從「建文皇帝」一夕變成「應文和尚」，心裡的苦楚，最能瞭解的就是鄭芫了。

從第一次在宮中見面起，鄭芫便對這位聰明、斯文而常帶幾分憂鬱的年輕皇帝有一分異樣的同情和疼惜。這一路逃亡，躲藏在萬松嶺上教他內功和射弩的日子，其實讓鄭芫感到充實，也許她不自知，一種共患難的感情已經深深建立在兩人心中。那日在完全黑暗的地道中，應文和她跌抱在一起，霎時間引起的異樣感覺，思之令她面紅心跳，而應文能在那一瞬間立即運氣正心，恢復以禮相待，更讓鄭芫佩服、感激，也有一絲悵然。

離開鄭義門，應文即將正式住進佛寺中，從此永隔紅塵，鄭芫躺在床上，瞪大了眼望著屋頂一角的蛛網，暗忖道：「此後只怕再見一面的緣分都沒有了，除非……除非你和你的舊臣能東山再起……」但她立即知道，那幾乎是不可能的。

另一間佛堂中，應文也睜大了眼無法入睡。傅翔帶來的消息確定自己即將離開鄭義門，雖然已經安排了潔庵禪師到雪峰寺，天慈禪師在各寺掛單，自己日後的安全得到貼身護衛，但是一旦進入雪峰寺，從此佛門深似海，這些日子與自己患難相共的芫兒和江湖好漢都將離去，要聯繫心存復興之志的舊臣們共商大事也將加倍困難。此後的生活還會有何種變動，漫長的日子要怎麼過，心中充滿了茫然不可知的恐慌與不安，久久不能成眠。

萬松嶺今夜人未眠。不遠處傳來村雞的啼聲，天已經快亮了。

∞

轉眼就是新的一年了，南京的政局在朱棣的強勢領導下，步上富國強兵的道路。表面上看起來，建文皇帝的生死之謎不再是京師朝野熱門的話題，靖難之役四年戰爭的傷痛似乎已在民間逐漸消退。朱棣廢除了所有建文時代的仁政，代之以比較嚴苛的法治及比較沉重的賦稅，老百姓起始是畏懼朱棣的鐵腕手段而不敢不從，漸漸也就消極地接受；畢竟比起天災與戰亂，如今日子好過多了。

為了加強控制，尤其是對異議分子的監視，朱棣命魯烈增加了錦衣衛的員額，又賦予掌印太監特權，抽調各部、各衛中幹員組成的特情小組，專司暗中監督官員及有影響力之民間人士的言行。朝野之間對這些朝廷的緹騎既怕又恨，但沒有人敢出異言，京師裡的氣氛儼然回復到朱元璋時代，大家在公眾場合絕口不談國事，有事相商亦不敢約在酒樓飯館，大多是深夜造訪私邸。但是不久以後，朝中傳出有大臣私下在府第中的談話居然也傳到了皇帝耳中，於是大家瞭解到朱棣派出的緹騎中有能飛簷走壁的高手，許多人即使在自己家中也不見客，有事一律到衙門公開談論。

但是天下事往往有違常理，在最不可能出錯的地方，偏偏出了大漏洞。

中山王徐達府第的東、西兩面是完全不同調的景象，東面是熱鬧的夫子廟，西面是一大片花園綠地，徐達生前常和兒子在此蹓馬。京師換了皇帝後，由於魏國公徐輝祖被廢為庶人，軟禁在此府中，進出的人都要經過侍衛盤查。

過了正午不久，天邊開始堆積起烏雲，愈來愈厚，天色也愈來愈暗，這時從大功坊花市大街的方向，有兩個黑衣漢子並肩走來，才轉到徐府街上，便有一個侍衛上前攔住。侍衛認得其中一人是魏國公府裡的管家徐添，另一個面色蠟黃的瘦子卻是生面孔，便問道：「徐管家，你帶什麼人入府？」他看那瘦子兩道濃眉又粗又黑，頷下蓄了一圈黑鬍子，那模樣看上去有點邪乎邪乎的，便多瞪了一眼。

徐添道：「老總，這是我表哥，找他來府裡修鎖。府裡頭好多道鎖都壞了，一直拖著沒有修，前日連大門的鎖都打不開了，搞得大家都得從側門走。」

那侍衛見瘦子揹了一個小箱，便道：「箱子裡啥東西，打開來檢查。」那瘦子將小木箱打開，裡面果然是些修鎖修門的工具，侍衛翻了兩翻便揮手放行。

進到府裡，大門內又是侍衛的哨站，一個身高體肥的侍衛一把將那瘦子攔住，口中叫道：「停下，搜身！」

瘦子只好停下來，把木箱放在地上，讓那肥侍衛搜身。那胖子一搜瘦子的身體，吐了一口口水在地上，狠狠地道：「他媽的你這瘦鬼，身上還真沒有四兩肉，幾根骨頭怎生幹活呀？」那瘦子脾氣似乎也不太好，聞言立刻反唇相譏道：「你他媽才是個肥鬼，一身肥油，一條街恐怕都跑不完就躺下了，還能當朝廷的侍衛？這也是朝廷的氣數……」

他還要講下去，那管家徐添立刻阻止了，叱道：「你這鄉巴佬進了京師要有點規矩，還不快給老總道歉！」那瘦子一副不服氣的樣子，勉強道：「言語衝撞了老總，請肥……老總包涵則個。」那胖侍衛揮揮手道：「好了，快進去幹活吧！」

進入徐府，徐管家把那瘦子直接帶到內室去，內室的外門邊還有一個便衣的侍衛，長得眉清目秀，腰桿挺直，雙目炯炯有神。他看兩人走進內室，只瞅了兩人一眼，既無表情亦無動作。

那瘦子進入內室，加快了腳步，走到一間書房裡，輕掩上門，跪下顫聲道：「都督，是我廖魁。」

室內一張方桌，徐輝祖正倚窗看書，他轉過身來望了廖魁一眼，問道：「廖魁，你戴了面具？」廖魁連忙把臉上的面具拿下，恢復了原本那精明靈活的模樣，一面道：「這面具是章指揮製作的，逼著俺戴上。每天取下來時，整張臉癢得厲害，頭一兩次戴，還會紅腫呢。」

徐輝祖面色異常白皙，顯然缺乏日曬，人倒是發福了一些，臉龐胖了一圈，精神卻比上次見到時差了許多。廖魁站起身來，趨前耳語道：「大師父去了寧德。」徐輝祖輕聲道：「溫麻船屯？三都澳？」廖魁並不知曉這些地名，茫然搖了搖頭道：「章逸都寫在這裡了，您看了便燒毀吧。」

他悄悄遞給徐輝祖一張折疊成一方的紙箋，徐輝祖捏緊了那一方紙箋，望著窗外的梅花，悄聲道：「口令『臘梅香』。你去吧。」廖魁磕了一個頭，站起身來道：「都督保重，俺要去前面修鎖了。三日之內，徐添知道到那裡找俺。」

廖魁離去後，徐輝祖起身，很小心地四面查看了一番，確定無人偷窺了，這才走到遠離窗口的牆角，將手中那方紙箋打開一看，上面密密麻麻的寫滿了蠅頭小楷。他看完後，就身邊書架上點燃了一支蠟燭，將那頁紙箋火化了，強抑著滿心激動，坐回到窗前。

他暗忖道：「章逸他們已經平安地將皇上護送到福建寧德一帶，那裡俺曾帶兵去過，臨海卻多山，地形複雜，是個隱身的好地方。三都澳，還有那溫麻船屯，都是古來造船艦的好所在。皇上躲在這一帶，進可出海，退可深藏，又有潔庵和天慈兩位武功高強的大師相陪，俺可放心了。」

他想了好一會，終於心中有了譜，決定把這消息傳給徐皇后。不過他要再測試這條高層內線是否安全，此時但將建文安抵長期藏身之處的消息告知徐皇后，地名及寺名都暫時不提，以防萬一。若是一切無事，便再告訴皇后不遲。

另外，他將命徐添到城外去找廖魁，讓廖魁帶徐皇后的話給建文。心意既決，他將窗戶緊閉，伏案在一張小箋上寫道：「頃聞大師父法駕殊安，所從有高僧，弘法可期。」寫罷將紙箋封好，悄悄走到門口，竟然召門外那負責監視他的便衣侍衛入內，將紙箋交給此人，低聲道：「孟紀，請轉交貴上，速回。」

那年輕英挺的侍衛孟紀道：「我這便去，明日再來。」聽他聲音尖如婦人，竟然是個太監。原來這名侍衛來自皇后身邊，是前內宮總管鄭和的門生孟紀。

徐輝祖滿心焦慮等到次晨，太監侍衛孟紀方回，他先例行查了一遍府內各處，再秘遞一箋給徐輝祖，對徐輝祖耳語道：「皇后擔心您的身體，要您保重。」徐輝祖看完了信箋，付之燭火。他急召徐添入內室，在徐添耳邊悄悄說了兩句話。徐添默默複誦了兩遍，徐輝祖點了點頭，沒再說話。

徐添回到自己的房間提了竹籃、布袋，一大早便出府採買。守在外場的侍衛對徐添出外採買都表歡迎，只因徐添總不會忘記帶些極為可口的點心回來孝敬諸侍衛。上頭規定侍衛們絕不准吃府中的酒食，但徐添說：「上面只說不可吃府中的酒食，卻沒說外頭買來的點心也不行。」

不過規矩卻不可廢，侍衛照例把徐添全身搜過了，確信沒帶什麼機密的東西在身上，便放行了。徐添離了徐府，直出聚寶門，沿護城河走到第三座橋，便在橋墩下看到廖魁戴著一頂笠帽，在河邊抱著雙膝打盹。徐添暗道：「這瘦鬼大概又去熬夜賭錢了，一大早就打瞌睡。」他走到廖魁身後，低聲喝道：「廖魁，口令！」

廖魁轉過身來，仍是那張蠟黃的苦臉，見是徐添，便回道：「臘梅香。」徐添左右前後都看了一下，確信安全無虞，這才低頭在廖魁耳邊說道：「大叔要伸手了，浙閩臨濟宗將有危機。」廖魁默唸了三遍，點頭道：「記下了，還有麼？」徐添道：「沒有了，我可要去買河鮮了。」廖魁道：「俺去看看叫花子朋友就打道回程了，咱們後會有期。」

廖魁蹲在橋邊，默默把那句話又背誦了幾遍，確定絕不會忘記了，這才站起身來，轉到正陽門外大街上，在中和橋邊轉了一圈，空蕩蕩沒看到人，便在河邊兩棵特大的柳樹下坐了下來。他悄悄扯下了面具藏在懷中，瞪著河水發呆。

過了一陣子，一個花子走到他身旁蹲了下來，低聲對他道：「廖爺，你可來啦。」廖魁回頭看了一眼，道：「世駒哥，又好幾個月不見啦。丐幫弟兄都好？」石世駒道：「都還有福氣討口飯顧肚皮吧。咱們接到飛鴿傳書，說你要來南京已經好一陣了，今日總算接著你了。浦江那邊都好？」廖魁低聲道：「浦江不能待了，上回馬札已經查到鄭義門，卻被做掉了，其實是他著了董堂主的道兒，自己把自己活埋了。但從那時起，浦江也不能久待啦。」

石世駒道：「原來如此，怪不得不久前有弟兄打聽到，錦衣衛裡有侍衛口風不緊，傳出話來說馬札沒了，可魯烈不敢往上面報告實情，一直遮掩著這事。」廖魁道：「其實這也不能怪魯烈，他還真的不知馬札到底出了什麼事。現在大師父已到了福建，咱們需要懂鴿子的弟兄跑一趟福建，協助咱們建立新的飛鴿站。」

石世駒道：「成！你那天走，便著咱們這兒的高手隨你同去。」廖魁道：「每次要辛苦南京的高手也是麻煩，這回我老廖定要好好學一學。今後大師父那邊就可以由俺來馴鴿，搞個定點對多點的飛鴿站。」石世駒口頭道：「說得也是。」心中卻暗道：「馴鴿子和馴馬恐怕不太一樣吧。」

廖魁道：「難得來一趟南京，世駒兄還有些什麼話，鴿子載不了那許多的，要俺帶回去？」

石世駒想了一下，然後道：「請你告訴章逸，錦衣衛裡多了一個新人，一進門就坐馬札的位子，許多老資格的錦衣衛瞧著都不服氣，但魯烈要這麼幹，大夥兒也只能在酒醉飯飽後發發牢騷。這人名叫楊冰，聽說是少林派出身，武功高強得緊。後來又有人說那楊冰是天尊引進給魯烈的。這事我已飛鴿傳訊給錢幫主。另一件事昨日才探聽到，兩個天禧寺的和尚在城西做完法事，回頭路上累了坐樹下歇一腳，談的話正好被一個丐幫弟兄聽見了：天禧寺的住持溥洽大師讓錦衣衛請去，已經兩晝夜尚未回寺。這事極不尋常，我正發動全城丐幫弟兄注意打探後續，有了較為確實的消息，自會用飛鴿告知。」

廖魁聽了這話，心中十分震驚，呆了半晌才道：「好，等你的鴿信，但俺得趕快先回去在福建弄個飛鴿站。」石世駒從身後拿出一隻長形布袋，沉甸甸的，交到廖魁手中，提醒道：「還有這件重要事物不可忘了，這是章逸託京師第一高手製造的好東西，你要親手送交給大師父。」

∞

在此同時，朱棣正在皇宮裡親自密審溥洽。

自從一年多前魯烈密告有人檢舉，咬定溥洽知道建文的逃亡去處，朱棣雖然大怒，但還是聽了道衍和尚的勸告，沒有立刻抓人，而是派人暗中監視溥洽在天禧寺中的言行及接見的訪客。一年過去了，卻無任何收穫。

前一段時間魯烈彙整各方情報，又向朱棣稟告建文想要逃亡到海外，打算從福建泉州雇大船出海。魯烈報告中提到，泉州開元寺是臨濟宗的重鎮，東南沿海臨濟宗的寺廟大多支持建文的施政，建議朝廷要多注意。朱棣便命魯烈及地方官員加強監視臨濟宗寺廟的動靜。魯烈報告之後不久，道衍和尚提到福建閩侯的雪峰寺，千名僧人請求僧錄司准派泉州開元寺的潔庵大師去雪峰寺住持。

朱棣猛然想起這潔庵和尚的來歷，便問道衍：「這潔庵可是當年太子標的主錄僧？」道衍道：「不錯，正是他。」朱棣又問道：「雪峰寺是臨濟宗麼？」道衍回道：「雪峰寺是禪宗重鎮，是雲門宗和法眼宗的發源地，卻不是臨濟宗。」朱棣喜道：「如此甚好，立即派潔庵和尚住持閩侯雪峰寺，你另派個自己人去住持泉州開元寺，這樣朕較放心。」

這樣一來，潔庵從泉州調到閩侯雪峰寺，不但眾望所歸，而且可說是朱棣欽派的呢。道衍想起當年在燕京聽到的傳言，潔庵入主泉州開元寺也是洪武皇帝欽定，行前還在御前召見。前後對照，道衍不禁暗嘆：「潔庵師兄的這些際遇，冥冥之中似有天意啊。」

朱棣聽到建文可能從東南出亡海外，心中那一根最敏感的弦又緊繃起來，再也按捺不住，決心親自密審溥洽。

在皇宮裡一間接見臣民的偏殿，朱棣摒退所有的侍衛，賜座溥洽，房中就只剩下兩人相對。朱棣單刀直入地問道：「聽說大師你知道朱允炆的下落？」溥洽恭聲道：「天下人皆知建文已死於乾清宮一把大火之中，皇上已經以帝禮葬了他。」朱棣見他答得滴水不漏，便冷笑道：「那麼，何以你要對人說你知道建文的下落？」

溥洽心中大大吃了一驚，心想：「君無戲言，朱棣如此說，難道他確知我對什麼人說過這樣的話？」他自忖絕無此事，但一時無法弄明白何以朱棣會如此說，便沉吟了一下。朱棣抓住這一瞬間，聲音突然變調，聲色俱厲地喝道：「你既對人說你知道，便說予朕聽，建文去了何處？」

溥洽想起一年半前，道衍和自己談及此事時的對話，即便在那時，他也一口咬定建文已死於那一場大火，那次之後，自己更從來沒說過知道建文下落的事。他到這時鎮定了下來，已確定朱棣是在誆他，其實根本沒有任何根據。只是他萬萬想不到，朱棣以皇帝之尊，行事作風竟然有些市井無賴的味道。他一旦想通了，便不再猶豫，朗聲答道：「臣僧從未對任何人說過知道建文的下落，皇上定要追究的話，貧僧但知建文皇帝已經浴火升天，御體已蒙皇上厚葬。至於葬在何處，貧僧真不知了。」

這一來，溥洽安然回到滴水不漏的原點，而最後兩句話則重重回了朱棣一槍；朱棣雖然葬了一具燒焦的屍體，對外正式宣布那就是建文，但迄今卻未為建文修墓，京師國人但知建文已下葬，卻無人知道葬於何處。

溥洽一句話頂得朱棣頭上金星直冒，但他強忍住怒氣，耳邊響起道衍說的話：「不可殺死溥洽，溥洽一死，南京再無人知道建文的下落了。」於是他雖氣得發抖，卻沒爆發，只惡狠狠地瞪著溥洽。

這時溥洽耳邊也正響起道衍對他說的話：「溥洽師兄啊，但願你所言屬實，確不知道建文的下落；但是你若知道他的下落，這一生一世絕不要鬆口，便咬定你不知罷。」於是他暗宣一聲佛號，再無畏懼地直視朱棣，展現出無憂無畏的佛門高僧氣概。

朱棣好一陣子沒殺人了，眼裡漸漸射出凌厲的殺氣。溥洽心中飄過一句句《金剛經》的經文，目光漸趨平和，漸漸眼前一片祥雲，霞光四射，根本看不見朱棣了。

朱棣重重拍了兩下手，室門開處，魯烈快步走入，他察言觀色，立刻知道朱棣沒有問出答案。朱棣指了指溥洽，揮手示意將之帶出，魯烈恭聲道：「皇上日理萬機，那有時間跟這和尚問話，還是咱們去錦衣衛衙門裡慢慢談，用咱們的方式談，興許就談出個結果了。」朱棣點點頭道：「就魯烈你自己先去問個清楚，口供密呈上來，朕還要親審。」他這話很巧妙地暗下命令：用什麼方式問可以由你，但要由你親自審問，而且不能讓和尚送了命。

魯烈帶著溥洽出去時，溥洽腦中出現了方孝孺在南京城破後，待在天禧寺中一遍又一遍地寫文天祥〈正氣歌〉的情景。他知道鼎鑊毒刑在前面等著自己，他唯有以一口佛門正氣相迎，永不妥協。

朱棣坐在龍椅上，叫兩個太監進來侍候，下令道：「傳內官監太監鄭和來見。」

朱棣喝了兩碗熱茶，室外侍衛和太監通報：「鄭和到！」朱棣宣鄭和晉見。鄭和此時年過三十，官已至四品內官監太監，地位僅次於司禮監。經過這幾年的歷練，他行止言語都更為成熟了。

朱棣揮手命侍衛及太監退出，賜鄭和坐下，半晌沒有說話。鄭和見朱棣的臉色由肅然漸漸轉為悵然，緊閉著雙目及嘴唇，直到再次睜眼時，目光與鄭和相對，流露出一絲極為難見的相知溫情。朱棣喟然嘆了一口氣，道：「鄭和，你知不知道建文其實沒有死於那場火？」

鄭和心中一緊，沉著地微微點了點頭，沒有說話。朱棣追問道：「你知道了？天下人都知道了？」鄭和道：「回皇上的話，鄭和但聽聞各種謠傳，其實並不知情，天下百姓更無從知情。皇上何必過於在意？」

鄭和心中其實十分震驚，眼前這個皇帝，打從「洪武三十五年」（其實應是建文四年）六月十三進入南京城起，一路血腥鎮壓，殺人無數，絕不手軟，此時竟然流露出一股軟弱之態，難道皇上還真怕建文逃亡後糾集支持他的臣民軍隊，捲土重來麼？於是他接著道：「就算建文逃亡淪入民間江湖，陛下整軍經武，北疆穩固，天下漸治，難不成還怕建文東山再起？」

朱棣搖了搖頭，面上神色漸漸恢復平時的剛毅威猛，聲調也轉為冷峻，說道：「俺不怕朱允炆還能作什麼怪，但君無戲言，俺在洪武三十五年六月十三已經宣布建文死了，如今他怎能還活著？鄭和，你老實說，關於建文的下落，你有沒有聽過他逃亡到海外的傳聞？」

鄭和道：「原來朝中傳得較多的是建文去了雲貴一帶，最近開始聽到有人在泉州一帶見過建文的傳聞。依小人來看，這些傳聞多不可靠，據小人查究各種細節，大多矛盾百出，不攻自破。」

朱棣追問道：「建文是否有可能逃往海外呢？」鄭和道：「小人不敢妄加猜測，但知泉州一帶海運十分興旺，海船到南洋、西洋載人載貨，經商貿易量之龐大十分驚人。倘若有人乘那些巨大商船出海，確可到達數千里之外……」他話未說完，朱棣打斷道：「那麼朱允炆如果出了海，隱藏於數千里之遙的海外，豈不永處王法之外？」鄭和忍不住回道：「然則建文如匿身數千里之海外，他便老死異域，又何足為害？」

朱棣不以為忤，點了點頭，忽然改變話題，抓起桌上兩道奏摺，對鄭和道：「這兩道奏摺一道來自廣西，一道來自雲南，除了報告有關建文的種種傳言查無實據之外，都提到了南洋諸藩出現不穩的情形。建文年間更是經常發生漢夷糾紛，甚至有大規模殺人越貨的事。你方才談到我大明與這些小國之間的海陸貿易興旺，這些國君及少數商人日進斗金，但對我大明的朝貢卻是時有時無，全不當一回事兒。須得有一能臣不辭辛勞，前往南洋顯示一下大明國威，進一步開拓商機，順便尋找一下建文的下落。」

鄭和覺得朱棣這個想法極有眼光，正要表示贊成之意，朱棣顯然胸有成竹，又接著道：「俺要建造一支船隊，足以載運成千上萬的大軍出使南洋，要南洋諸國望風而朝，永無異志。安得我大明之張騫、班超，揚我國威於海上？」

鄭和看到此刻的朱棣，雄才大略，意氣風發，完全是大國之君的模樣，面上殘暴乖戾之氣盡除，這才是鄭和原來認識的朱棣。他帶著崇敬的眼光看著朱棣，朱棣忽然指向鄭和，一字一字地道：「鄭和，俺的海上張騫就是你！」

鄭和嚇了一跳，一顆心也開始狂跳，他想到朱棣剛才說的，一支載運成千上萬大軍的船隊，浩浩蕩蕩出使南洋，頓時激起了千丈雄心，一股豪氣充塞胸膛，他嘶啞地道：「皇上，這差事您要派給小人？」

朱棣嚴肅地點頭道：「就是你，鄭和，你是不二人選。去好好規劃一下整個計畫，想妥當了再來報告，告訴俺怎麼著手、在那裡做、花多少時間、費多少銀子、出海的路線……每個重要環節俺都想要知道。這是史無前例的壯舉，秦皇漢武、唐宗元祖都沒有做過的大事，要在朕及鄭和你的手中完成。」

鄭和仔細聽朱棣講的每一個字，整個人被朱棣的領袖魅力征服了，感動得熱淚盈眶，他喃喃自語道：「是的，這是史無前例的偉大事業，我將以我的生命去完成它。」

朱棣道：「三個月後，朕要看你的計畫。」

鄭和退出後，朱棣也從極度的興奮中冷靜下來，他喚太監入內，吩咐道：「傳戶科都給事中胡濙來見。」這位傳令太監顯然沒聽過胡濙的名字，只好默唸了兩遍，硬記下退出後，找資深太監幫忙到戶部找人。

胡濙自從朱棣登基後，只蒙召過一次，那次朱棣以燕王時的布衣故人看待他，之後南京城的腥風血雨使胡濙對這個新主子畏而遠之，朱棣也未再召見過他，似乎已忘卻了這個小官。

胡濙懷著忐忑的心，隨著太監進入朱棣接見臣民的偏殿。行禮完畢後，朱棣開門見山地問道：「胡濙，你在京師為官有三年多了吧，京師朝廷及應天府各級官員必定熟人眾多，近日可聽到些什麼重要的傳聞？」

胡濙心中有數，知道這只是出一道題目，正式文章還在後面，便恭聲答道：「臣在戶部所獲各地傳來報告，可見到皇上就位一年多來，各地方，包括前幾年受戰事影響的地區，均已迅速恢復，農村豐收，商貿興旺，國庫亦見增足。臣所聽到朝野之間流傳一種說法，以為大明即將邁入『永樂盛世』。」

胡濙聰明伶俐，這番話只限於戶部的立場論事，多為事實，雖然讓朱棣聽了十分高興，倒也不顯肉麻。朱棣點頭道：「其他方面的傳聞呢？譬如說，有關建文的事？」

胡濙暗道：「正文拋出來了。」他吸一口氣平息緊張的心情，接著道：「這方面的傳聞的確不少，朝野人士由於有所顧忌，都在私底下談論，這一來一些無稽之談就以訛傳訛，愈傳愈誇張，以致驚動了聖上。以臣愚見，朝廷不必在意，古有明訓，謠言止於智者。」

這一番話講得四平八穩，沒有破綻，亦無漏洞，但聽在朱棣耳中，便覺這胡濙滑頭，儘講些冠冕堂皇的話，了無新意。待胡濙說完，朱棣單刀直入問道：「胡濙，你覺得天下人智者多還是愚者多？」

胡濙避開正面回答，應道：「臣覺得這些謠言之所以流傳不止，主要是因為前年皇宮那場火，建文被燒成焦屍，難辨面目，是以只要有心人一挑起，天下百姓中總有一部分人會有疑心，這情形恐怕難以消除。皇上最好的辦法便是不去在意，只要能崇揚文教，整軍經武，振興農商，讓『永樂之治』名垂青史，後世誰會去注意那些謠言？」

朱棣笑道：「胡卿這番話就有點誠意了，朕覺甚有道理。但謠言影響民心，民心影響士氣，士氣可搖國本，汝等國之大臣對這些不實的傳言應思對應之策，不可令其以假亂真，以紫亂朱。胡濙，朕給你一道命令，命你一一蒐集種種有關建文的消息，包括曾彙報過朝廷的，以及民間暗地流傳的謠言，仔細究其異同，尤其要好好分析，看看能否從中尋出一些脈絡，抓出背後是否有人在主導其事。這事須秘密進行，所需資料找錦衣衛魯烈要，所需花費從戶部支。」說完就在案上抓起紙筆，寫下「著胡濙調查不實謠言所需由各部支」，墨汁淋漓地簽了名，遞給胡濙，微笑道：「胡濙，你把這件差事辦得好了，朕不但有重賞，還有更大的差事要派你去辦。」

胡濙不知朱棣所說「更大的差事」是什麼，但隱隱覺得朱棣的微笑中帶有一絲難言的詭譎。他想告訴朱棣自己對「更大的差事」沒有什麼期待，但朱棣那耐人尋味的眼神令他不舒服，便沒說什麼，直接謝恩了。

胡濙退出後，朱棣暗道：「想不到一日之內，兩個人都對俺說相同的話，要我不理會建文的謠言，全心致力於經武緯文，振農興商，打造『永樂之治』。俺聽得挺煩的，但不能說沒有道理。今日我要再辦一樁事，讓後世的讀書人永遠記得俺。」

他拍了兩下手，示意當差的太監入殿，再次傳令：「到翰林院傳解縉來見。」太監奉命離去後，朱棣忽然感到一陣倦乏，就坐在龍椅靠著養神，沒想到片刻即睡著了。

待得朱棣醒來，日頭已偏，他一驚而起，問道：「解縉在麼？」門外解縉應聲答道：「臣解縉在此恭候。」朱棣要他進來。只見解縉大步走入，雖在門外枯候了半個時辰，卻面無異色，行止落落大方，見了朱棣跪下行禮道：「皇上終日操勞國事，略事養神，面上便有龍虎之色，非常人所能也。」

朱棣聽了心中並無喜意，心想：「皇帝本非常人，這書呆子說的不是廢話麼？」但他自從殺了方孝孺後，自覺大大得罪了天下讀書人，讀書人表面不敢說，那枝筆卻誰也管不住，從此便刻意對讀書人客氣些，是以口頭上仍表歉意：「累先生久候，十分的罪過，快請坐下說話。」

解縉坐下了。奉茶畢，朱棣便長話短說，直截了當地道：「今日請解學士來，乃是要談一件攸關國之文運至鉅的大事。朕雖為一介武夫出身，然身為國君，深知文學之興衰與社稷之興衰實有密切關連，故特請學士進宮，談談你的看法。」

解縉很認真地聽完了，回問道：「皇上所言極是，只不知聖意的那件大事為何，臣請聞其詳。」

朱棣道：「自有文字以來，文以載道，然道有正道，亦有邪道，欲國之安者，須取正而捨邪。然天下古今文書浩浩不知其數，朕意將經史子集之書，以及天文地誌、陰陽醫卜、僧道、技藝之言，統統編成一本巨著，不嫌浩繁。解縉，你覺得如何？」

解縉聞言張大了口合不攏來，他雖是個才子，但從來也沒想過這樣一件偉大的工作，而這個構想居然出自一個自稱武夫的皇帝，實在有些不可思議。他囁嚅地道：「皇上……天縱英明，這工作太偉大了，須得……」

他尚未說完，朱棣已經打斷道：「這件工作朕就派你來幹。你要多少人、多少銀兩，計畫好了來報，朕要親自聽聽。」解縉心中又感動又感激，半晌說不出話來，最後只能簡單地說道：「此乃震古鑠今的文化鉅著，臣願竭誠盡忠，全力以赴，必不負陛下聖意。」

待解縉辭出，朱棣長長吁了一口氣，這一日之內，他處理了四件大事，四件事都經過他深思熟慮，在新歲過年的十天裡一一想好了施行的步驟和執行的人選，就在這一天之內都辦好了。他心中立刻輕鬆了許多，伸了一個懶腰。小太監進門來換新茶，朱棣隨口問道：「今日何日？」小太監回答：「正月十六。」

永樂二年元月十六，是一個創造歷史的日子。

∞

永樂二年三月，鄭和回稟朱棣，出使南洋的計畫已經規劃完竣，要面聖詳細報告。朱棣命鄭和先到宮裡密報計畫大旨，不需相關部門協同，但就大原則讓朱棣瞭解重點，細節以後再說。

就在宮中同一間議事偏殿裡，鄭和帶了大疊文書及一卷長達丈餘的地輿長卷，單獨對朱棣做了報告。就在這個報告中，鄭和大膽地提出建造巨型寶船六十二艘，加上去年原已令全國建造的各型海船一百八十艘，共載二萬多人的部隊出海的計畫。

這是古今中外有史以來前所未有的偉大航海計畫，符合朱棣的心意，卻超出朱棣的預期！現在輪到朱棣眼睛發亮，心鼓如雷，他指著放在桌上的幾張寶船設計圖，顫聲問道：「這寶船真能有這麼大？」

鄭和答道：「小人走訪各地造船工坊，遍尋各地造船巧匠，請教渠等經驗，海船最大究竟能造到多大。航行海上最須安全，經過彼等合力算計，認為如果由全國最好的資深工匠以上好木料來製造，當可造出數十丈長、十多丈寬的寶船，最大者可載上千人。」

朱棣不敢置信，問道：「十丈寬的船，水中阻力必大，如何行駛得動？」鄭和道：「寶船的船體上寬下尖，可吃深水而得穩定，所謂寬十丈乃是指甲板寬度，船身吃水部分，仍是一般船形，大約六七丈寬，各種船隻視需要而定。甲板需加寬，乃是為了可以於行船之上走馬練兵。」

朱棣聽了樂不可支，但他是帶過兵、打過仗的軍事專家，略一計算，便道：「你若真有寶船六十二艘，再加各型船隻一百多艘，運兵二萬當無問題。但你可算過率領二萬兵士海上出征，需要多少補給，多少後備支援？糧食？清水？」

鄭和展開另一卷宗，一項一項解釋給朱棣聽，他先在預定的航海圖上，指出那些將要停靠的港口，圖上標示了各停靠點之間的航行距離。由於估算各點之間海上需帶多少糧、水、藥草、衣物……不易精準，所以每樣補給都會多帶幾成，以防遇上突發狀況，不能如期到達定點。

朱棣點了點頭，再問：「如果到達定點，當地人不肯提供補給，你便如何？」鄭和道：「咱們帶了足夠的金銀幣帛，即便交易不成，這二萬兵士不會坐視自己餓死。」

朱棣大笑道：「說得好，朕瞧你的文書中提到除了帶醫生，還要帶卜、僧、道之流隨軍出海，又是何故？」鄭和道：「大海茫茫，動輒數月不見陸地，二萬多人難保沒有人因想家思親，心生憂鬱而成心疾，或憂慮前途心生畏懼。如有僧侶為之誦經開導，便可免除許多麻煩；如有人因而中邪，則道士可為之驅鬼；心情不穩之人，有巫卜者為之卜算前程以解憂。當然私下要告誡卜者，只准報吉，不准報凶。」

朱棣愈聽愈感有趣，問道：「若是真有疾病或遇瘴癘之侵，你帶多少醫藥？」鄭和道：「回皇上，二萬多兵士，合需醫者二百、各種藥材三百多種，方可敷所需。」

朱棣指著單上一行，問道：「航行大海，你還帶數十名老嫗上船，這是為何？」鄭和道：「這些老婦人可為將士縫補衣襪，則衣物穿用可不必破損即棄，減少補給費用；彼等年齡足為士兵之老媽，可免男女糾紛。」朱棣好奇地問道：「聽聞水上討生活者視婦人上船為不吉，可有此事？」鄭和道：「確實如此，故臣備有專船，隨行老婦集中一船，確保船工兵士心裡無礙。臣就不信，如若船上載有婦人即不吉祥，那這船上滿載婦人，豈不注定要沉到海底？事實上，這些婦人的專船和大夥一樣安全航行、安全抵達，正好可以破除這種海上無稽的迷信。」

朱棣聽到這裡，由衷讚賞鄭和的才幹，也深慶自己眼光獨到，這一樁前無古人的大航海計畫，找對了人來執行。他站起身來，呵呵大笑道：「最後一個問題，朕見你在這張單子之末寫了『穩婆兩人』，這是何故？難道二萬士兵和數十老嫗還要在海上生娃娃？」

鄭和答道：「臣從經常來往南洋的商人處打探各種消息情況，得知南洋各地醫藥之道不彰，婦人生產常因處理不潔而致嬰兒夭折，甚至禍延產婦。聖上面諭要藉南行西航宣揚我大明國威，臣退而細思，以為最佳方法乃是帶利益恩澤至當地，與當地結為盟友，令小國永感我上邦之恩惠而守四夷。故臣打算南行所到之地將施義醫，穩婆可教導夷婦生產、接生的衛生之道，不僅使之永感上國德澤，且救活嬰兒一命，勝造七級浮屠，阿彌陀佛，善哉，善哉。」

朱棣哈哈大笑，上前一把抓住鄭和的手道：「你這個回回何時滿口佛號？南洋各國多伊斯蘭教徒，你船上船工、雜役、書手、譯員、採買，多找些回回加入，必有助益。」

鄭和道：「皇上聖明，臣依旨明日便去徵召能幹的回回，愈多愈好。小人原是回回，自從道衍大師收了臣這個弟子，賜法名福吉祥，乃勤讀了幾卷佛經，便覺天下各教的基本教義大同小異，其實應該和諧共存，互相砥礪，以發新義於教化。是以將來這一船隊之中，各種教徒同處一船，當可體會同舟共濟的真諦也。」

朱棣道：「鄭和啊，汝說的好，朕不需再聽細節，明日便命工部、戶部、兵部及相關地方官員合組一個團隊，所需人員由你挑選，即日開始籌備西洋之航。造寶船，你估需多少時間？」

鄭和道：「臣已與造船專家仔細算過，十五個月後，首下西洋計畫所需的寶船當可齊備。」朱棣道：「就這麼辦，所需費用你與戶部商量，首航的規模要看戶部的財力規劃，再做最後定奪，亦不需強求好大喜功。」

鄭和辭出前，最後請示朱棣：「有關……有關錦衣衛的部分，小人與何人去商議，還請皇上示下。」

朱棣知他是問出海搜尋建文下落的事，這事他早已想過，知道這項任務的人愈少愈好，錦衣衛中明知建文逃亡一事者便是魯烈，於是點了點頭道：「你找魯烈商量布置吧，須得機密進行。」

8

廖魁帶著南京丐幫的養鴿高手，日夜兼程趕到福建閩侯雪峰寺時已是傍晚。廖魁在寺外就看到朱泛和鄭芫正在寺廟門口與一個年輕和尚說話，便放慢了馬行，在寺外專設的下馬處拴好了馬匹，上前與朱、鄭相會。朱泛立刻請年輕和尚通報潔庵住持方丈。不一會，潔庵在方丈室接見了廖魁，鄭洽等人在一旁作陪。

廖魁先將南京之行報告了一番，然後四面看了一下，低聲道：「南京從『上面』有話傳下來，要我帶給方軍師及章指揮，可否請這兩位一起來，我有機密轉告。」

朱泛解釋道：「咱們大夥兒從浦江移到此地後，潔庵禪師及天慈禪師先後來到，有這兩位大師的加持，附近各寺莫不歡喜。現有潔庵禪師坐鎮雪峰寺，天慈禪師則在寧德支提寺及其他各寺雲遊掛單，等情勢漸漸安定下來後，大師父便要跟著天慈大師常駐支提寺了。但這麼多武林人士聚於一地，日久必引外界注意，反而不利大師父隱居，於是決定分批離去，定期回訪。完顏道長和傅翔已赴燕京，方軍師和章叔前幾天也啟程回浦江鄭義門，便是董堂主和陸鎮老爺子也回南京去了。這裡只剩下鄭芫和俺，待一切聯絡方式及飛鴿傳書諸事都處理完畢，咱們也要走了。」

潔庵點首道：「廖魁，你仍將留在此地。你是大師父與南京『親戚』之間的連線，此線得之不易，絕不可中斷。待會還要請朱泛轉告那位南京來的丐幫朋友，拜託他儘快訓練信鴿，長程可達南京，短程需到寧德。」

朱泛也點頭道：「閩侯到寧德不過二百里，飛鴿一日可往返，這個容易。但長程達南京的信鴿不易訓練，飛行千里以上仍能精準到達目的地的信鴿，百中無一。幸好上回咱們在浦江鄭義門已經建立了通南京的鴿站，若能以鄭義門為中繼站，這傳信就容易多了。」

潔庵道：「老弟，你這番考慮極是。章逸臨行前告訴老衲，鄭義門的鴿站仍由留守的于安江在照料處理。如此連線，咱們和章逸他們經常飛鴿傳信，豈不妙哉。」

這時小沙彌已陪應文大師父來到，應文一進門先向潔庵合十行禮，再向諸人行禮，並對廖魁道：「廖施主風塵僕僕，從南京帶來訊息，貧僧先謝過了。」儼然一位有道僧人的模樣，那裡還看得出他帝冑的原貌。廖魁行禮道：「大師父借一步稟告……」潔庵將隔壁一間禪房門打開，道：「請便。」應文和廖魁進入禪房，將門掩上。

過了一盞茶時間，廖魁向應文密報完畢，便由小沙彌帶著，和在外等候的丐幫弟兄一道去用齋飯了。應文向潔庵行了一禮，道：「徐皇后託徐輝祖轉告，朱棣已開始注意臨濟宗的寺廟，可能要伸手掃蕩浙閩這一帶。另外，南京丐幫的石世駒傳話，一個叫楊冰的人加入錦衣衛，一上來就佔了馬札的缺位。還有一個壞消息，朱棣將溥洽給抓進錦衣衛衙門了。」

鄭芫驚道：「溥洽大師知道大師父行蹤，這便如何是好？」應文嘆道：「溥洽但知諸君保護應文逃亡浙江，並不知以後的變化，應文來到雪峰寺的事他斷不知曉。然而朱棣殘酷成性，溥洽恐將遭受非人的折磨。」

朱泛道：「那楊冰便是天尊埋伏在少林寺的內應，現下天尊推薦他接替馬札的缺位，倒不令人驚訝。只是朱棣要找浙閩一帶臨濟宗寺廟的麻煩，咱們是否通知那兩個什麼侍郎，讓他們暫緩一下藏軍於寺的計畫？」

一直沒有說話的鄭洽道：「去年臘月，第二次會稽之會才決定要加速進行僧兵及武僧的計畫，這會兒如要暫停下來，要趕快設法通知各寺的負責人。」應文點頭道：「先緩下來避避鋒頭，復興大計豈在一朝一夕。」朱泛道：「這事俺來辦，要是咱們的飛鴿站一時弄不起來，俺便跑一趟鄭義門。」

鄭芫心細，注意到應文大師父從隔壁禪室中聽完密報走出來時，肩上已多了一隻布袋，顯然是廖魁帶給他的，她見著極是好奇，這時終於忍不住問道：「大師父，您肩上的布袋裡是啥？看上去滿沉的。」

應文第一次露出一絲欣喜之色，他將布袋卸下，面帶微笑道：「這是廖施主從南京帶給我的，原來是章逸送的禮物。」

布袋中裝了一個長匣，打開一看，只見匣裡放著兩支精密製造的零件，一長一短，另有一個製作較複雜的機簧，應文拿將出來，每一支都上下仔細察看了一番，然後將一支硬木、一支鋼件一橫一豎，對準三個卡榫用力一合，只聽得「咔嚓」兩下清脆之聲，一支亮光閃閃的奇形鋼弩就成型了。應文再把那個機簧裝上，興奮地笑道：「這禮物是章逸和覺明師太合力設計好，將設計圖分成五份，用了五次飛鴿傳送到南京，委託章逸的朋友，也就是京師第一巧匠葉師傅打造而成，這分人情可大了。」

鄭芫也興奮不已，忙問道：「這鋼弩比您原來那支大了一倍，威力怕也要倍增？」應文道：「據章逸和覺明師太估計，其威力比那支小弩大了一倍有餘。」

鄭芫知道原先那支小鋼弩也是出自章逸之手，對這話便深信不疑。她一面撫摸那支新的木樑鋼弩，一面對應文道：「大師父，您要成為長程神箭手了？」應文沒有回答，只和鄭芫對望了一眼，但見他眼中盡是樂意，兩人心意盡在不言中。

朱泛插嘴道：「章叔為何要送大師父重禮？咱們都沒有份。」應文笑道：「是應文二十七歲生日之禮，唉，出家人早該忘了生死，章逸忒多禮了。但這支木樑鋼弩確是造得精巧無比，貧僧雖已出家，竟是禁不住的喜歡呢！方丈，方丈，這豈不是罪過！」

潔庵哈哈大笑，他雖是佛門高僧，但生性豪邁威武，指著那支鋼弩道：「應文，你豈不聞紅粉贈佳人，寶劍贈烈士，同理，巧弩當送神箭手。章逸和覺明師太既有此心意，你還是勤練準頭，莫辜負這神箭手三個字便是了。你以二十七歲的英年與我佛結緣，老衲祝你否極泰來，前程撥雲見日。」眾人一齊合十祝禱，鄭芫閉目誠心誠意地唸了一句：「善哉此言。」

是夜月色甚佳，應文在禪室中久久不能成眠，他將章逸送他的新弩組合好了，拿在手中撫摸玩弄，不時舉起瞄準一會，覺得無比稱手，就是不知道威力如何。他心中暗讚：「章逸心思手段都巧妙過人，加上覺明師太的老經驗，這兩人的天作之合造就了這支弓弩，也不知能不能百步之外仍具傷人威力？」

他正在獨自欣賞，暗自設想，門外忽聞鄭芫的聲音：「大師父要安寢了麼？」應文心中一喜，連忙開門迎客，只見鄭芫笑嘻嘻地道：「大師父，若不想睡，要不要試試您的新武器？」

應文喜道：「芫兒最知我意。乘這月夜，咱們正好試試這支新弩。」鄭芫低聲道：「您一共只有五支箭，就都帶著吧。今夜芫兒要帶您去個隱秘的地方試箭，千萬不能驚動雪峰寺裡的和尚。」

應文知道鄭芫自從來到雪峰寺，早已把附近地形探得一清二楚，更兼聰明過人，自己跟著她便放心，於是回身取了五支箭，掩門道：「芫兒帶路吧。」鄭芫尚未回答，左邊林子裡鑽出朱泛來，只見他嘻嘻笑道：「大師父試射，不在意俺做個搖旗吶喊的觀眾吧。」

應文道：「朱泛總是神出鬼沒，你來得正好，應文今晚試射新弩，你可要不吝指教。」鄭芫心知朱泛於暗器上的經驗見識都遠超過自己，有他在旁指點一二，對應文試射大有益處，但口中卻道：「朱泛，你沒用過弓弩，先不要吹大氣。」

三人悄悄離了禪房，朱泛輕輕一躍已越過寺院圍牆，鄭芫帶扶著應文也是一躍而過，心中卻暗驚道：「大師父的內功修為進展神速啊。」她在應文耳邊道：「待會我將施展輕功，大師父您便一心一意守著我教您練的運氣口訣，將一口內力提起，隨我步伐前進，自己不要用力。」

她話聲才了，人已如一支箭般疾速向前奔出。她一手扶住應文，應文則依她所教授的方式提氣隨她前行，果然兩人就如結為一體般飛快疾行，並無滯礙。鄭芫暗忖道：「大師父內功進步驚人，我已請示過潔庵師父，明日可以開始傳他少林的輕功。如此一來，大師父心有寄託，專心修練少林內功及輕功，另外勤練弓弩射術，或許可稍減他心中深沉的去國之痛。」

雪峰寺後一片蒼莽，丘陵起伏，中間雜以各種樹林，三人一直奔出五里外，到了一片雜草和矮樹叢生的坪頂。朱泛停下身來道：「就這裡吧。」鄭芫從腰袋中拿出幾盞紙糊的小燈籠，將其中一盞燈的蠟燭點燃，對應文道：「今夜您要試射百步，雖有明月，靶心難以辨認，不如就射這盞燈，試試您的準頭。」她將小燈籠掛在約百步之外的樹枝上。

應文抽出一支箭，在新弩上固定了，拉起機簧來，瞄準射出，只聽到「奪」的一聲，那支箭射中了燈籠下方的樹幹，燈籠未熄。

「奪」的又一聲，第二支箭射在同一位置，幾乎要射中第一支箭的箭尾。應文正要放第三支箭，朱泛揮手止住，他上前仔細察看了兩支箭的落點，回到應文身邊道：「大師父，您覺得這兩箭射得如何？」應文搖頭道：「一連兩箭未中，顯然對這隻弩的準頭尚不能掌握，慚愧。」

朱泛搖頭道：「不對，大師父，您的兩箭落點幾乎完全一致，這就表示您的準頭已達到了十成，問題恐怕出在這支弓弩上，須得重新調整。只是章叔不在身邊，依我的想法，咱們……」

他話未說完，應文的第三箭已經射出，這一次他刻意射得高了幾分，心中暗忖：「先前兩箭都射低了，我就調高一點試試。」只聽得呼的一聲，這一箭從百步外的小燈籠上方飛越，連樹幹都未射中，一直飛到兩百步之遙才落了下來，墜地之前湊巧射中了一棵矮樹幹。

鄭芫正要上前檢視，又是呼的一聲，應文的第四箭已經射出。「奪」的一下，那箭落在燈籠下一寸之處，牢牢射入樹幹。三人都呆了一下，朱泛低聲讚道：「大師父，只一寸之差了。」

應文走上前去，和鄭芫一齊檢視完畢，便去尋找飛越燈籠後數十尺的第三箭。那支箭飛到矮樹前已將要落地，似乎是力盡將墜，但令兩人吃驚的是，那箭居然射入矮樹寸深，牢牢釘在樹幹上。

鄭芫使勁將箭拔出，喃喃自語：「這支箭飛出兩百步，仍然具有殺傷力，只可惜就要墜地，雖有餘力，卻便沒有用了。」應文想了好一會，忽然道：「我若調高射出，箭必飛得更遠，就算它劃一弧線飛出，只要能維持準頭，這支弩豈不是可射倒更遠的敵人？」

朱泛聽了這話大感興趣，湊過來道：「大師父說得不錯，您若往上射，箭必飛得遠，問題是您不直接對準標的，卻要能抓住十成準頭，難啊。」

應文把四支箭的落點都仔細記下了，回想自己發射時的每一細節，心中漸漸有了一些把握，便對鄭芫道：「芫兒，待我再試一箭。」他捧起弓弩，先用心瞄準了標的，然後按照第四箭所試的調整再略加修正，深吸一口氣後屏住氣息，穩住身心，隨即一放機簧。呼的一聲，強弩發射了第五支箭，百步之外的燈籠應聲而熄。

這回朱泛和鄭芫同時爆出一聲彩：「大師父，好箭法！」兩人雖然盡全力壓低了嗓音，仍掩不住十分的激動，應文卻似陷入沉思。朱泛待要開口，鄭芫以指壓唇，湊近朱泛輕聲道：「朱泛，你先莫說話，大師父自有他的想法。」

應文想了一會，臉上露出一絲微笑，轉向朱鄭二人道：「朱泛、鄭芫，我有一個想法，不知是否行得通？章逸新造的這支弩實在有力，我估計它飛達二百步仍可殺人，可惜它平飛一百數十步便已墜地。但我若向上拋射，便可飛越二百步。朱泛方才說得好，把握準頭實在難，但方才第五箭乃是我仔細計算後向上調整而得到的結果。我要以此經驗法則，苦練那上仰拋射的訣竅，如能成功，此弩可傷敵於遠方，威力倍增。」

朱泛聽得心花怒放，忍不住拍手道：「大師父說得太好，俺想講的正是如此。您能從愈遠的距離攻敵，敵人便愈防不勝防，偷襲成功的機會便愈大。只是這種向上拋射之法，準頭太難掌握。」

應文聽了這話，覺得朱泛言下之意似乎認為方才第五箭有些靠運氣，仔細想想確也如此，便點頭道：「朱泛言之有理，但應文發願從今夜起開始勤練。俗語說得好，天下無難事，只怕有心人。我便是個有心人，有心把這長程拋射練到百發百中，不達目標絕不停止。」

見到應文臉上流露出來的一股堅毅之色，朱泛和鄭芫無不動容，鄭芫更覺深深感動，她好久沒見到應文臉上出現這種堅強無畏的神情，便暗暗祝福道：「大師父啊，您終須自己獨立走出過去。未來的日子芫兒也不能經常陪著您，看到您有目標、有決心，芫兒心中稍安。」

就在這時，前方林子裡傳來一陣爽朗的笑聲，只見雪峰寺的住持潔庵大師緩步走來，指著應文道：「大師父好準頭，這長程仰射若能練到百發百中，那確是前無古人的絕技。試想兩軍對壘，弓箭手發箭都是向天拋射，便是為了增加射程距離，但此時弓箭手並無指定目標，只是射向大片敵人，希望利箭從空中落下去，正好射中某個人而已。如今應文你要指定目標拋射，不但準頭難，距離太遠時若有風力，則命中目標更是難上加難。」

應文見是方丈來了，連忙合十行禮道：「有擾方丈師父清修，罪過，罪過。」鄭芫跑過來對潔庵道：「師父好輕功，在後面跟蹤咱們好半天了，咱們都沒發覺。」

潔庵笑道：「你等專心在研究應文的射術，老衲走到近處居然也不察，實因章逸的弩、應文的射，實在太驚人了。」說著他轉向應文道：「我少林的內功修為，對目力的精準判斷、手腳的平衡穩定，皆大有助益。大師父，你既有志練成這項絕技，明日起老衲便親自傳你少林內功。」

應文大喜，便要跪下拜謝方丈，卻被潔庵雙袖一撫，一股柔和之勁將他托起。應文道：「方丈師父乃貧僧俗家先嚴的主錄僧，應文這一拜理所當然，方丈師父休辭。」潔庵道：「大師父休言俗家事，若要說起俗家事，貧僧便要拜你九五之尊了。你來歷特殊，咱們便誰也不拜誰，做個好師兄弟吧。」

朱泛和鄭芫聽得潔庵要親自傳授應文大師父內功，都不禁大喜。朱泛抓住鄭芫的手掌用力握了一下，鄭芫知他心意：此處既有潔庵的承諾，他倆便可離去了。

8

鄭和得到皇帝的支持開始建造寶船，匆匆已過了十四個月。這段時間裡，六十二艘寶船在全國三座造船大廠中日夜趕工。由於朱棣極為重視這一計畫，不但工部、戶部及兵部全力支持，相關的地方衙門也悉數投入，可以說鄭和要什麼就有什麼，遇到任何困難，只要鄭和想得出的解決法子，朝廷及地方都能馬上配合，排除萬難。凡事起頭難，前六個月重重困難逐一解決後，後八個月的工作便以驚人的速度按部就班地進行。終於永樂三年三月底，第一艘寶船大體完成。

鄭和恭請朱棣到龍江關造船現場視察，寶船之巨大、船上設計之完備，都令朱棣目瞪口呆。他望著九根巨桅，問道：「這九桅能掛多少帆？」鄭和道：「九桅共掛十二帆。甲板雖寬，但兩邊均架空超出船身丈餘，大幅增加甲板的寬度，卻不影響水下航行。兵士在上面操練蹓馬，均甚適意。」

朱棣看得大樂，誇道：「這寶船堪稱前無古人之巨構。鄭和，汝率大軍浩浩出海，真乃朕之海上張騫也！」鄭和躬身道：「此全賴皇上親下聖令，相關各部及地方衙門全體戮力配合，方能於十四個月內完成此一巨艦，其他六十一艘亦都接近完工。」

朱棣問道：「依你看，何時出發為佳？」鄭和道：「臣下遍覽群書，並親向泉州一帶經常航海的商旅請教海上季風的風向變化，復參諸船隊及人員召募訓練的進度，諸事完備，出海吉日當在立秋之後。」朱棣撫掌大笑道：「好，鄭和，你就在秋後出海。此間有任何需求但呈報上來，朕為你解決。」

鄭和得了朱棣正式命令，他的船艦、人員、補給各方面準備就緒，永樂三年六月十五他叩辭皇帝，帶著皇帝給他的任務，也帶著滿朝文武的祝福，從太倉啟航，浩浩蕩蕩展開了有生民以來最偉大的海上遠征。沿途民眾放鞭炮相送，一路放到出海口附近的瀏河港，來自其他各地造船廠的船艦早已在此集合就緒。

鄭和計畫出海的第一步是駛向福建長樂。他原就在長樂設立了完善的補給站，準備率兩百多艘大小船艦先到長樂，一面等候季風，一面等待全軍補給完畢，然後才率領兩萬八千名兵士和各種專業人才，乘風破浪，駛向南洋。

鄭和站在第一艘寶船的船首，船上掛著一條旌幡，上書「大明國統兵大元帥鄭」，他的副手王景弘站在一旁。鄭和回想出海前他到後宮向徐皇后辭別，徐皇后問道：「鄭和呀，你此行何時歸來？」鄭和答道：「當在一年半至兩年之間。」徐皇后道：「願菩薩保佑，三保此去早歸。聞道你的寶船巨大無比，正好為我辦一樁大事，此事尚未就緒，等你歸來時間正好。」鄭和望著這待己如子弟的皇后，雙鬢竟然生出白髮，神情也現老態，不禁又深深看了她一眼，別時依依不捨。

此時船隊進入東海，鄭和及王景弘望著東方海平線上一輪旭日升起，霎時海面上金光普照，天邊彩霞千變萬化，在奇幻神秘之中帶有一種懾人心弦的震撼力，兩人悚然而驚，肅然而恐，良久不敢出聲。直到一輪紅日跳離海平線，冉冉升到天空，那些洶湧的彩霞才漸漸平靜下來，海上的一日由此而始。

鄭和吁了一口氣道：「景弘，你看這大海、這日出，咱們這兩萬多人馬的船隊固然是史無前例的浩大，但身處於洶湧無常的彩霞與波濤之中，竟然感到滄海一粟之渺，便與駕一葉扁舟時的感覺一無二般。咱們千萬要懷著敬畏謹慎之心，不可得意狂妄啊！」

王景弘道：「鄭帥所言甚是。我船隊雖大，航行於海洋之中，一切要靠風順浪平。聽咱們船上那些討海的老手們談起海洋中遇到風暴時的可怕，那真是天威莫之能禦。鄭帥，您每日焚香禮拜海神媽祖娘娘，深得船工們的歡心，大夥兒都說您本人原信奉回教，卻願為他們禮敬媽祖，媽祖娘娘必定大施法力，護著咱船隊海上平安。」

鄭和點頭道：「心誠則靈，各種天神教義皆是人須敬天，天必賜福。我雖是個回回，也曾拜道衍大師為師，禮佛敬佛。但海上遠征除天助之外，尤須自助自強。你我帶領二萬多人馬，身負皇上交付的任務，所到之地宣揚大明國威，大夥兒身在海上，不可有一日怠惰，士兵們每日的海上操練不可一日間停。你就照咱們未出發前在陸上的辦法，將各種操演及海上擊技編成一套套的操典，按典操課。另設各種比賽的規矩，令各船將士參加，好教各船努力操練，奪取各類競賽的魁首。咱們獎勵要優厚，大夥兒才會卯足勁。」

副帥王景弘微笑道：「正要報告鄭帥知曉，各種操典及比賽辦法本來早已如鄭帥所囑準備妥當，但在出發前一個月左右，咱們發現仍缺有實際水戰經驗的帶兵者，便向各方緊急徵求適合的人選。從兵部及督府推薦來一共十多位人選中，勉強用得上的不過兩人而已。咱們正沒法可施時，在出發前兩天，南京民間忽然來了一人毛遂自薦，說他是水師的實戰高手，無論訓練、帶領與戰法、戰術，無一不曉，無一不精。咱們聽了雖喜卻疑，便著三個最有經驗的統領輪番考他，那曉得半天下來，三個統領一個個對這人佩服得五體投地。屬下聽到這個消息，便親自召見了他，覺得此人的確是個身藏水上實戰經驗的將才。但這人開價可高，明言願意參加咱們隊伍，但至少要給他總兵之職。」

鄭和聽得大感興趣，急忙問道：「此人現在何處？」

王景弘道：「當時啟航出發在即，這總兵一職豈能草率決定，屬下便命他先隨船跟著咱們。我答應了他，一啟航便先給他二百兵士練個水戰法度，表演給咱們大元帥瞧瞧，若是合意了，大元帥自會禮聘；若不合意，船隊到了長樂，便登岸請便，一筆豐富盤纏是少不了的。他答應上船了，這幾日都在訓練那撥給他的二百水師，勤快得緊。聽說兵士們都對他的指揮調度心服口服呢。」

鄭和求才若渴，忙道：「景弘，你處理得當。此人現在那艘船上？」王景弘道：「報告鄭帥，便在咱們船上，待會兒兵士們開始操練時，您便可瞧瞧這人的本事了。」

鄭和微一沉吟，忽然道：「此人恐怕大有來頭，你還沒說他姓甚名誰？」

王景弘回道：「此人姓陸名鎮，原是秦淮河上一個漁夫。」

【第二十五回】海上張騫

大大小小兩百多艘船在福建長樂補給完畢，時序到了九月，風向轉成了北風。鄭和的艦隊從長樂出發順風南下，雖然受著北風，南方海面在立冬前後仍然溫暖而天高氣爽，軍士、船工們個個興高采烈，士氣高昂。

陸鎮和覺明師太離開雪峰寺回到南京，已經好幾個月了。覺明師太回到莫愁湖畔的蕚梅庵，發現經過許多大風大浪之後，蕚梅庵在她的大弟子代理住持之下，庵裡管得井井有條，香客信女絡繹不絕。她便擇個吉日，焚香沐浴，在菩薩前將住持的衣缽傳給了大弟子。覺明告示眾弟子，自己一人一缽雲遊四海，一年後歸來。實際上覺明乃是奉軍師方冀之命，走遍大江南北昔日明教興旺之地，暗訪明教的殘餘部眾，同時試著在基層民間宣揚明教教義，重新吸收教徒。

陸鎮回到秦淮河，在蘆葦深處找到他的小漁舟，一笠一蓑，兩槳一竿，出現在秦淮河上。河上老相識的船夫、漁夫見他失蹤數年突然回來，而他打扮模樣就和從前一模一樣，似乎什麼也沒發生，無不又驚又喜，爭相問他別後情形。陸鎮只淡淡地說，家鄉傳來消息，說他失蹤多年的老哥哥又回來了，他不過回去和老哥會面，一敘多年不見的親情，別無他事。眾人雖感故事太過平淡，有些失望，但反而有機會將這段時間京師發生的大事加油添醬地說給陸鎮聽，尤其是有關建文皇帝生死之謎的各種傳言，七嘴八舌盡情渲染。陸鎮聽來但覺匪夷所思，對民間的想像力及創造力實感佩服。

在玄武湖的岸邊，陸鎮找到了石世駒。石世駒告訴陸鎮一個消息：「這一年來，南京在龍江關的造船廠搞超大的造船計畫，聽說從外地徵來了四五百戶各種造船的好手，大凡船木、梭、櫓、索、鐵、纜……各匠無不俱全，有人見著八尺長的四爪大銅錨和三丈多長的舵杆從廠外運入。看樣子朱棣要造一批巨艦，建一支超大的船隊出海，此事與尋找大師父不知有沒有關係？」

陸鎮聽了，驚得說不出話來。他一輩子在水上討生活，卻不曾聽說這等規模的船艦，但石世駒言之鑿鑿，他不得不信，思之再三後道：「聽秦淮河上的那些老油子說，最近有關建文帝逃亡海外的傳聞喧囂四起，這事肯定與大師父有關；但若說為了追捕一個人，而建造如此龐大的艦隊，卻也說不過去。朱棣這廝定然還有別的花樣在裡面。」

石世駒頗有見識，聞言也表同意，又道：「前幾日聽弟兄說，數十艘大船已經造得差不多了，正在召募有水上實戰經驗的好手上船統領軍士。看來這支船隊不是商隊，倒像要去打仗似的。」

陸鎮又想了一陣，仍然不得要領，喃喃地道：「北疆還有蒙古人的殘部需要對付，南海又沒有什麼人作亂，應該不是為了打仗。若是為了要抓建文帝，最好的辦法是著武功高手上天下海去追捕，而不是動用千軍萬馬去辦差。大軍才出動，人已驚跑了，有個屁用？」

忽然一個念頭閃過心頭，他對石世駒道：「有了。你方才說，他們在徵求有實際水戰經驗的人上船帶領水師。嘿嘿，這豈不正好是我老陸的專長？待我去應徵，索性上船去當個水師統領，進去臥底弄清楚朱棣到底在搞啥花樣。」

石世駒道：「陸爺，你以明教的身分加入官軍，是否有風險？」

陸鎮道：「不入虎穴，焉得虎子？明教之事是朱元璋欠咱們的債，他媽的整個大明江山能有今天，明教是朱家的恩人，是朱家對不起明教。咱們不找朱棣報仇，乃是因為冤有頭，債有主，父債也不要子來還。朱棣現在求才之際，就算知道老子的來歷也不會對俺怎樣，放心，就憑俺……」他話未說完，石世駒搶著笑道：「就憑陸爺在鄱陽湖以寡敵眾，打敗陳友諒水師的經歷，也該幹個什麼總兵之類的官兒吧。」

陸鎮喜道：「不錯，總兵這頭銜好，它不算是行伍出身的正式職等，卻是個可實可虛的尊崇頭銜，最是適合俺的身分。」

石世駒正色道：「陸爺，你要玩真的？」陸鎮道：「當然玩真的，明日俺就去毛遂自薦，撈個總兵幹幹，順便打探一下朱棣以傾國之力打造航海艦隊，葫蘆裡到底賣的是什麼藥？也強似再回秦淮河去捉魚捕蝦。」

8

這時在東海上，鄭和在副手王景弘的陪同下，正在船樓上憑欄觀看士兵在甲板上操練。兩個統領率其屬下就水軍操典一絲不苟地演練一遍，都能做到迅速確實，達到起碼的要求，至於軍容士氣則各有一些差別及缺失。輪到陸鎮率領的二百兵士出場，鄭和聚精會神地觀看這個毛遂自薦、聲明非總兵不幹的「漁夫」，到底有多少本事。

陸鎮的兵士一分而為兩組，左右二舷各一百人，陸鎮交代操演項目為「敵艦近戰」。他一聲令下，只見兩舷的百人立刻分成五組，每組二十人，各就各位，操作不同的動作，有的負責操帆掌櫓，有的迅速佔就弓箭手最佳位置，有的負責操作火銃，還有長槍手佔據船弦要位，刀劍手埋伏艙下。這是準備當擋不住敵艦時，一旦敵軍躍上我艦便可做肉搏戰。

這五組士兵各司其職，動作十分熟練，飛快地演練完成。只聽得陸鎮喝道：「抽五！」每一組中便有五人離開崗位，跑到甲板中央躺下，每組剩下的十五人立刻調整各人負責的工作，迅速轉換成以十五人當二十人用的陣式，確保各組的任務不會出現漏洞，其應變之快令人吃驚。

正驚歎時，又聽得陸鎮喝道：「再抽五！」每組人馬中又有五人退出，此時每組只剩十人，又是一陣快速調整。等到各人重新就位時，五組負責的任務便由原來一半的人力給扛了下來，仍然正常運作，攻防不出漏洞。

陸鎮下了「收操」的口令，二百兵士疾奔到甲板中央排成隊，只聞腳步聲，聽不到任何說話之聲。鄭和及王景弘面面相覷，忍不住鼓掌叫好。

陸鎮走到船樓下躬身行了一禮，道：「請主帥、副帥指教。」鄭和道：「陸鎮，你練的兵、演的操，咱們見所未見。咱有兩個問題：第一，當有弟兄作戰傷亡退下時，這些兵士怎能瞬間便知道如何補位，改變陣式？第二，你究竟是什麼來歷？」

陸鎮答道：「第一個問題的答案其實很簡單，俺把臨敵應戰的整體動作分成五套，每組人馬負責一套，但須訓練這二十人每人都練熟了其他十九人的位置及動作，有人缺陣時，便能快速地補位，總是以顧到全局戰力為首要目的，是以十五人可做二十人的事，十人也有十人的作戰方式。只要練得熟了，臨敵時自動調整，即便死傷過半，戰力仍不低於七八成。」

鄭和及王景弘聽了，只覺這種練兵法簡直聞所未聞，見陸鎮說到這裡停了下來，便追問道：「第二個問題的答案呢？」陸鎮睜大了一雙環眼瞪著鄭和，朗聲道：「俺乃是明教水師頭領陸鎮，江湖上人稱『賽張順』的便是俺。」

鄭和熟知洪武開國之事，聞言大吃一驚，道：「莫非是當年鄱陽湖大破陳友諒水師的『賽張順』陸統領？」陸鎮昂然點頭道：「不錯，就是俺。」心中暗忖：「本想朱棣怎麼派兩個沒卵子的來幹這等大事，如今看來這太監倒是個明白人。」

王景弘一聽「明教」兩字，心中便有些嘀咕，正要開口提醒鄭和慎重考慮，鄭和已經大聲道：「陸總兵，快請上船樓來，咱有好些事要請教。陸總兵的屬下操演得好，人人有賞。」陸鎮舉臂一揮，二百名士兵齊聲喝道：「謝大帥賞。」聲震海上。

這時來自各地造船廠的大小船隻逐漸進入東海集結地，鄭和遠眺那些船艦，忽然想到一個問題，便問身邊的王景弘：「景弘，咱們率這麼多船隻，船與船之間的通訊如何處理？」王景弘道：「白天用旗，晚上用燈。」鄭和問道：「兩百多艘船在海上迤邐而行，怕不要拉開十幾里，首尾之間如何傳令，難道一船一船傳下去？」

這一下倒把王景弘問住了，陸鎮在旁聽了，便道：「咱們在江湖上便用飛鴿傳信。」鄭和聽了大喜，忙道：「此計大妙。陸總兵，咱們在此等候季風，總還得等上一兩個月的時間，這飛鴿傳信的事便交給你辦了。」

就這樣，明教的「賽張順」陸鎮便成了鄭和下西洋艦隊的「寶船水師總兵」，鄭和倚之為水軍的最高顧問，留在主帥寶船上，隨時諮商。

大大小小兩百多艘船在福建長樂補給完畢，東海上的西北風愈來愈弱，時序到了九月，風向轉成了北風。鄭和的艦隊從長樂出發順風南下，船行快速，雖然受著北風，南方海面在立冬前後仍然溫暖而天高氣爽，軍士、船工們個個興高采烈，士氣高昂。

陸鎮望著漸離漸遠的長樂港，心中暗暗嘆道：「這兩個月在長樂，離雪峰寺的大師父只一百五十里，咱們這船隊竟要航行萬里去尋大師父，豈不可笑？」這兩個月來，他漸漸摸清了整個船隊的人員、裝備及補給，也從鄭和處知道了大致的航行路線，心中已對此行有了個輪廓，暗忖：「朱棣是要下西洋宣揚國威，順便尋找建文帝的下落，只這事落到了鄭和這太監手上，竟然搞出這麼大的場面。這個凶暴的皇帝和他這魁梧的太監實在雄才大略，若論治國的氣魄，咱們那位慈眉善目的大師父是比不上了。」

入冬後東北風更強勁，這季風將延續到次年三月，最利向南或向西航行。鄭和的龐大船隊順著風向駛向西南方，到達的第一個南洋國度是安南之南的「占城國」。由於前一年朱棣派兵平了安南之亂，而占城國歷來經常受安南的侵略，明軍打安南時，占城趁機出兵相助，報了一箭之仇。這時見到大明帝的龐大艦隊開到，國王占巴的賴親自打扮得花不溜丟，乘坐大象，率領兵士來迎。

陸鎮見那些占城國的兵士舞著皮鼓和鼓槌，吹奏椰殼樂器，夾著美女隊跟隨大象且歌且舞，不禁暗笑：「這樣的士兵如何打仗？那些舞女倒是個個身輕貌美，跳的不知是啥舞，倒也活潑曼妙。」

鄭和宣讀聖旨時，占城國王下象匍匐，恭敬之極。鄭和身高體大，相貌堂堂，行路步步生威，雙目炯炯有神，確實是十足的上國欽差之威儀，只是嗓音太尖了一些。

鄭和一行既受禮遇，便在占城國暫住。陸鎮見到十幾個穿著錦衣的侍衛也下了船，透過一個傳譯和占城國的官員打起交道，但那譯員的本事有限，常常搔頭抓耳，譯不達意，猜了幾次仍不得要領。那官員猛然想到一個主意，立喚一個士兵跑去拿了筆墨紙張來，官員在紙上先寫下「筆談」兩個漢字，居然筆畫工整。錦衣衛的首領點頭，接過筆來，寫道：「如有中土來此之士紳、僧人，盼見告。」那些官員七嘴八舌討論了一番，其中一人接過筆，寫道：「吾等商定後提名單供君參酌。」居然文理通順，錦衣衛連忙拱手謝了，又要過筆來，寫道：「請勿打草驚蛇。」那官員連連點頭，表示省得，又對其他幾人說了，幾人也連連點頭。

陸鎮在一旁冷眼旁觀，見占城國的官員漢字水準不低，居然懂得「打草驚蛇」，不禁對他們「另眼相看」。其實明朝時安南占城一帶並無通用的本地文字，有文化之士多少都識得一些漢字。

鄭和帶來的二萬多人，除了一些專業人士外，軍士之中原本務農或做各種工技的也大有人在。他和王景弘帶著幾個幕僚，在占國四處看了十天後，已經瞭解此地各方面落後的情形，其中尤以耕種技術落後，不懂鑿井取水，缺乏藥材及醫療，居地低窪潮濕易遭水淹等項最為民生所苦。

於是鄭和就部眾中挑選精於農耕的、鑿井引水的、種植藥草的、善造懸屋的，甚至製作豆腐的各類專家，教導當地居民改善生活。國王占巴的賴無以為報，便以占城最好的玉桂、檳榔、椰子等果子裝成禮盒，命妙齡美女以頭頂獻給鄭和，鄭和則以絲綢和瓷器做為回禮。

由於占城國從上到下都表達友善歡迎，鄭和決定在此地多待一些時日，趁便在附近地區勘察探索，命人詳細記錄風土人情、出產品物，以為今後商貿時可做基本資料。他的專業人才每日教導當地各種技術，可說是深入民間，與民建立良好友誼。陸鎮則暗中緊盯著錦衣衛的活動，不落痕跡地打探他們會同當地官差搜尋「失蹤人口」的結果。

春去夏來，海上風向從東風轉為西北風，適於船隊南行，鄭和聽取了商、農、軍、社各方面報告，又私下聽取了錦衣衛的報告，並無發現任何可疑「失蹤」人口，便決定離占城南下，前往爪哇國。

寶船上的船工熟練地操作九桅十二帆的方向，巧妙地利用東北風向南推進，大船以每日兩百里的速度駛向爪哇國。二十晝夜後，鄭和的船隊在爪哇島中央的北岸登陸。這時爪哇國正在內戰，西爪哇滅了東爪哇，兵荒馬亂中，得勝的西爪哇兵誤殺鄭和手下一百七十人。

西爪哇國王都馬板見到鄭和的巨艦，嚇得連忙要獻金賠償，處死帶頭肇事者，並立即派人出海到南京去向朱棣請罪悔過。朱棣後來罰西爪哇黃金六萬兩，但案發之時，鄭和的下屬群情激憤，便要立即以牙還牙。

鄭和盡力安撫，眾憤難消，最後只好召集所有重要幹部兩百多人，對他們道：「以咱們的兵力，如要動手，幾天便可將西爪哇國滅了，但這一來皇上要咱們宣揚德威的目的便達不到了。更重要的是，滅爪哇之事一傳出去，西洋各國無不生懼，視我大明艦隊為入侵的敵人，咱們將會愈走愈艱難，難不成一路兵戎相見，一國一國打過去？這豈是皇上派咱們出航的初衷？」

他這番話讓陸鎮聽得心生欽佩，暗道：「這個太監了不起啊！」

卻聽鄭和繼續道：「反過來說，如果咱們看在爪哇國王都馬板認罪求和的分上，饒了他們，接受對死者的賠償，後續由他們的使臣去向皇上求饒，讓皇上來處置。咱們繼續西航，那麼所到之地，必受當地歡迎，咱們就建立了恩威並濟的風範，各國也就知道我大明不同於蒙古，不是帶了兵馬專門來屠城滅國的。」

眾將漸漸理解了鄭和的高瞻遠矚，除了極少數人仍在嘀咕，大都能夠接受鄭和的想法。於是鄭帥下令，與當地商貿交易告一段落後，便離開爪哇。當地人以「三寶壟」為鄭和登岸之地命名，以示感恩。啟航後，陸續到了蘇門答臘、滿剌加、錫蘭等國，最後到了印度西南岸的古里國。

鄭和的艦隊到了古里國，派人上岸尋訪商機及補給。陸鎮也隨行，他在古里的港城逛了兩天，發現城中除了當地居民外，還有從阿拉伯各地來的商人，大多數都是來採購各種香料及調味料，如黑胡椒、荳蔻等，質優量大且價廉，各地商人趨之若鶩。

如此龐大的船隊泊在港外，不可能不驚動當地政府，第三天便有古里國國王派來的使者上船見了鄭和。鄭和說明來意：「大明皇帝登基後，念古里國歷次派使者到京師朝貢，這次特派統兵大元帥鄭和親來賜詔正式封王，並賜國王印璽。所領同來兩萬多人皆為和平部隊，希望和古里國增強商貿交易，永結友好。」那特使聽了大喜回報，於是國王便擇日由鄭和頒發詔書、印璽。

鄭和見古里國物資豐富，人民和善有禮，各國商旅絡繹不絕，走在街上皆怡然從容，想到自己率領史無前例的龐大船隊，航行一年之後，終於達到此行預定的終點。他望著港外晴空萬里，湛藍的天空飄來孤單單一朵白雲，其形狀先類蟠龍，待飄過頭頂時已變化成神似瑞獅。身邊的王景弘道：「鄭帥，此乃難得一見的祥瑞之象，當有所記錄，以誌此行。」鄭和稱善。

次日，鄭和從兩萬多部眾中，徵召了三名過去曾幹過墓石刻工的軍士，在古里港邊勒石紀念，碑文曰：

「其國去中國十萬餘里　民物咸若　熙皞同風　刻石於茲　永示萬世」

陸鎮目睹了這一幕，其時數千名士兵圍觀，勒石畢，歡呼震天。當地的人民雖不識得碑文，但會阿拉伯語的通譯比手畫腳地把碑文之意說了個大概，居民中不少人懂得阿拉伯語，聽懂後告知其他眾人，剎時也歡聲雷動，一同見證了大明聲威遠播印度洋的和平之旅。

陸鎮深受感動，他對鄭和的感覺已由欽佩轉為崇敬，想到自己一輩子在水上討生活，要訓練一支水師乘風破浪殺敵於水上，那是自己的特長，但是要能帶領如此龐大的船隊在海上萬里長征，需要顧及的事真是千頭萬緒，每一端都不能出差錯，其中所需的海上統帥才能，「賽張順」自嘆弗如。

「這鄭和以前從未帶過水師，更沒有航海經驗，第一次出海便是前無古人的艱鉅任務，俺只能說他是個天賦異稟的奇傑。」

大船隊離開了古里國走向歸程，印度洋上吹起西風，歸航沿舊航線前進，停靠只為添補清水及必需品。船隊走得快，船上眾人心情輕鬆，許多人在數回家的日子，檢視一路交易所得的異國物品，航行中不時聽到各船艦上弟兄們雄壯的齊唱之聲，此起彼落，那氣氛與出征時完全不同。

船隊過了滿剌加，到了蘇門答臘國東南方的一個小國，所在地在宋朝時叫「三佛齊」，俗名叫「巨港」，明朝時名為「巴鄰旁」。洪武年間，曾遣使朝貢，其國王受冊封為三佛齊王。西爪哇強盛時便滅了它，改其名為「舊港」，但也無法有力地統治全境，以致被一個從廣東逃亡來此的犯人陳祖義糾眾組隊、自擁人馬，在沿岸及滿剌加海峽兩岸幹起海盜的勾當，不但搶劫往來商船及朝貢的貢品，而且殺人不眨眼，凶橫無比。

陳祖義得知鄭和船隊下西洋，便從南洋各地打探消息，沒想到竟解讀成：這支大明的船隊雖然龐大無比，但首領是個不帶種的太監，爪哇兵殺了他一百七十人也不敢還手，船上兩萬多人都是些農夫、工匠、商人之屬，這一趟從西洋回來，載滿了金銀寶物，只要能搶他幾艘大船得手，就吃喝不盡了。

於是陳祖義派人先對鄭和船隊示好，說是願意為祖國船隊服務，提供糧食、清水等補給品，暗中卻集結了五千名海盜、二十五艘船艦，打算以送貨為名靠近寶船。他卻不知早有其他廣東人深惡其凶暴惡行，偷偷向鄭和告了密。

鄭和找陸鎮商量，陸鎮建議道：「咱們假裝糊里糊塗地接受這廝的好意，要他用船送補給過來，等他們靠近了就……」鄭和握拳道：「靠近了就轟死他！」陸鎮搖手道：「不轟，靠近了就搭板橋讓他們上船，咱們船上早埋伏了火槍手、弓箭手，等他們上船上了一半，再一聲令下開始全面攻擊，上了船的一個也不放過。這時甲板底下的火炮才開始轟，轟他媽稀巴爛，咱們的刀斧手就原橋原板殺過去，擒拿賊首。鄭帥，您說這樣打可好？」

鄭和聽得熱血沸騰，連聲叫好。陸鎮再加一句：「好教鄭帥放心，咱們的寶船隊，每一艘船上的兵士都練熟了俺這套戰法，幹起來就像操演一般，絕不會出亂子。」鄭和伸出大拇指，連比了三次，才道：「好樣的賽張順，難怪你以寡敵眾打敗了陳友諒，何況你現在是以眾擊寡！就由你來指揮吧！」陸鎮躬身道：「領命。」

夕陽西下時，陳祖義的船隊共二十五艘依約靠近寶船，港上風平浪靜，最是運送補給的好海象。二十五艘船上，每一船首都立著一個手執白旗的大漢，一面揮舞示意，一面各自尋定一艘寶船靠近。寶船首也有一個彪形軍官手執黃旗揮舞回應。那二十五艘船愈靠愈近，終於兩船船舷只有十尺之遙，這時寶船上早有士兵將長達三丈的板橋搭上對方船舷。

鄭和心細，寶船上迎敵上船的軍士皆選來自廣東的老鄉，果然，陳祖義的部下不是老廣，便是通粵語的馬來人，幾句廣東話一招呼，氣氛便熱絡了。陳祖義的海盜一面扛著裝了補給品的木箱上了板橋，一面暗罵：「丟那媽誰和你認老鄉，馬上你就是死人了。」寶船上的老廣軍士一面迎人上船，一面也暗罵：「丟那媽誰和你認老鄉，馬上你就是死人了。」雙方在肚裡竟然罵得一模一樣。

待得百把個海盜上了寶船，陸鎮估計至少已上了一半，便一揮手，二十五艘寶船最高的主桅上冉冉升起紅旗，在斜陽映照下其紅似血。

幾乎是同時，訓練有素的火槍手和弓箭手從各個意想不到的角落跳出來，各就最佳射擊位置，一時之間槍箭齊發，殺聲震天。海盜們這才猛然驚覺自己上了「賊船」，可是已經沒有任何反應的餘地，一排排中槍中箭，或倒臥甲板或跌落海中，慘叫之聲不絕於耳。

陸鎮揮手再升第二面紅旗，隱藏在寶船甲板下寬大空間裡的火炮開始轟發。如此近距離發射，彈無虛發，陳祖義的二十五艘船被打得支離破碎，好些地方已經著火，留在船上的海盜不知是該救火，還是跳海逃命。這時寶船主桅上又出現第三面紅旗，陸鎮訓練的精銳水師這才如狼似虎地通過板橋殺上敵船。

這場海戰在黑夜來臨之前便已結束。陳祖義的二十五艘船艦，遭火炮打沉了八艘，燒毀了十艘，剩下七艘束手就擒，陳祖義本人也遭生擒。五千名海盜，除了少數落海後游水逃離戰場上了岸，大多死在海港中及寶船甲板上。海盜們帶上船的補給木箱散了一甲板，打開來看，裡面那有什麼補給物品，全是兵器及火藥。陸鎮連忙下令升帆動櫓，儘快離開仍在燃燒的敵船，以免遭到連累引爆。

王景弘對陸鎮道：「陸總兵用兵如神，牛刀小試便教海賊灰飛煙滅。」

鄭和默默想了想，再次伸出大拇指道：「猶記從瀏家港到長樂的途中，陸總兵操演了兩百兵士『敵艦近戰』的陣式，當時只覺精彩，今日實戰中才見到你水戰的真功夫；五千海盜，一半殲於船上，一半死於海中，真乃不得了的將才。我回到京師，定要奏請皇上好好重用。」陸鎮只淡淡地謝了。

∞

永樂五年九月初二，鄭和率著龐大的船隊回國，兩萬多將士、船員個個興高采烈。當船艦靠岸時，岸上迎接的官員與百姓歡聲雷動，船上的軍士不少人流下熱淚。於是，鄭和的第一次遠征西洋，順利完成了任務。

陳祖義原是個逃犯，有舊案在身，回國後便問了斬，有功官兵各有賞賜。鄭和及王景弘向永樂帝朱棣詳細報告了西航的經過，朱棣十分高興，雖然沒有尋到建文的蹤跡，但此行使大明的國威遠播到古里國，南洋諸國有的已經來朝，有的先送貢品，可以說將朱棣的這番雄心大志發揮得淋漓盡致。鄭和帶回來的南洋珍寶，以及與諸國的商貿協議，更讓朱棣大為滿意。

但是鄭和個人卻帶著一個晴天霹靂的惡耗，悲痛地離開了朱棣的議政大殿。徐皇后在七月因病長辭了。

鄭和強忍住淚水，想到自己在明軍征滇時遭受閹割，爾後隨藍玉的部隊被押解到南京，傅友德將他送給了燕王朱棣，那時他才十四歲，從此在燕王府中受到當時的燕王妃的教導及照顧，一路從小太監拉拔到燕王府總管。這位上下人緣極佳的燕王妃，待鄭和是主母亦如長姐。後來朱棣發掘了他的軍事才幹，將他調到軍中侍候，但他這一生若要說最大的恩人，也是親人，便是這位昔日的燕王妃，今日的徐皇后，大行仁孝皇后。

鄭和如喪考妣地到了後宮，一個舊識的老太監出來相迎，兩人相見都流下淚來。老太監先帶鄭和到了後宮的小佛堂裡，只見鮮花、素果供著大行仁孝皇后的牌位，鄭和焚香跪拜，久久說不出話來。

老太監道：「自你率船隊下西洋後，皇后身子較之前更加衰弱，皇上急得不得了，太醫也束手無策。皇后對皇上說，一連數夜都夢見天冠菩薩在一道場開水路法會，拔濟諸鬼。

那些鬼有的斷頭，有的斷肢，還有一些全身零碎，慘不忍睹，更有一個全身焦黑如炭的厲鬼瞪眼怒目而視。皇后夜夜被驚醒，皇宮裡請了高僧、道長來搞了幾日幾夜也不見效果。

「後來，道衍法師入宮來親自為皇后誦經三日，白天皇后的精神好些，夜裡依然夢見

諸鬼。道衍法師和皇后私下密談了一下午，就出宮回寺了。當夜，皇后夢見天冠菩薩下山來對皇后開示，說皇上殺人太多太殘忍，諸鬼冤魂難以渡化，菩薩要以甚大法力將一身化為千個分身，一對一地為一千個冤魂厲鬼拔濟，方能奏效，叮囑皇后以白鐵鑄造一千尊菩薩像送到道場，助菩薩施展大法。皇后在夢中急問菩薩：道場何在？菩薩已經悄然隱去，皇后就醒了……」

鄭和聽得心驚肉跳，連忙問道：「那天冠菩薩的道場有沒有找到？皇后真的鑄了一千尊菩薩麼？」

老太監道：「皇上聽了皇后的話，嘆氣連連，一面命道衍進宮，請教天冠菩薩的道場所在，一面下令召集全國最好的白鐵鑄工師傅來南京報到，立即開始鑄造一千尊天冠菩薩，須得尊尊不同，各有姿態。那菩薩的形象畫好了，都先拿給皇后看，皇后覺得和夢中所見相似了，方才開始塑模。」

鄭和問道：「這一千尊菩薩像都鑄成了？」

老太監道：「開工的第二天，皇后把我叫到床前，低聲囑咐：『劉公公，後宮通到飯廳的走廊邊不是有個小佛案麼？那香案下有隻古鼎，裡面有好些黃金打造的髮釵，你就把

那些金釵全丟進熔鐵裡，一齊鑄入菩薩的身體裡罷。如有人知道了問起，你便說是我的主意，白鐵裡熔些金銀，鑄出的菩薩光澤更是漂亮奪目。』」

鄭和聽了這一段話，甚是不解，劉公公湊近在鄭和耳邊悄聲道：「總管您有所不知，那些金釵除了最大的一副是建文馬皇后的，其他都是建文帝嬪妃及宮女的東西。永樂帝進宮，她們落髮為尼時，便將建文帝送給她們的金釵投入了那隻古鼎。」

鄭和仍是不解，也悄聲問道：「這些東西既屬建文帝的后妃所有，又和天冠菩薩有何關係？」劉公公道：「總管啊，您想想皇后夢裡那些淒魂厲鬼難道不是今上造的冤孽？他們是為建文帝而死，這些嬪妃是為建文帝而落髮，這裡面難道沒有關連？」

鄭和悚然而驚，張大了雙目瞪著這徐皇后的貼身公公，暗暗驚呼：「那關連竟是建文帝？這事太玄了。」

次日，朱棣下朝後，在宮裡的會客偏殿單獨召見了鄭和。前一日在朝上談的全是公事，這時朱棣換了便袍，與鄭和輕鬆話家常。朱棣道：「聽內官報告，三保已經到後宮皇后靈前上過香了？」鄭和道：「是，皇后之崩何其遽也。」

朱棣嘆了一口長氣道：「皇后身體不適已有兩年多，常有胸疼，往往不能成眠。其病轉沉便在你出海之後，太醫無助，藥石無效，每日益漸消瘦，朕實心痛。」鄭和也嘆了一口氣道：「臣辭別皇后之時，便見慈顏有憔悴之色，原以為回國時必可見到皇后恢復健康，臣還帶了幾樣南洋珍奇之物，希望博皇后一哂。」

朱棣道：「皇后天性仁厚，在為人處事的大節上卻是一絲不苟，掌理後宮恩威並濟，又有容人過失的大器，不論在燕王府還是皇宮裡，妃嬪皆以她為範，大家和睦相處，的確做到『母儀天下』四個字……」說到這裡又哽咽了，長嘆一口氣後，不但不能平復激動，反而淚如雨下道：「徐皇后之懿德可比東漢馬皇后和唐朝長孫皇后，她身處深宮，一心一意都在仁民愛物。從此以後，朕回後宮再也聽不到直言的規勸了。」

鄭和忍住心中難過，力勸道：「皇后雖去，仁愛仍遺世，皇上止哀罷。」

朱棣聞言暫止哀慟，對鄭和道：「三保，你侍候皇后多年，到底識得皇后之心。她病重之時，仍日夜為朕殺孽太重而憂心，以致夜夜惡夢，不能成眠。後來夢見天冠菩薩開示，許願鑄千尊白鐵菩薩為天冠分身，合力化解殺孽冤仇、渡化拔濟鬼魂。道衍告訴朕，天冠菩薩宏法道場乃是福建寧德支提山的華嚴寺，信徒俗稱支提寺。皇后臨終前託你做一事，她要你儘速將這一千尊鐵菩薩送到支提寺。」

鄭和聽得心馳神往，口中答道：「皇后遺懿旨，臣鄭和敢不悉心盡力。請皇上諭示，臣何時動身？」心中卻是思潮如湧。只聽得朱棣道：「愈快愈好。不知何故，自從皇后走了，朕夜間入睡也常有厲鬼擾人清夢，難道是那些鬼魂找不著皇后，轉而來找朕？」

鄭和再也忍不住了，一句話不吐不快，便道：「冤有頭，債有主。那些冤魂原是要找皇上的，是皇后以無上慈悲之心以身相迎，擋住了冤魂厲鬼，好讓皇上安眠……」他話出口已經後悔，但朱棣不但沒有發怒，反而抓住了鄭和的手道：「三保啊，皇后走了，宮中只有你跟朕講實話了。確是如此，皇后這一生不顧自身安危為朕擋災的事，又豈只一樁？……既是愈快愈好，你休息十日後，便啟程去寧德支提寺吧。」

鄭和道：「寧德濱臨一個天然港灣，名曰『三都澳』，三國時東吳造戰船的溫麻船屯便在附近。不知這一千尊鐵佛有多重？恐怕總有幾萬斤吧。一人扛一尊上山就得一千人，兩人抬三尊也得六百多人，沒有臣的寶船還不好辦事哩。」

朱棣道：「皇后一定也想過，這一千尊鐵菩薩從陸路去著實不易，這才遺命三保你用寶船運過去。唉，皇后聰慧，卻藏而不露，考慮真周到啊。那一千尊佛已經鑄好，全部供奉在龍江關的天龍廟裡，明日你去瞧瞧吧。」

鄭和辭宮返家後，躺在床上輾轉反側，下西洋前到後宮向徐皇后辭行的情景一一浮現眼前：皇后先問此行何時可回來，然後又說聽聞寶船很是巨大，可以為她做一件大事，但那件事尚未準備妥當，待下西洋回來則時間剛好。難道皇后講的就是運送千尊鐵菩薩的事？如果確是如此，那麼皇后早在那時候已經在計畫此事，後來作噩夢、天冠菩薩開示什麼的，全是編造來誆她丈夫的？

鄭和覺得不可思議，但愈想卻愈覺得這是唯一合理的解釋。他坐起又仰臥，雙眼瞪著桌上一燭微閃，一絲睡意也沒有了，又想道：「如是這樣，皇后又為何要把建文帝嬪妃的金釵熔入白鐵之中呢？這件事和建文帝的關係在那裡？」

忽然之間，鄭和像是被雷擊中，唰的一下坐了起來，暗中叫道：「哎呀呀！我知道了，這一千尊菩薩是為建文帝而送到支提寺！如果是這樣，那麼……那麼……難道建文帝躲在支提寺？而皇后知道此事？」

鄭和覺得這想法實在太過瘋狂，但是他前前後後仔細想了幾遍，實在想不出別的解釋。他想得愈深，愈覺就是如此，對徐皇后也愈是佩服，暗嘆道：「唉，明裡是受天冠菩薩開示，許下心願送千尊鐵佛到支提寺，為皇上的殺孽消災；暗裡卻是要為皇上篡奪侄兒皇位贖罪，乞求建文的原諒……」

接著他想到：「這件事遺命要我去辦，最高明的是這遺命不假手他人，擺明著要讓皇上來告訴我！皇后，您的智慧也太高了吧，您為消丈夫所造的孽，用心之深，豈是常人所能瞭解？」

皇帝已經說了冤魂厲鬼開始擾他清夢，鄭和這邊豈能久久按兵不動？但船隊載回的兵士、船工等人皆已航行海外兩年，好不容易回到祖國，都要回家與親人相聚，一旬日後又要出海，實在不近人情。鄭和約王景弘到龍江關的天龍廟去瞧那一千尊鐵菩薩，只見那鐵鑄菩薩高約一尺出頭，每尊重四十斤，菩薩們或趺坐，或合掌，表情不一但皆生動逼真，栩栩如生，鑄工極是講究。鄭和及王景弘瞧得嘖嘖稱奇，王景弘道：「白鐵鑄造較青銅困難得多，能鑄造一千尊神態各異的精美菩薩，這分財力非皇家難為之。」

那些菩薩身上有些彩繪，臉部則保持白鐵原色，看上去莊嚴之中有些神秘感。鄭和眼尖，發現好幾尊菩薩的臉上除鐵色外，間或流露出一些似金非金的異樣光澤，非常搶眼。

鄭和暗暗點頭道：「這就是那些金釵的作用了，它代表了建文帝的嬪妃對建文的恩愛情懷。皇后啊，您處處用心，真乃大智大慧之人。」

鄭和對王景弘道：「這一千尊鐵菩薩有四萬斤重，外加一千名士兵，咱們就動用兩艘寶船搬運吧。」王景弘點頭道：「咱們先動用兩艘寶船，把人員、菩薩運到三都澳，從那上岸，翻過支提山背便到了支提寺。明日便可請兵部先以三百里急帖將此番原委用公文送到福州，要福州衙門將公文送達支提寺住持，讓他先曉得大行皇后贈千尊菩薩的恩德。」

鄭和道：「好主意。這千尊鐵佛便由我來押運，運送完成後，咱們兩艘寶船就南下長樂靠岸等候。景弘，你於一個月後，率領收假的兵士及船工在瀏家港集合，然後啟船到長樂來找我。咱們補給完畢了，也還是立冬前後出發前往南洋吧。」

王景弘道：「就照鄭帥的意思。這一個月內，我會擬妥這第二次下西洋的航海計畫，帶給鄭帥核定。」鄭和道：「皇上交代了，這次出航須得好好瞭解一下暹羅國。我們得多待些時間，讓錦衣衛查查從雲南逃亡暹羅的『失蹤人口』。」

十日後，鄭和命住在京師附近的軍士及船員收假，為了這些人奉命提早收假，鄭和特別多發了一筆安家費。一千多人在龍江關將千尊鐵菩薩搬上了船，從瀏家港出航，乘著北風直下三都澳。

在啟航之前，留守京師的王景弘報告了一個令鄭和錯愕的消息：「水師總兵陸鎮忽然不告而別了。」

鄭和默默想了一會，嘆口氣道：「奇才啊，咱們到那裡再找一個有陸鎮同樣本事的總兵？」他心中不安的是：「他自薦而來，又不辭而去，隨我下了一趟西洋便隱去了，是何目的？」

鄭和也許永遠不會知道陸鎮的目的，但他卻十分清楚，自己的船隊在南洋永遠找不到建文帝了。建文也許就藏在寧德支提寺，但是這個秘密鄭和永遠不會說出來，因為這是徐皇后的心意。但他仍會全心全意、一次又一次地完成下西洋的偉大事業。

陸鎮也同樣知道，鄭和的艦隊雖大，他在海外永遠找不到建文了。但他由衷祝福這位偉大的航海家，能一次又一次航向更遠的地方，將中土和平與友好的善意帶給更遠的、天涯海角的人民。他暗忖道：「俺要去找世駒老弟，託丐幫阿鵰將我這一趟探出的事兒轉報方軍師他們。方冀和章逸應該還在鄭宅鎮的農舍裡待著吧。」

∞

武昌，天下丐幫的總舵。

錢幫主在蛇山下一間荒廢的古廟中歡迎紅孩兒朱泛歸來，除了朱泛，在座還有左護法魔劍伍宗光，右護法醉拳姚元達，以及無影千手范青。

錢靜和朱泛有一段時間未見了，此時見這「孩子」已經長成青年，眉宇之間更見成熟，聰明跳脫的光華漸有些內斂，難得地顯現出幾分穩重。朱泛要言不煩地把浙江、福建保建文的經過說了，老人家心中暗喜，面上卻不露出來，反而開門見山地問道：「朱泛啊，你這些日子浪跡在外，我傳你的蓮花杖法可有擱下？有些什麼精進之處？」

朱泛自小就知，只要錢靜板起面孔訓自己，便立刻對她耍寶，準不會錯。這一次他竟然規規矩矩地站起身來，行了一禮道：「幫主在上，朱泛這些日子雖然在外辦事，您傳的武功可一絲也不敢荒廢。這蓮花杖法只有從第七招換到十七招時，真氣略有滯礙，若是勉力轉換過去，杖法的威力便弱了一成，還要向幫主請教。」

錢靜點了點頭道：「你能發覺到這個難處，證明你的杖法確有點進步，待會兒我再和你琢磨。」心中暗喜：「這孩子的杖法已有七八分火候了。」

朱泛轉身對范青道：「便是范師父傳授的輕功也好幾次救了紅孩兒的小命，要不然現在已經是個死孩兒了。」范青笑道：「最近我老兒又練了幾個新花樣，有空你來找我，等學會了，你這小叫花手腳就更賊滑了。」

姚元達撫著山羊鬍鬚道：「朱泛啊，你今天再怎麼裝規矩也沒有用，騙得了幫主，卻騙不了俺……」朱泛背著錢靜連做鬼臉，制止他再說下去，伍宗光知他意，便打斷姚元達道：「我倒覺得朱泛這會兒確是長大成人了，方才聽他說了浙江和福建的事，但他獨當一面率沙九齡沙鏢頭護著一干建文忠臣去雲南的事還沒講，俺在會稽山聽了可佩服呢。」

伍宗光救了朱泛一把，朱泛卻沒有作聲。錢靜道：「朱泛，怎不說話了？」朱泛嘆了一口氣道：「沙九齡已沒有命了。」接著便述說護送眾官員到雲南後，陪沙九齡上點蒼，揭發了點蒼前掌門人之死的陰謀；又說到從天竺來的比丘尼，在丘全的後山飼養天竺異種毒蛇，以及天尊的徒弟絕垢僧也在點蒼；再說到沙九齡最後死於丘全奇毒的暗器等事。伍宗光和姚元達在會稽之會時已聽過此事，這時聽了，仍然起了一身雞皮疙瘩。錢靜和范青聽了更是悚然驚駭，正要再問細節，朱泛對錢靜道：「幫主，那天竺女尼還在等她的師父到點蒼，絕垢僧說了一句話：『妳師父來了，咱們天、地、人便全了，天下無敵。』」

錢靜臉色一變，低聲道：「難道天竺除了天尊、地尊，還有人尊的傳言竟是真的？」朱泛肅然點了點頭，沒有出聲。剎時破廟之內一片寂靜。

打破這片寂靜的聲音來自殿外，一個丐幫弟兄急步跑進來，手中捧著一隻鴿子，興奮地叫道：「幫主，剛接到的信鴿，從華山來的，俺記得牠的羽徵，還是我親手替華山派訓練的呢。」正是丐幫馴鴿第一高手阿呆。

阿呆捧著那隻信鴿，鴿子的兩隻腳上除了小黃布條外，都繫了一圈極細的絲線，左紅右綠。阿呆指著那兩圈絲線，興奮地道：「幫主，鴿子是從華山來，信是從蘭州來。」錢靜奇道：「咱們武林結盟在蘭州可沒有什麼宗派呀？」阿呆道：「這信條準是從崑崙派發出的，經過武當派在蘭州的轉接站『金天觀』，金天觀的武當道士換了鴿兒飛華山，華山再換鴿兒飛武昌咱們這兒。這種設計可是頭一回實際運作，咱們的安排還真管用哩！」

他一面把小布條從鴿子腳上解下來，一面道：「當時布建結盟幫派的聯絡網時，崑崙派著實遠了些。幸好武當派和蘭州金天觀有極好的交情，便在那兒設了武當的鴿站，派了兩個武當道士長期在金天觀掛單修道。想不到今日終能派上用場了。」

他將小布條交給了錢幫主，錢靜拿到窗邊亮處讀了，臉色突變，回過頭來，對大家一字一字地道：「崑崙派飛雲大師圓寂了！」

眾人聽了都大吃一驚，錢靜的臉色十分嚴肅，環目看了大夥一圈，道：「飛雲大師死於一個天竺女尼施放的奇毒。」朱泛「哎呀」一聲叫了出來，問道：「有沒有說女尼長啥樣？」錢靜搖了搖頭道：「只提了一句，飛雲大師中毒後三個時辰便圓寂了。」

阿呆道：「紅孩兒，你以為鴿子能帶著一本書飛麼？那能寫那麼多細節？」他隨身帶著小米和清水，讓那鴿兒吃了，又親了牠一下，寶貝似地把牠收到懷中。

錢幫主將手中布條遞給朱泛，朱泛看了遞給姚元達，一面道：「這小布條上寫的雖然簡略，但俺猜那個女尼即使不是我在點蒼山見著的那位，也一定有密切的關係。那奇毒只要是中了一丁點兒，立時便昏迷失力，任你用盡解毒藥物，用真氣幫忙相護，絕對撐不過三個時辰。」

伍宗光讀完了那字條，忽然問道：「朱泛，你目睹過沙九齡中毒的情形，可曾將那情形說給小諸葛方冀聽？」朱泛道：「怎麼沒有？方軍師雖然精通醫藥毒理，但聽完一直搖頭不解，他問了我許多細節，還記在一本小冊子裡。據他說，那毒最可怕之處在於中毒後立時發作，瞬間便使中毒者失去用自身真氣護體的能力，是以全靠從外灌藥或施加內力相護，效果十中無一二，所以三個時辰便沒救了。俺覺得他說得十分到位。」

姚元達點頭道：「不錯，不然以飛雲大師的內力，怎可能撐不到三個時辰？不知襲擊崑崙的是朱泛見過的女尼，還是她師父？」

錢靜皺著眉頭沉思。范青道：「如果朱泛在點蒼山見過的天竺女尼已經如此厲害，她的師父『人尊』還得了？」錢靜斬釘截鐵地道：「不是那女尼，是她師父，『人尊』已經入中土了！」

范青道：「幫主何以如此有把握？」錢靜道：「你們沒見過飛雲大師的功力，我見過。除非那女尼有天尊地尊的功力，否則在飛雲大師的『崑崙天羅地網』神功施為之下，根本近不了身。」朱泛道：「天尊可能還在南京，地尊失蹤已經數年，不知是否還在中土。現在多了一個用毒的『人尊』，看來比地尊更加可怕……」錢靜道：「中土又不得安寧了。或許咱們武林聯盟應該再聚一次了。」

伍宗光道：「幫主好主意，屬下建議開大會之前，先約武當的天虛道長及明教的方軍師商量一下，先就幾件重要的大事有了共同的看法，再召開大會。」

錢幫主點頭道：「如此甚好。阿呆，用我名義飛鴿傳書，請天虛道長及方軍師來武昌，有要事請教。」

第二天傍晚，阿呆又帶來了來自華山的飛鴿，錢靜打開信卷看時，有如五雷轟頂，她對阿呆道：「快請左右護法和范老爺子。」她身邊的朱泛接過信卷一看，只見布條上蠅頭小字寫著：「遭點蒼丘全峨嵋百梅偷襲掌門人力斃百梅後死於劇毒華山弟子死」共二十八個字，似乎意猶未盡，顯是華山弟子匆忙中施放的。

錢靜面色慘然，喃喃道：「何老休矣。」朱泛知道華山掌門何定一是前輩高手，練了華山失傳百年的古風劍譜後，其武功必定更上層樓，竟然也會死在劇毒之下，想到沙九齡中毒的情況，不禁不寒而慄。

不一會，丐幫左右護法及范青都已趕到，大家傳閱了華山來的惡耗，面面相覷，驚駭得說不出話來。良久，錢靜厲聲道：「諸君，全面開戰了！」她臉上又閃耀出那威風凜凜的神采，花白的頭髮加上花白的眉毛，讓她的形象看起來更加威嚴，只一句話，便流露出武林盟主的氣勢。

錢靜對阿呆發出命令：「阿呆，用咱們最快的方式傳令同盟中各大門派領袖，請他們接信後立刻啟程到武昌來。記住，用一級戰報！大漠金沙門的秦百堅掌門人處也送一封。」

朱泛道：「幫主，各派領袖未到之前，有三件大事堪憂……」錢靜道：「那三件事？」朱泛道：「一旦正式開打，咱武昌便是武林聯盟的總部，孩兒猜想那個毒殺飛雲大師的『人尊』一定已下了崑崙，正在從西邊來攻擊咱們的路上；而點蒼丘全和峨嵋百梅師太毒殺了何定一老前輩後，一定從北來攻。還好何老前輩殺了百梅，挫了一下對方銳氣，但這兩路攻擊必經之地卻是武當。第二件耽憂之事，天尊在東，如果直接從南京對我方攻擊，武昌將處於腹背受敵。」

姚元達道：「還有一樁呢？可是耽憂那地尊？」朱泛道：「不錯，地尊失蹤多時，想必和天尊仍有聯絡管道，如果地尊也來襲擊咱們，咱們連受攻的方向都摸不清楚……」

錢靜不慌不忙按住朱泛，制止他說下去，先對阿呆道：「阿呆，你先去找你孫師叔等信鴿好手，立刻辦理發信這件大事，信上寫『大戰將啟，速來武昌，天竺有劇毒高人來中土，崑崙華山已遭毒襲』，用有我簽名的布條。注意，方冀、章逸如今在浦江鄭義門，完顏道長、傅翔人在燕京白雲觀。這事第一優先。」阿呆高聲答：「得令！」快步去了。

錢靜轉向魔劍伍宗光道：「宗光，你即刻和范老火速趕往武當，從腳程和距離來算，肯定會比人尊早一步到達。你們到了，便助武當先斃了從華山下來的丘全一行人。他們用毒，這是生死之戰，你們出手便往死裡打。」

朱泛道：「幫主，我陪伍護法同去，我見識過丘全施放奇毒的本事……」錢靜想了想，道：「不成，你留下，有別的任務派給你。咱們時間人力都有限，須得精打細算。」她說完，轉向右護法姚元達拱手為禮。姚元達連忙站起，回禮道：「幫主有何吩咐，不須多禮。」錢靜道：「我將武昌總舵的重擔交給護法。元達，你莫辭辛勞。」姚元達吃了一驚，道：「幫主……妳要去那裡？」

錢靜胸有成竹地道：「老身要跑一趟四川，嘉陵江上的藥池！」姚元達還沒反應過來，范青已驚叫道：「幫主，您要找唐家……唐鈞唐老爺子？」

「啊！四川唐家！」姚元達和伍宗光也同聲驚呼。錢靜冷靜地答道：「不錯，我要找唐鈞唐老爺子。」

朱泛隱約聽過「四川唐家」這名兒，江湖上盛傳唐家是武林中最為神秘的用毒名家，世居嘉陵江頭，與世無爭，但任何門派的人若得罪了唐家，便等於宣布了命運——早晚必死於劇毒。但如今，江湖上已有數十年沒人再提過這名兒了。

姚元達抱拳道：「不是屬下推卸責任，實因幫主現乃是中土武林盟主，理當坐鎮武昌，豈可輕離總指揮部？」

錢靜搖了搖頭道：「自三十多年前唐鈞三代單傳的獨子死了，唐老爺子便帶著剛出世的孫女隱居藥池鄉間，祖孫兩人相依為命，三十多年來沒有出山半步，武林已把他忘了。但唐門規矩是傳男不傳女，眼看這門多少世代令武林人士聞之喪膽的用毒之技就要絕傳了。這次天竺人尊來了，看樣子她的奇毒無人可敵，也許是唐鈞再出江湖的時候了。元達，你說我身為武林盟主，不可輕離總部，我卻正是要以武林盟主、丐幫幫主的名義，親自到玉帶山去請唐鈞出山，也許唐老爺子還會考慮，否則沒有人請得動他老人家了。」

姚元達、伍宗光和范青三人面面相覷，雖覺錢靜說得有理，但既已宣布全面開戰了，盟主卻隻身跑到四川去，怎麼想都不對。

范青便道：「三十年前，俺在成都曾與唐鈞有過一面之緣。那時是在一間酒樓上，有個為富不仁的大財主和一個官員上樓來喝酒，便叫酒保趕我到樓下去坐。我氣他們囂張，便假意是個狗腿子，連聲稱是，又上前去向貴人低聲下氣地奉承討好。這一番討好，那財主身上一張百畝地契、那官員身上一顆官印都到了俺手裡。下樓時，樓角一個五十歲左右的老漢對我低聲道：『好手法啊。』我定眼一看，只見他身著青色緞袍，雙袖上各繡了一條黑色小蛇，正是唐門的服飾。我差點喊出『唐鈞』兩字來，只見那人微笑搖頭，我便忍住沒喊。我下樓後，唐鈞跟著下了樓，頭也不回揚長而去了。我是說，我和唐鈞有一面之緣，不如由我去四川，幫主還是留守總部吧。」

錢靜斬釘截鐵地道：「不成。那唐老爺子數十年不出江湖，便我去請也未必請得動。」

朱泛忽然面露詭笑道：「幫主，要請動老爺子，還得靠天竺人尊。」錢靜被他那頑皮的詭笑逗得樂了，面上總算露出一絲笑容，點頭道：「朱泛一肚子鬼，但這話說得不錯。各位想想看，世世代代為中土毒術之王的唐家，聽到天竺來了個毒王，會是什麼樣的心情？」朱泛道：「心情是夠亂的了。要是再有人跟他老人家說，人家天竺來的用毒高手久聞四川唐家的大名，這次到中土來，目的之一便是要把唐家一門大小全部毒死，雞犬不留，你猜唐老爺子的心情又如何？」

范青搖頭道：「朱泛啊，昨日還說你長大穩重了，俺瞧紅孩兒胡搞胡鬧變本加厲了。」伍宗光卻一本正經地道：「幫主，俺瞧您這趟四川行，如想請動唐老爺子，非得帶朱泛去不可。」朱泛對伍宗光投以感激的眼光，然後看著錢靜。錢靜想了一會，點頭道：「伍護法說得有理，到了唐門，如要敘述天竺人尊奇毒的厲害情形，也只有朱泛親見過，描述得才到位。」伍宗光暗道：「其實他有沒有親見過並不重要，只要那張嘴到場便行了。」

錢靜再次對姚元達道：「這會兒敵人及盟友都還在路上，咱們搶時間先到武當，和五俠合力截擊點蒼丘全，我和朱泛去搬會用毒的救兵。武昌只有靠元達坐鎮，主要是聯絡信息。如果天尊、地尊來攻，咱們援兵未到，元達便啟動撤離計畫，不攖其鋒；萬一人尊在我回來前先到了武昌，儘量不與她接觸，白舵主近日訓練的火槍手興許派得上用場。一切便拜託元達了。」

姚元達不再異議，抱拳朗聲道：「遵幫主命。幫主只管去四川找唐老爺子，武昌有我姚元達在，一切安心！」丐幫的好漢說到這裡，那便是生死以之，不需要再多說一個字了。

∞

嘉陵江東有一片高地，漫山遍野都是各類野生的植物，種類繁多，春天開花時節，各顏各色的花朵齊放，山野變成萬紫千紅的天然大花圃，看起來十分壯觀。對當地的採藥人而言，此處是天然的大藥場，只因這高地上各種植物中，至少有兩百種以上的株種可以入藥。數百年來，此地「藥池」之名便聞於遐邇了。

天高氣爽，有幾個藥師在山野間採藥，山歌互答，便如在茶園中一般。這時從嘉陵江的方向來了兩匹毛驢，驢上分別坐著一個身材高大的老太太，一個唇紅齒白的少年人，正是從武昌日夜兼程趕來的錢靜和朱泛。

朱泛見此地遍山遍野全是各色各種的植物，便跟一位正在採藥的老漢打聲招呼，道：「老伯伯，你這山野中的入藥草木不是你們栽的？」那老漢停下手中的活，答道：「這座山還有東邊連結的兩座山上，長的好藥材全是野生的，沒有一棵是人為種植的。」朱泛讚道：「百聞不如一見，『藥池』還不夠，依我看該叫『藥海』才對。」那老漢聽了甚喜，便指著前方一片鬱鬱蔥蔥的植物，道：「只要你識得貨，儘管採用，這幾座山和山下野地裡可是長了兩百種藥材呢。小哥兒，你說怪不怪？」

朱泛道：「怪咧，難道上百種藥材就沒有一種是栽培的？格老子的我不信。」那老漢道：「當真沒有，我們這些藥師能搞清楚幾百種野生的藥材就不容易了，這裡頭還夾雜了有毒的藥材，採起來可要小心，搞不對頭入了藥，磨成粉、煮成湯都一個樣，吃下去就翹辮子了。真正高手除了這些野生藥材以外，還在自己園子裡種他的私房藥材。」

朱泛熟悉湖北官話，此時努力學著講四川官話，倒也還有模有樣，難得這老漢愛擺幾句，便趁熱問道：「老伯伯，咱們就是要找個老藥師，聽說在藥池附近有個私人藥園，不曉得住在那邊啊？」那老漢道：「這一帶沒得自己種藥材的，只除非那座石頭山頂上的唐老爺子。」說著指了指前頭一座巨石纍纍的山頭。朱泛喜道：「咱們便是要找唐老爺子，老太太和我是他遠親。沿著這山繞過去，就能上山麼？」

那老漢哈哈笑道：「小哥兒，你四川官話講得還要得，可你是外來人。」朱泛奇道：「老伯伯為啥曉得？」老漢道：「你講『沿著這山走』，要是此地人便講『巴著這山走』了。」

朱泛只好招認道：「不錯，咱們從湖北來尋唐老爺子。」

那老漢見他說了實話，便不追究，只淡淡笑道：「你們要尋唐老爺，是見不到他人的。老實告訴你，唐老爺子從來不見外人，格老子我經常採藥送上去，也沒有見過他，狗日的連一次也沒得見。」說著說著竟有點動氣了。

朱泛連忙鬼扯道：「唉，咱們也是受人臨終所託，要來見唐爺一面，帶一句重要的話兒。受人所託嘛，見到見不到總是要上山一趟囉。」說罷，拱手謝了就催毛驢前行，「巴」著山邊繞行過去。

錢靜從頭到尾沒有開口，這時忍不住道：「朱泛，你從那裡學來這般德行，胡說八道連草稿都不打，就沒一句真話。」朱泛道：「乾娘啊，俺不這般和這老漢擺一陣，那能那麼快問得唐爺的住處？」錢靜對他的胡謅不以為然，但回心一想，帶朱泛來的目的便是要他花言巧語，激得唐鈞下山，便且由他，不給他限制，妨礙了他發揮想像力。

那座巨石纍纍的山雖不高，上山的路卻相當陡峭，兩頭毛驢走了一陣便不肯走了。朱泛知道毛驢的性子，催趕都沒有用，便對錢靜道：「乾娘，咱們下來牽著這兩位驢大人走吧。」

緩緩走了一個時辰，前面果然出現一片平地，三間茅屋矗立其上，屋外有一方藥圃，一棵松樹下有一個大石槽，岩壁上流下潺潺山泉，先入了石槽再流下去，是以石槽中清水常滿。

一個白衣女子正在石槽邊汲水，澆灌圃中的花草灌木，那些植物的顏色及形狀皆非常少見。白衣女子見錢靜及朱泛走近，便停下手中的活，回過頭來問道：「敢問兩位客人到此深山，有何貴幹？」聲音極是甜美。

錢靜怕朱泛開口就騙人，唐突了人家，連忙搶先道：「老身錢靜，求見唐老爺子，有要事相告。」她講這三句話，聲音十分平和，但奇的是整座山頭都清楚地聽到，而且感到一種無形的力道穿透而來。那白衣女子似乎吃了一驚，仰起頭來問道：「錢靜？」

朱泛見著這女子年約三十，面容十分姣好，嘴角有個小酒窩，多了一分嫵媚，只是身子單薄了些，一身白衣素裙，顯得有些寬大。錢靜道：「不錯，老身錢靜。」白衣女子再問一句：「客人來自湖北？」錢靜點首道：「老身來自武昌。」那女子點了點頭道：「兩位稍候，容小女子通報。」

她放下手中的水壺及小藥鋤，輕嬝嬝地走進茅屋去了。朱泛低聲道：「唐鈞的孫女兒？」錢靜點了點頭。

過了一盞茶時間，仍然不見那女子出來回話，朱泛借機將這三間茅屋及藥圃四周的地形瞧了一遍。兩隻驢子低嘶要喝水，朱泛便從驢背行李中掏出一個木瓢，到水槽中舀了水，蹲下餵驢喝水，那驢喝了幾口，忽然口吐白沫，低嘶幾聲，翻倒在地上，四蹄抽搐了一陣便不動了。

錢靜見另一隻驢子正在啃食藥圃外的青草，那青草的葉片較尋常青草寬了一些，心中一動，一把將毛驢拉開，防牠繼續吃草，口中低喝道：「朱泛，這草有毒！」

耳邊卻響起那甜美的聲音：「這草沒事，吃了草又喝那水才有事。」只見那白衣女子俏生生地站在茅屋簷下，指著那倒地的毛驢對朱泛道：「這驢中毒了。」朱泛沒好氣地道：「多謝姑奶奶指點。」那女子不以為忤，繼續道：「小哥兒，拿我藥酒給牠喝，便能解毒。」

朱泛不敢再鬥嘴，抓起那瓢，衝過去道：「藥酒在那裡？快，快。」那女子轉身走到茅屋角落一個大缸前，雙手搬起缸上的木蓋，回身對朱泛道：「藥酒在缸裡，你自己舀。」朱泛低頭一看，缸中果然滿滿盛著琥珀色的藥酒，一靠近就有一股帶甜味的酒氣撲鼻而來。他屏住呼吸，小心翼翼地舀了一瓢藥酒，手指不敢沾著，唯恐這藥酒又有毒性。

那女子見他小心翼翼的樣子，噗嗤一聲笑了出來。朱泛經過她身旁時，聞到一股清香發自那女子身上，十分的好聞，但他連忙屏氣而過，心想：「這地方無物不毒，俺還是小心一點。」

那倒地的驢子喝了兩口藥酒，過了一會便爬起來，長嘶一聲，好像沒發生過什麼事一般。朱泛不得不服氣，偷眼瞧那女子，見那女子也正在看他，便嘻嘻一笑道：「娘子好手段，俺朱泛服了。妳這裡到處都是毒，俺這就下山去了，幸會，幸會。」他說著一拉毛驢假裝要走，果然那女子道：「且慢，我爺爺說，他老人家跟丐幫素無交情，亦無過節，但錢幫主不遠千里而來，是我唐門的貴客，定要小女子奉茶。要是丐幫有啥子朋友中了毒什麼的，便請小哥兒將中毒情況講一講我聽，爺爺抓藥給你帶去。」

錢靜冷靜地道：「中土武林將有大難，要與唐老爺子商量大事，我中土武林盟主錢靜求見，盼娘子轉達。」那女子似乎吃了一驚，重複問道：「武林盟主？」朱泛接口答道：「少林、武當、全真、崑崙、恆山、華山、衡山、金沙、遼東各派掌門人外加明教及丐幫，在武當山結盟，共推丐幫錢幫主為盟主的事，妳沒聽說？」那女子啊了一聲，搖搖頭道：「尊客請稍待。」快步走進茅屋去了。

這回進去的時間更久，足足有半炷香時間仍無消息，似乎茅屋裡的人陷入長考。錢靜立在一棵銀杏樹下耐心等候，面無表情。朱泛卻有些耐不住了，他見茅屋柴門緊閉，便大聲道：「幫主啊，咱們下山了吧，這唐老爺子年紀大了，連見個面都拖拖拉拉，您怎能指望他出山跟天竺來的毒王鬥法？咱們快回去找明教方軍師商量，另謀他策吧。」

錢靜默然不答。朱泛又道：「那天竺來的毒王是個名喚『人尊』的比丘尼，她的徒弟在點蒼山上養了兩池異蛇，一水一旱，每種毒蛇都不見於中土，五色斑斕，形容猙獰。人尊的弟子也是一個尼姑，她配出的毒中土聞所未聞，見所未見，俺親眼見到只消沾上一丁點，瞬間便失去提氣護體的能力，無論你從外灌藥或施內力相助，沒有人能撐過三個時辰。這等奇毒，中土其他地方是沒有法子的了，也不知唐門有沒有解藥。」

錢靜真沉得住氣，到此時仍不開口，任由朱泛把那天竺之毒講得活龍活現。果然，咿呀一聲，柴門開處，那白衣女子又走了出來，低眉對錢靜斂衽為禮道：「爺爺要小女子代向武林盟主行禮。爺爺說他隱居三十年，藏身於藥池潛心修藥，足跡未出此山半步，請勿拿江湖之事擾其清修。他命我奉上『毒王解藥』一百顆，此乃爺爺這十年來精心苦煉的解毒聖藥，其效力奇強，舉世無雙，兩位請笑納了便下山去吧。」

錢靜想不到自己親來藥池，竟連唐鈞一面都見不著，是否就此下山，一時之間猶豫不決。朱泛卻開口了：「俺親口聽那『人尊』的比丘尼弟子說，待得她師父來到中土，會合天尊、地尊，天竺武林便可征服中土，不但武功天下無敵，毒術更將橫行天下，中土那個唐門小不點的毒術居然享名百年，真笑死人了。咱們滅了崑崙後，就去四川滅那唐老頭，要他唐家封門死絕，雞犬不留……」

朱泛還待講下去，茅屋中暴出一聲低沉的喝聲：「巧兒，請兩位貴客進屋說話。」

朱泛和錢靜對望一眼，兩人將毛驢拴好了，便隨那女子巧兒走向茅屋，巧兒對朱泛似笑非笑地悄聲道：「小哥，你小心口舌惹禍。」朱泛又從她身上聞到一陣清香，清香之中卻淡淡飄出一絲藥味，很是高雅好聞，但也透著神秘，甚至有點詭異。

錢靜和朱泛進入茅屋，屋內壁上窗戶全用黑布遮擋光線，是以頗為黑暗。一縷微風掀起東面布簾，但見一個白衣老人盤膝坐在屋角，一張矮木桌橫在前面，上面放了三個花盆，盆中栽了一些植物。

錢靜拱手道：「錢靜不請自來，求見唐老爺子，實因中土武林已遭大劫，不得不冒昧行事。來得唐突，還望老爺子見諒。」

唐老爺子站起身來肅客，也拱手道：「老朽隱居藥池三十年了，平日絕不見客，有勞武林盟主親自來訪，實不敢當。」

錢靜道：「四年多前，在武當山上，咱們中土武林與天竺來的天尊、地尊戰成平手，錢靜承各派前輩支持做了盟主。如今天竺用毒的第一高手『人尊』來到中土，錢靜忝為盟主，職責所在，不得不冒昧前來求教，望唐老爺子出馬，為中土武林的存亡鬥鬥這人尊。」

唐老爺子不答，卻轉問朱泛：「這位小哥方才說得好生俐落，你說天竺那比丘尼說『滅了崑崙後，就去四川滅那唐老頭』，此話當真？」錢靜正要代為回答，朱泛已搶著道：「怎不當真？三天前咱們接到崑崙派的飛鴿傳書，飛雲大師圓寂了，便是死於天竺之毒！」

唐老爺子臉上顯現出激動之情，但是立刻克制住了，冷冷地問朱泛：「小哥兒，此話當真？崑崙到武昌怕不有三四千里，啥子鴿兒能飛三四千里的，老夫還沒聽過哩。」言下之意是不相信。

朱泛正色道：「飛鴿傳書是我丐幫的絕技，敢說天下無雙。咱們武林聯盟在這一線上從崑崙傳到蘭州，從蘭州到華山派，從華山派再傳到武昌，前後不需三日便傳到了，有啥稀奇？」言下之意是您老人家少見多怪了。

唐老爺子拱手道：「佩服，佩服。這麼說飛雲大師真給天竺人毒殺了？」錢靜道：「一點不假，另外一線飛鴿傳書直接來自華山派，何定一老前輩也遇害了……」她話聲未了，唐鈞已倏地站起，只見他雙眉直豎，白髮顫動，厲聲道：「何定一被毒死了？此話當真？」

錢靜嘆道：「點蒼的丘全和峨嵋的百梅師太都已投靠天竺，這次偷襲華山便是這兩派的武林敗類所為。何定一也沒束手就害，死前將峨嵋掌門百梅師太給斃了。」

朱泛暗道：「這唐老爺的口頭禪是『此話當真』，看來是個有疑心病的人。」

唐鈞聽了錢靜的話，顫聲道：「何定一與老夫是過命的交情，原本和他約定一年後兩老一同隱居，他著《劍經》，我著《毒經》，傳之於後。唉，如今一切不談了……」說著竟流下兩行老淚。他孫女兒連忙扶著他，安慰道：「何爺爺雖走了，您還有巧兒接您衣缽，巧兒總會侍候您寫完《毒經》。倒是那個……那個天竺的人尊就要從崑崙來四川滅咱們唐門的人，那便如何是好？」

唐鈞沒有回答。巧兒指著木桌上那三盆植栽道：「爺爺，您這三盆異種植物，全是世上獨一無二的奇毒，您花了十年工夫才培養得長足一尺高。要是咱們被滅了，這裡讓人尊佔了，這三盆奇草落入天竺毒王手中，中土武林豈不要全給滅了？」唐鈞仍不回答。

他的孫女兒突然高聲道：「爺爺忍得這口氣，孫女兒可忍不下。巧兒明日便下山去尋那個什麼人尊，和她鬥鬥看，是她天竺的毒厲害，還是咱唐門的毒厲害！爺爺，您還躲在這寫您的《毒經》吧。」

朱泛聽得暗喜，心想：「爺爺不動如山，孫女兒心如驛動，俺瞧爺爺碰上孫女兒，準沒轍兒。」

果然唐鈞嘆口氣道：「罷、罷、罷，三十年的誓言今日破了吧！何老哥啊，瞧我唐鈞為你出口惡氣。」巧兒道：「爺爺，您幾百年的誓言早就破啦，還守什麼三十年的誓言？」

唐鈞聲轉豪壯，掀髯道：「不錯，從我傳妳毒術的頭一天，唐門百年的誓言便已破了。這天竺來的毒婆子欺人太甚，指名要滅了唐門，我唐鈞再也不能當龜兒子，咱們便來玩一玩，看誰毒倒誰？」

∞

魔劍伍宗光和無影千手范青兼程趕到武當山時，已是深夜。他倆施展上乘輕功，從東麓上山，一路皆抄陡峭的捷徑，其中有一段甚至是攀岩而上。月光下遠遠望去，但見兩人如兩條黑線快速移動，轉瞬間即登上山腰的台地。

不遠處見到玉清觀燈火幾乎全熄，只有觀前幾盞紅燈籠有些微光。范青輕聲道：「大護法啊，咱們是不是來遲了？」伍宗光道：「不對，即使天虛道長已經接了盟主的傳書，動身前往武昌了，武當五子不可能全部離山。」

走得再近些，只見玉清觀前的廣場上三三兩兩躺了七八個道士，一動也不動，似乎全是死屍。伍、范二人大吃一驚，飛快上前，見第一具屍體俯臥在地上，伍宗光正要俯身察看，范青低喝道：「且慢，當心有毒。」

伍宗光亮起火摺子一看，只見那人身著黑色道袍，道冠鬆落在一邊，分明是個武當弟子。伍宗光抽劍輕輕一撥，十分巧妙地將那道士撥翻過身來，火光下見死者是個中年道人，頭上及額頭上各插了一根金光閃閃的細針，整個臉色竟然有如塗了一層金粉，面上不僅沒有痛苦之色，倒有一種極其放鬆舒坦的神色，看上去十分詭異。

范青也亮起火摺子照亮另一具屍首，同樣是武當弟子，同樣也是額頭插了一根金針。范青道：「敵人已經來襲，這屍首猶未十分僵硬，看來不久之前才遭毒殺。這毒好生詭異，可怕之極。」伍宗光卻道：「這奇毒固然厲害，瞧這兩個武當弟子眉中那根毒針，兩人死法竟然一模一樣，針刺部位一分一毫不差，這發針之人的功力也極可怕啊。」

范青點了點頭道：「難道除了點蒼那丘全，另外還有高人？」正說間，伍宗光低聲喝道：「聽！是什麼聲音？」范青已經聽出玉清觀後傳來人聲，兩人不約而同一長身形，飛快地進入玉清觀尋找藏身之處，再傾耳聆聽時，已可確定是兩個人在對話。

一個女聲道：「為何整個武當只剩下兩個高手，其他人去了那裡？」這女子說話的口音十分奇特，一聽便知絕非中土人士。另一個男聲道：「照說武當五俠皆應在山上，現在不僅掌門人天虛道長不在，其他四俠中，也只有乾一子和坤玄子兩人在山。這兩個牛鼻子吃我劈頭撒下的神毛針，身上各中一針便立成廢人，師太妳再補他一人一針便了結了。但其他三人躲到何處去了？」那女子道：「丘全，你說這次偷襲武當，必定出乎武當意料之外，可以一網打盡五個老道，結果只有兩人在山，雖然已死在我天竺『神毛針』之下，但這一打草驚蛇，今後再要找這麼好的機會就不容易了。」

伍宗光和范青聽了這話大吃一驚，范青低聲道：「難道武當三俠、四俠已遭毒手？」

伍宗光道：「咱們從側門摸出去，先潛到後面的樹林裡。」兩人一躍而起，輕如狸貓般消失在觀外。

從林子裡望出去，只見玉清觀後面地上也倒了十幾個道士，有兩個道士身著青袍盤坐不倒，應該便是武當的三俠乾一真人及四俠坤玄真人了。場中站著兩人，外圍另有五人站在四角擔任戒備，任何人要進入這場子，必先通過外圍這五人的防守，從衣服上看都是點蒼派的門人。場中那兩人，左邊一個男子手持長劍，伍宗光及范青皆識得，正是點蒼丘全；右邊是一個清瘦的比丘尼，大眼濃眉，膚色黝黑，看她面貌輪廓便知是典型的天竺人。那丘全道：「絕垢師兄到後山去搜尋了，咱們且等他一會兒。」

范青在伍宗光耳邊悄聲道：「護法，對方來了三個高手，偷襲得手，毒殺了武當三俠及四俠，咱們寡不敵眾，不如趁絕垢僧尚未回來之前，先對場中這兩人發動偷襲，殺死一個算一個。」伍宗光點了點頭道：「待會兒范青你偷襲丘全，俺偷襲天竺女尼，記住幫主的話，此乃生死存亡之戰，不打招呼就出手，出手就往死裡打。」范青道：「出手如一招不能斃命，便須防他們的什麼『神毛針』，那針上的毒見血封喉，沒有解藥。」

兩人正準備出手，忽然身後傳來一聲極細極低的聲音：「兩位丐幫老前輩請了，弟子易大川。」伍宗光反首細看時，只見一片密葉林中露出一張緊張的年輕人臉龐，那青年道人顯然早已藏在此處，是以伍、范兩人都沒有發覺。年輕道士道：「弟子易大川乃天行道長門下，那天竺高手絕垢僧此刻正在神仙洞前，被我師父及五師叔纏住了，一時三刻絕對下不來……」

范青道：「你是說其實武當四俠都在，只有掌門人下山去了武昌？」易大川點頭道：「不錯，武當四俠中，兩位守玉清觀，兩位守神仙洞，不幸我三師叔、四師叔被他們偷襲毒死了。」他說到這裡，面色悽然，欲哭無淚。伍宗光道：「咱們先將這丘全和毒尼做掉，就不怕絕垢僧了。」易大川咬牙道：「不錯，咱們若要動手，丘全這無恥小人就交給弟子，兩位前輩對付那天竺毒尼吧。」

伍宗光吃了一驚，這武當二代弟子竟要單挑點蒼掌門丘全，是不是有點不自量力？但一抬頭，對上了易大川一雙堅定的眼睛，眼光中流露出一種視死如歸的從容，那是一種移山倒海也無法撼動的信念。伍宗光懂得這眼光，對這種眼光除了尊敬，還是尊敬，他將下面要說的話全都嚥下了，只微微點了點頭，輕聲道：「好樣的，丘全交給你。」

易大川是天行道長的得意弟子，年紀輕輕，武當的拳劍功夫已經與五俠相差不遠，乃是武當派下一代弟子中最傑出的一人。數年前絕塵僧、絕垢僧、辛拉吉等天竺高手頭一回襲擊武當派時，易大川被天竺三大高手的強大合力擊中，幾乎送了一條命，經過幾年來的潛心休養，師父及師伯叔輪流以真力輸入體內助他行功，總算逐漸恢復，這時他見三師叔及四師叔竟雙雙遭奇毒而死，心中的悲憤已達極點，便要單挑丘全。

易大川向伍、范兩人使了一個眼色，極其小心地從密林移向林子的另一邊，直到離丘全所立之處最近的幾棵古槐之下，他一提氣，施展武當輕巧功夫揉身上了樹梢，端的是枝葉不動，了無聲息。

伍宗光看了看形勢，那古槐雖說離丘全較近，但少說還是有好幾丈的距離。他見易大川在樹上藏穩了身形，便輕聲對范青道：「小道士要施『八步趕蟬』！」范青聽到「八步趕蟬」四個字，心中為之一震，無影千手雖以獨門小巧輕功享譽武林，但是武當的「八步趕蟬」仍被視為正宗的輕功絕招。看來易大川這初生之犢打算施出這項絕學來克服距離，完成偷襲的一擊。

場中丘全道：「絕垢僧何以上去了這許久，仍不見轉回，難道遇上強敵？」那女尼道：「絕垢師兄功力深厚，就算遇上強敵，我瞧武當山裡也沒有他的敵手……」

話方說到此，丘全身後的高樹上，易大川發動攻擊了。他一聲不響，突然從古槐上疾落而下，人在空中一連八步跨出，最後一步離地只有五尺高，卻仍然能夠平飛出一丈有餘，直如巨鳥掠湖而來，實是輕身功夫中獨步武林的絕學。

丘全發覺之時，易大川已到了他左後側，來勢如風，他回身時只有一瞬時間可以閃避，然而丘全不僅沒有閃避，反而在這一回身之間遞出了三招殺手，直取仍在空中的易大川，正是點蒼劍法中的絕招「迴風舞柳」。

易大川悶不出聲，叮叮擋開三招，劍尖忽然欺近丘全的門面不出五寸之遙。丘全暗叫一聲：「不知死活的小道士！」他右劍上挑，左手一抖，在如此近距離之內施放出一把毒針，直射易大川的顏面。

易大川躲無可躲，只見他不慌不忙地以左袖遮面，同時袖中暗藏的一塊木板正對著那一把毒針，丘全的毒針被衣袖及袖中木板揮落大半，但仍有兩針射入易大川的左臂……

說時遲那時快，只聽得易大川大喝一聲，有如晴天落下一個焦雷，他右手長劍飛快地一連兩揮，劍光閃過之處，兩股鮮血噴向空中，他第一劍斬斷了自己中毒的左臂，第二劍斬落了丘全頸上的人頭。

丘全慘叫一聲，聲隨頭落。易大川蹌踉落地，以劍插地，空出右手來在左肩左胸穴道上連點十數處，斷臂處血流頓時緩了下來。

這幾下兔起鶻落，血濺五步之內，驚心動魄的程度令那天竺女尼與從林中躍出的伍宗光及范青三人心驚膽顫，面面相覷，竟然忘了動手過招。

伍、范兩人原來準備聯手偷襲天竺女尼，這一下錯失良機，反而變成了女尼對兩人正面施毒的最佳機會，那曉得那女尼竟被這一場突如其來的血腥演出驚嚇住了。這女尼是「人尊」的徒兒，用毒功夫極為厲害，武功也臻上乘，但平生與人爭鬥都是隔空施毒，殺人不見血，制敵於五步之外，那曾見過易大川這種慘烈血腥的打法，就連經過無數大場面的魔劍伍宗光和無影千手范青都驚得呆了，這女尼竟然嚇得發抖，一時不知所措，也沒有想到此刻正是對伍、范二人施毒的好時機。

易大川面如金紙，慘笑著對伍宗光及范青道：「自從前次天竺三大高手合力將小道打成重傷，我這左臂本來便無法恢復了，真力完全不能到達，其實已如廢臂。今日我以它擋毒，犧牲了它才能一劍砍了丘全這個壞蛋，替三師叔、四師叔復仇，值得啊值得！」

伍宗光和范青聽得欽佩不已，兩人一個握住易大川右腕，一個伸手按在他背上，一齊用內力助易大川調勻血氣。這兩人功力深厚，只一會兒，易大川似已恢復氣力，雖因失血仍感虛弱，但表面上看起來竟是行動自如。他掏出一粒大紅色的藥丸，嚼碎了吞下，輕聲問道：「前輩有酒麼？」伍宗光隨身的葫蘆中常有烈酒，便讓易大川咕嚕咕嚕喝了三大口，更覺精神一振。范青早已在他傷口上敷了丐幫的治傷藥膏，撕了一塊乾淨的衣襟，替他包紮了半截殘臂，然後兩手都伸出大拇指，讚道：「易老弟，你這真乃是壯士斷腕，義無反顧，強敵為之魂飛魄散！」

「咦」的一聲，三人同時發現那天竺女尼不知何時竟然走得不見蹤影了。伍宗光道：「這天竺女尼的毒雖厲害，膽子卻小，被易老弟從天而降，斷己臂，取敵頭，嚇得逃走了。」易大川哈哈大笑，笑聲未完，噗的一下跌坐地上，全身脫力，傷口劇痛，胃中抽搐，一時竟站不起來，原來適才全是一口氣硬撐著。

伍宗光先和范青再次以內力助易大川運氣三個周天，這回易大川確實回過氣來了，他一躍而起，拔起插在地上的長劍，對著盤坐僵在地上的三師叔乾一真人及四師叔坤玄真人拜倒在地，暗祝道：「待退了敵人，弟子再來安葬師叔們的大體，弟子要去尋師父及師叔了。」祝畢，對伍、范二人道：「兩位前輩請隨小道去神仙洞。」

這時神仙洞前，天竺絕垢僧正與武當的道清子各展絕技，做殊死鬥。一個是天尊的首徒，一個是武當五俠在武林中最富盛名的第五俠。絕垢僧對武當的武功已有實戰經驗，深知其不論攻守都是一流的絕學，尤其堅守起來確實是滴水不漏。彼等唯一守不住的就是自己的「御氣神針」，自己只要強施「御氣神針」內力，對方便只能閃躲，但這「御氣神針」極費真氣，無法連續運用，每數招後便須停止一次，是以這時兩人決鬥，勝負便懸決於這一微妙的形勢。

絕垢僧要在連續數招「御氣神針」的施為下，逼出道清子的破綻，然後予以致命一擊；道清子要在連續閃躲之後，把握「御氣神針」中斷的空檔全力反攻，一招就要扳回劣勢。表面上看起來是絕垢的天竺神功佔盡了優勢，實際上如果這種戰情持續下去，幾百招後絕垢僧絕對難以維持「御氣神針」的內力，而武當的太極功源遠流長，彼消此長的情況就會出現。

兩人都是當世頂尖高手之一，完全瞭解彼此的優勢及危機所在，只見兩人攻守互換，絕垢僧攻四招，道清子只能還一招；百招過後，變為絕垢僧攻三招、道清子還一招；兩百招後，絕垢僧攻三招，道清子已能還擊兩式。這時，絕垢僧不再使出御氣神針，連續揮出瑜伽神功中的外家功夫，雙拳有如巨錘開石，招招以極大力道壓頂而來。道清子不再閃躲，鼓足內力相迎。三招之後，絕垢僧趁著道清子推出一招「推闥送青」的渾厚內勁迎戰之際，一縷尖銳的御氣神針夾在瑜伽神拳中，如閃電般偷襲道清子的胸前要穴。

就在此時，一股強勁無比的力道從右邊推到，道清子立刻感應出乃是武當的玄門正宗，暗道：「二師哥來了。」他借力使力，一瞬間已飛落在左邊三丈之外，絕垢僧的致命一擊堪堪落空，定目看時，果然是武當五俠排名第二的天行道人落在場中。他正要開口說話，卻見右邊林中緩緩走出一個身子單薄的人影，無聲無息，正是那天竺女尼。

絕垢僧沉聲道：「阿凡師妹，玉清觀全解決了麼？」女尼不答。絕垢僧又問道：「阿凡師妹，那邊全解決了麼？」那女尼似乎情緒不穩，有些心不在焉，過了一會兒，才用天竺話答道：「他……他砍掉了他的頭……」

絕垢僧又驚又怒，喝道：「誰砍了誰的頭？」那女尼阿凡轉身對著身後跟著出現的三個人，手指最前面的易大川，顫聲道：「便是他，他將丘全的頭砍掉了。」

來者正是易大川、伍宗光及范青。伍宗光張目一看，對方兩人，己方五人，後面還有五個點蒼弟子跟著過來，以他們的輕功，恐怕一時還到不了神仙洞，此乃天賜良機，如施突襲，就可以一舉斃了對方兩人，唯一棘手的還是那天竺女尼的施毒。

易大川衣上臉上全是血汙，面目相當可怕，他持劍瞪著那天竺女尼阿凡，阿凡似乎不敢看他，一直躲避易大川的目光。伍宗光想到錢靜幫主的命令：「對方用奇毒，此乃生死之戰，出招便往死裡打。」心中再無猶豫，拔劍大喝一聲道：「盟主有命，武當、丐幫聯手，先斃了這天竺和尚！」一面低聲道：「易兄弟，你對著那女尼喊殺衝過去，這尼姑怕你怕得要死！」

只見伍宗光、范青、道清子三人一體，同時對絕垢僧發動攻擊。絕垢僧不料中土名門高手不知何故竟然也搞起倚多凌少的突襲，大聲喝道：「阿凡師妹，快施毒！」

阿凡女尼聽他這一喝，不加思索便對天行道長一掌擊出，掌中暗夾十支牛毛金針。天行道長恪守武林規矩，不慣以眾擊寡的打法，對伍宗光的喝令未立時採取行動，略一遲疑，阿凡的攻擊已至。他吸口真氣護體，雙掌齊出，一阻阿凡來掌，一攻阿凡左脅，正是武當綿掌中的厲害招式。豈料阿凡單掌下沉避開，十支金針無聲無息疾射天行道長顏面。

那毒針細如牛毛，幾無破空之聲，天行道長察覺到時，金針已在五寸之距，任何閃躲都已來不及，他只好以數十年的武當內功集中於一口真氣上，噗的一聲吹出，那口氣竟如有形之物，將十支金針吹得偏向，貼著他臉頰旁擦面而過，確是不可思議的奇蹟。

然而畢竟仍有一針擦傷了天行的左額，雖然只是破皮略微見血，但天行道長片刻之後便感一口真氣突然散了，自己想要重新運氣，竟然提不起氣來，一個蹌踉站不穩，此時他心中還明白，暗驚道：「這是什麼毒？這是什麼毒？……」但漸漸眼前開始一片模糊，一跤跌坐地上。

易大川見師父中毒倒下，一陣急怒攻心，大喝一聲：「兀那你這尼姑婆，拿解藥來！」揮著手中長劍，直撲阿凡。阿凡正喜得手，一抬頭瞧見那個專門砍人腦袋的惡道士睜著血紅的怒眼，臉上血汙縱橫，肌肉扭曲，狀如魔鬼般直對著自己衝過來，她一時之間如被嚇破了膽，尖叫一聲，轉身就跑。

這阿凡的輕功乃是天竺「人尊」親傳，更兼此時已使出吃奶之力，身形之快令人咋舌，只兩三個起落，便已消失在莽莽蒼蒼的武當山中。易大川瞠乎其後，便放棄了追趕，停下腳步想了想，暗忖：「我便回去加入圍攻絕垢僧。」環目四顧，那幾個點蒼派弟子並未跟來，想來早已開溜不知去向。

他轉身回奔，才趕到神仙洞前，便看到一幕不可思議的景象——三個正派的中土高手，圍攻一個天竺和尚！

只見絕垢僧在道清子、伍宗光及范青三人聯手合擊之下，節節倒退。他此時完全落入孤立無援，瑜伽神功加上偶一發出的御氣神針漸漸支撐不住，而敵方三人悶聲不響，卯足十成功力，對他展開圍攻合擊。尤其是道清子，他想到上次就在此地被絕垢僧、絕塵僧及辛拉吉三人圍攻，險些丟了性命的往事，暗忖道：「天網恢恢，這絕垢僧今日落了單，也教你嚐嚐以一敵三的滋味。」心中想著，手上可沒閒著，配合魔劍伍宗光詭異飄忽的劍招，以正宗太極劍法纏住了絕垢僧的出招，讓另外兩人恣意狂攻。

堪堪到了三百招外，絕垢僧已經力竭，先是左肩中了魔劍伍宗光的「魔蛇出洞」，緊接著范青以極其詭異的步法繞到他的身後，一招「拍案兩散」在絕垢僧背上按下一掌。絕垢僧正要鼓足餘力，使出御氣神針來退敵自保，背上神道穴和靈台穴同時遭制，那股極為尖銳的內力發不出來，反而逼在體內暴漲欲破，難受之極。就在此時，道清子一劍刺入絕垢僧的前胸……

這一下絕垢僧體內的異常真氣反而得以宣洩，以致他胸前的鮮血噴出五尺之外，道清子吃了一驚，絕垢僧便乘這一剎那的猶疑，猛然躍身而起，打算脫離戰場。但緊接著便一聲慘叫，跌落地上，原來魔劍伍宗光的長劍化為一道白虹，猛然刺入絕垢僧前身，從小腹直透胸腔，天尊的首席弟子當場被武當和丐幫的高手聯手斃掉了。

道清子見到絕垢僧的死狀之慘，心中猶有餘悸，方才這場決鬥才是真正的殊死鬥，不管什麼動手的規矩，更不管什麼以眾凌寡的禁忌，只知開打了便不見死人不休止。

這其中劍招最是狠辣的當屬魔劍伍宗光，但就是伍宗光也殺得心驚膽戰，他望著倒在血泊中的絕垢僧，喃喃地道：「這種打法才符合了盟主的命令。開戰了，就是拚死活，那還能顧那麼多！」

凶悍如易大川也瞧得心中狂跳，他走到師父面前，雙手一觸天行道長的腕脈，大驚叫道：「五師叔，師父已在彌留之中……」道清子趕過來一探額頭、頸邊、脈膊，肅然道：「大川莫要慌亂，你師父還有意識，只是無力自行發啟真氣護體，咱們要趕快想辦法。」

范青想起朱泛說過沙九齡中毒後的情形，連忙道：「天竺這奇毒曾殺死了點蒼的沙九齡，中毒之後，無論渡以多強的內力，施以什麼解毒之藥，都無法撐過三個時辰……」

易大川聽了，雙目熱淚長流，忽然跪在道清子面前，叩首稟道：「五師叔，求您准許……」他話未說完，道清子伸手止住，將他一把拉起道：「大川啊，你三師叔、四師叔已遭毒手，現在你師父又被毒成這般，你便不求，五師叔也要懇求神仙開洞的。」

他帶著易大川走到神仙洞前，在洞口那道石牆前跪下，三跪拜後喃喃唸了一大段禱辭，范青和伍宗光只聽得他最後祝道：「老神仙，如今掌門師兄離山，三師兄、四師兄已遭毒殺，二師兄奇毒侵體，只餘不足三個時辰的性命，弟子道清不得不代行掌門師兄之職，現要開石讓二師兄入洞療毒。老神仙見諒，老神仙慈悲。」

拜完，道清子便一躍數丈，在那石牆上一條細縫處單手施出鐵指功，整個身體便憑四指之力牢牢掛在牆上，他另一隻手在石牆上尋找幾塊特殊的牆面，顯然牆面上有特殊的花紋，道清子摸對了便以掌相擊，待他擊了七個不同地方後，那石牆下方忽地轟然開了一道小門。道清子飄然而下，抱起天行道長，向范青和伍宗光稽首道：「咱們要入洞去為二師兄療毒，有勞丐幫前輩為我等守住洞口。」伍宗光道：「道清道長放心，請快為天行道長療毒。神仙洞口有咱倆看住，誰也不要想進入。」

道清子抱著天行，和易大川從極狹的洞口進入那神秘的神仙洞。范青低聲道：「伍老大，這個黑乎乎的洞裡究竟有什麼東西，這道士是不是打得神智昏亂了，在裝神弄鬼消遣咱們？」伍宗光搖了搖頭道：「俺那曉得，但我瞧這道清子是條好漢子，武功既高，又不似有些名門正派自以為清高，倒他媽有幾分與咱們弟兄臭味相投。他那麼又祝又禱地才敢啟門入洞，這裡一定有個……哎呀呀，洞裡難道是，難道是……」

范青也同時想到了一個人，驚呼道：「難道張三丰真人仍在人間？」伍宗光想到的也是同一個人，但要說張真人仍在人間，恐已超過一百三十歲，畢竟有些難以置信。范青又道：「若是他老人家仍在人間，怎能坐視五俠之中三人遭毒殺，竟然不聞不問？」伍宗光道：「也許他老人家已經不問世事，是以武當弟子必須有不得已的大事才准入洞，而且還得由掌門人拜禱之後，才能啟動石門。你瞧，方才道清子不就是代替掌門天虛道長的身分，在那裡又跪又拜的麼？」

范青點頭道：「伍老大，你說的有些道理。咱們反正負責守洞口，待會道清子出洞，咱們再問個清楚，暫且稍安勿躁。」

那知道這一等竟然等了兩個時辰，伍宗光看了看天色，又探頭往洞口瞅著。范青忽然道：「朱泛說中了這天竺奇毒，最多只能撐三個時辰。算算時間，從天行道長太陽穴上被那毒針刮破皮算起，差不多已經三個時辰了，怎麼仍然沒有消息？」

伍宗光也等得十分心焦，幾次想要進洞去探個究竟，但想到武當門人對此洞如此崇敬有加，便也不敢冒犯人家的門規。還好就在此時，道清子抱著天行，帶領易大川走了出來。

道清子面色凝重，懷中的天行道長仍然雙目緊閉，不過從面色上看來應該性命無虞。伍宗光問道：「道長，天行道長如何？」道清子嘆了一口氣道：「好厲害的毒，好詭異的毒。」他將天行道長平放在草地上，讓他舒展四肢躺得舒服些，然後道：「二師兄所中之毒，已被一股至大無比的真氣硬鎖在體內一處，暫時沒有生命之危了。但二師兄從此不能運功行氣，只要一動，就將破壞那一層鎖毒之氣，奇毒立刻流竄到全身，便再也無藥可救了，是以此刻二師兄等於武功全廢……」

范青急問道：「既然性命無妨了，為何昏迷不醒？」易大川幫忙答道：「那是因為我師父全身經絡都已被極為深厚的內力舒熨過一次，這一睡，起碼還得再一個時辰方得醒來。」

范青想要問洞裡的情形，卻瞥見伍宗光微微搖了搖頭，便改問道：「那麼天行道長要如何方能痊癒恢復？」道清子慘然道：「除非找到解藥，不然永遠只能這麼拖著毒性不發，無法痊癒。」伍宗光道：「咱們還是都回武昌去吧，明教的方冀和傅翔都會趕到武昌，與許方軍師有些解毒的特效藥。再說，盟主已經親自動身到四川去請唐門的唐鈞老爺子。」道清子聽了大喜，心中燃起一絲希望，點頭稱善。

易大川道：「咱們這就去喚躲藏地下的武當弟子出來，將三師叔、四師叔及其他幾位師兄弟的大體火化埋葬了，便隨兩位上路去武昌。」

范青終於忍不住了，問道：「敢問神仙洞中有啥花樣？是有位高人麼？」道清子正色道：「神仙洞裡住著一位老神仙。」范青道：「難道是貴派的奇人張真人？」道清子不答。

伍宗光使個眼色，示意范青不要追探別派秘密，偏范青不識相，繼續追問道：「那天竺劇毒最厲害之處，即在於一入身體，立即就毀掉中毒人自行提氣運功護體的能力，從外面加以任何協助皆不易生效，天行道長不過是太陽穴邊擦破表皮，略微見血，卻瞬時失去力道。你們進洞一趟，居然能將已經散布全身的劇毒重新逼回凝聚於丹田，如是來自外力，則此施力之人的功力已近乎神仙了。不是張三丰真人，難道武當另有一個神人？」

道清子依然不答，只雙目注視著平躺在地上的天行道長，長嘆了一口氣。伍宗光見范青似乎還要開口，便也嘆了一口氣道：「自從天竺入侵中土武林，天尊及地尊兩人的絕頂武功，老實說中土難有人能匹敵。但數年來，儘管他們襲武當、攻少林、決戰於盟主之爭，終也沒能得手，中土武林各派高手也都存活無恙。如今這『人尊』才踏入中土，已經造成腥風血雨，算算看，咱們這邊已經折損了崑崙、華山兩派的掌門人，武當的三、四俠，加上天行道長重傷，可見這人尊的可怕要超過……」

易大川雖已服了止痛的藥物，仍然咬牙切齒地強忍斷臂之痛，低聲道：「可他們也沒好到那裡去……」范青見他說得辛苦，便替他接道：「咱們也毀了對方一個百梅師太、一個丘全，還有這個絕垢僧，也夠瞧的。」

伍宗光見多識廣，面色凝重地道：「這人尊才一出來，雙方已經死傷累累，可見得施毒殺人遠比用拳劍殺人來得可怕。目前對方只是一招細如牛毛的毒針，咱們已死傷了五位一流高手，那人尊的施毒招式豈會僅止於此？可怕啊！」

范青點頭道：「這就看出盟主的高明了，她丟下武昌總部不顧，卻親自去四川請唐門出山。只有唐老爺子親自出馬，才有可能和人尊一鬥，否則任你武功再高，就算是完顏道長和傅翔，碰上用毒的高手，還是人人自危，心驚膽戰。」

伍宗光道：「從那人尊的徒兒阿凡女尼的輕身功夫看來，人尊除了毒術之外，武功顯然也極高明，如果她的武功也如天尊、地尊一般，那將是來到中土武林的第一殺手！」

8

燕京城白雲觀外來了一個青年叫花子，正和一個小道士說話。那小道士道：「咱們住持道長交代過了，這個月不施齋飯，你要飯還是去別處要吧，莫要在白雲觀白費工夫。」那青年花子道：「俺不是來要飯的，實有重要事情，要尋完顏老道長說話。」那小道士搖頭道：「完顏道長早就坐關，不見任何人了，怎會見你這花子？快走開，莫要嘮噪。」那花子耐著性子道：「完顏道長不見，俺找傅道長也成。」那小道士道：「快走，快走！白雲觀裡那有什麼姓傅的道長……」

便在此時，一個美貌道姑從外歸來，正要進入白雲觀邊門，聽到這邊廂小道士和叫花子的對話，便停下身來道：「小松子，誰要找姓傅的道長？」那小道士道：「烏大夫，便是這個叫花子要見完顏道長，告訴他老道長不見客人，他又要見什麼傅道長，咱們白雲觀那有什麼姓傅的道長？嘮嘮噪噪不肯離開呢。」

那女道士正是阿茹娜，她聽小松子這般說，已知來人是燕京城裡丐幫的弟兄，便對小松子道：「小松子，怎麼沒有姓傅的道士？我不是跟你說過方道長俗家原來姓傅呀。來，丐幫的弟兄要見傅道長，隨我來。」便領著那花子入內了。小松子抓頭搔腮，喃喃自語道：「啥時候跟我說過方福祥俗家姓傅？我怎麼一點印象都沒有？」

阿茹娜領著那花子沿著一條走道，一直走到觀內最深處，有個天井四邊植了好多棵老松、老槐，樹蔭裡涼風一吹，爽氣宜人。阿茹娜在一間半閉的修道房外輕呼一聲：「傅翔，丐幫的弟兄來找你。」房內傅翔應了一聲，便走了出來。他近年潛身於此，面上氣質益見溫厚內蘊，身材益見修長結實，只是身上一件道袍顯得有些短小了。

傅翔對那叫花子抱拳為禮道：「貧道方福祥，兄弟尋我有何貴幹？」那花子道：「傅大俠，俺是燕京丐幫分舵的巫舵主，咱武昌總舵盟主傳信，一級戰報，要親交到完顏道長或傅大俠手中，偏你在白雲觀裡的名字是方福祥，害得俺耽誤了好些工夫。」說著便從懷中掏出一條布卷，毛手毛腳地交給傅翔。

那布條漚在巫舵主的懷中好一段時間了，一掏出來便是一股汗酸味，傅翔顧不得這些，連忙展開布條一看，上面寫著「大戰將啟速來武昌天竺有劇毒高人來中土崑崙華山已遭毒襲」二十六個字，下署錢靜。傅翔吃了一驚，這二十六字雖然有些語焉不詳，但以錢靜之深沉穩重，這封飛鴿傳書已顯現出情勢緊急。是什麼「劇毒高人」，連襲崑崙及華山兩派，難道比天尊、地尊更厲害？

他將信條給阿茹娜看了，阿茹娜道：「咱們快報告道長。」兩人帶著巫舵主一齊進入完顏的修道室。完顏道長瞭解情況後，照例望著傅翔，不表意見。傅翔道：「道長，中土誰最會用毒？」完顏道長想了想，道：「中土用毒大家無出四川唐家之右，但唐家於武林銷聲匿跡已經好幾十年。如今是誰最毒，老道還真不知哩。」

阿茹娜道：「以盟主的個性，如非情況十萬分緊急，斷不會以一級戰報急召各派赴武昌。咱們這白雲觀中窩藏了兩個中土武功最強的高手，恐怕要不辭辛勞，即刻兼程……兼程……」傅翔接口道：「兼程勤王！」完顏一聽樂了，哈哈笑道：「不錯，咱們是勤王勁旅，急如烽火，今日就走。」

阿茹娜見了暗笑，對巫舵主道：「巫舵主啊，多謝你了，如有便請回信武昌，就說『三人勤王即日動身』便好。」那巫舵主應了，忽然道：「烏大醫師，俺那舵裡有一個小叫花，說是識得阿茹娜，不知……」他話未說完，阿茹娜及傅翔同時驚喜地道：「巴根？巴根在你那兒？」巫舵主道：「正是。巴根初來時，頭腦有些不好使，最近愈來愈正常了，在俺那裡已是派得上用場的好手。」阿茹娜道：「他有說什麼麼？」巫舵主道：「他說想和阿茹娜姐姐見面。」

傅翔忽然想到一件事，搶著道：「阿茹娜，咱們就要動身去武昌，可以帶巴根同去。」阿茹娜沒有立刻回答，想了一會便懂得傅翔的用意，道：「不錯，就不知巫舵主的意思。」巫舵主道：「三位要帶巴根去武昌，那是他的造化，俺這便回去喚他來白雲觀報到。」傅翔道：「巴根有一條異種的小花蛇還在不在？」巫舵主道：「怎麼不在，小花和巴根形影不離。」

翌晨一大早，天將亮未亮時分，傅翔從白雲觀的後門踱到一片古木林裡，此處全是數百年的老樹，有兩棵槐樹傳說是唐玄宗開元年間所植，另有一棵銀杏據說也有五百多年的樹齡了。傅翔每日凌晨都會到此林中靜坐一個時辰，好好整理前一日腦中所思與手上所創的武學，如能達到理想的境地，便將它落實於招式，牢牢記下。「王道劍」從無到有，一招一式在傅翔的冥思以及和完顏道長的演練之中，逐漸形成。

傅翔不知道要如何收尾才能完整，他也沒有刻意去想。在浦江鄭義門那段時間所受到的衝擊和感動，那些令他激動的靈感漸漸沉澱下來，三年磨一劍，除了和完顏道長切磋，尚未公開試劍，「王道劍」到底是什麼，仍是個謎。

就在這時，傅翔被一幕奇特的情景吸引住了。在這片古樹林外的草地上，飛來了一隻特大的白鶴，身長近五尺，頸部及尾端羽翼為亮黑色，其餘全身潔白，頭頂紅冠，鮮豔奪目。傅翔心想：「好大一隻丹頂鶴，怎地飛到這林子來了？想是從遼東飛到江南過冬，在咱們這裡歇上一腳。」

傅翔悄悄走到林子邊上，又見到另一幕奇異景象，距那丹頂鶴八尺之外有一條黑黃色的異蛇，長約三四尺，頸環以下有半尺的暗紅色，吐信特長，烏青色有如古銅，傅翔差一點驚喜地叫出聲來，這是小花，巴根的小花。小花在此，巴根必在附近。他抬眼一看，只見小花身旁一棵大槐樹上，坐著一個少年叫花子，不是巴根是誰？

巴根顯然沒有發現傅翔，就只坐在橫生的樹枝上，一雙腳丫晃呀晃的，望著他的寶貝小花和那隻特大的丹頂鶴對峙，好像一點也不擔心。傅翔暗道：「巴根長高了，小花倒沒怎麼變。」他看那小花面對八尺之外的大鶴，了無懼意，只是不斷地扭來擺去，對著丹頂鶴吐信，似乎藉著舞動釋出某種善意，想和丹頂鶴交個朋友。

那丹頂鶴單腿立在枯草叢中，不時偏著頭盯著小花，看上去也無敵意。傅翔暗想：「人說丹頂鶴最愛的食物便是蛇類，愈毒的蛇愈是美味，吃下去後便將毒素凝聚於紅頂。今日看來，似乎全是以訛傳訛，真實情況並非如此。」

果然那隻丹頂鶴不但沒有發動攻擊，反而嘎然長鳴一聲，張開雙翅，轉動身軀，跳起舞來。

傅翔從未見過丹頂鶴起舞，此時見牠雙翅張開，才發現牠立著時，尾部的黑羽原來全是翅膀的副羽，雙翅一張開，尾上便全白了。

接下來，丹頂鶴的幾個舞步可是把傅翔看傻了，只見牠每一個步子都優雅無比，長身細頸巨翅無一不配合得天衣無縫。傅翔忽然醒悟，暗道：「這鶴舞每一動一靜之間，全身每個部位都陰陽呼應，妙入毫顛。」他再看那小花，亦是全身舞動，每一動作都維持首尾相應，攻守相望。鶴與蛇的肢體不停優美地變化，但那嚴謹呼應之勢卻維持不變。傅翔讚歎道：「這是天生的『外王內力』，只要能守住這內外的呼應，舞步舞姿可以生生不息，佳妙層出不窮。」

那丹頂鶴舞得興起，忽然長頸前伸，雙翅全張，單足釘立，就這姿式停在那裡不動了。傅翔見那姿式彷彿正是武林中最常見的一招「白鶴亮翅」，但此鶴亮出的姿勢優雅舒坦之極，全身無一處破綻，卻又似有無窮的張力內蘊不顯。傅翔心中閃過一個震撼自己的念頭：「如果一隻白鶴能展現出如此高明的武學道理，一招最平常的『白鶴亮翅』能被這隻白鶴舞出我王道劍的精髓，我又何必苦苦研創新招？」想到這裡，他定眼再看那丹頂鶴，白鶴已收了雙翅，挺著一條優美的長頸左顧右盼，一副無辜的模樣。

傅翔飛快地想下去：「我若能像這隻丹頂鶴一般，只要徹底掌握王道劍的劍意，天下所有的劍招皆可成為我王道劍的劍招，我還要自創什麼新招？」

想到這裡，他又是興奮，又有幾分恐慌，好像天地間一個隱藏的奧秘被自己無意之中解破，不禁興起幾分承受不起的謙卑與敬畏之情，沉思了好一會，不自禁地喃喃自語：「眾裡尋他千百度，驀然回首，那人卻在燈火闌珊處。」

樹上的巴根這下聽見了，唰的一下跳了下來，草地上的小花一溜煙鑽到他的身上，牢牢盤在手臂。他朝傅翔這邊走來，高聲叫道：「傅翔大哥，巴根想死你和阿茹娜姐姐了。昨兒過了半夜，便忍不住跑到這林子來等天亮，總算又見到你了。」

傅翔見巴根說話口齒清晰，條理分明，顯然小時候被嚇出來的傻病漸漸痊癒了，也是一陣開心，哈哈笑道：「巴根長大了，你的小花還是老樣兒。」

【第二十六回】患難情深

鄭芫一步搶上前去，應文回身站起，兩人撞了滿懷，竟然情不自禁地緊緊擁抱在一起，他們的擁抱極是突兀，卻又顯得極為自然，似乎都覺得情之所至，理所當然。鄭芫看到應文血汗滿面，身上衣衫襤褸，小腿上傷痕累累，但背上仍緊緊揹著那支長弩。

丐幫南京的舵主石世駒奉右護法姚元達之命，在京師接應各派響應武林盟主徵召而轉赴武昌的高手，最先趕到的是來自浦江的方冀和鄭芫，他們到南京可以得到武昌進一步的消息。章逸和于安江則留在鄭宅鎮的農舍中待命。

石世駒將人尊入中土毒殺崑崙飛雲大師，丘全和百梅師太毒殺華山何定一老前輩的事轉告了方冀，又說到盟主帶著朱泛去四川藥池請唐鈞出山。方冀點頭道：「盟主當機立斷，這一決定英明果決，也只有盟主的身分才請得動唐老爺子。」

鄭芫原以為到了武昌便能見著朱泛，聽到朱泛去了四川，不禁有些失望，聽石世駒道：「盟主的身分固然尊崇，但咱們私下卻認為沒有朱泛一道去，很難請得動退隱三十年的唐鈞。」鄭芫奇道：「難道朱泛的面子比盟主還大？」

石世駒笑道：「當然是盟主的面子大，但盟主沒有朱泛那張嘴。說實在的，真正能打動唐鈞重出江湖的，其實是天竺來的人尊。天竺人尊的毒厲害，還是四川唐門的毒厲害？據我推測，唐鈞退隱山林三十年，雄心已如一灘死水，要撩得他老人家雄心再起，願意出山和天竺之毒鬥上一鬥，那就得靠朱泛那張嘴巴了。」

鄭芫笑道：「原來如此，我猜那唐老爺子只要還有三分氣在，朱泛便有本事教他義憤填膺，跟人尊決一勝負。」

方冀仔細分析思考了一番，道：「石舵主，依方冀淺見，這三天時間最是關鍵。少林的高手及完顏道長、傅翔應會先後趕到，但天尊地尊也隨時可能出現。人尊從崑崙向東來，丘全等人從華山往漢水去，都必經過武當山，武當山恐怕免不了要打一仗。得知武當的消息，便知下一步該如何走，同時盟主也該回武昌了。是以這三天武昌要做好一件準備，就是準備全面疏散！」

石世駒微笑道：「方軍師所見與盟主略同，盟主去四川之前再三囑咐姚大護法，如果咱們援軍到齊之前，天尊地尊先發動攻擊，便要三十六計走為上策，暫避敵鋒，讓敵人撲個空。此案姚護法已有詳細規劃，諸位此去武昌，按計畫行事，便不會有誤。」

鄭芫瞧見那丐幫馴鴿高手阿鵬從屋外走過去，她一個箭步衝出來，叫道：「阿鵬，慢走！」阿鵬停步，見是鄭芫，不禁有些疑惑，這女娃兒怎會找上自己。鄭芫道：「我聽傅翔告訴我，你們有一隻頂尖的信鴿喚作『傅友德』的，不知是真是假？」阿鵬聽她問這個就樂開了，哈哈笑道：「怎麼不真？俺和阿呆後來又訓練了一隻更年輕、飛得更快的鴿兒，叫『常遇春』，牠比『傅友德』快，但辨認方向沒有『傅友德』精準。」鄭芫道：「阿鵬，你能不能帶我去看看『傅友德』，還有『常遇春』？」

阿鵬道：「有什麼不可的，『傅友德』專飛南京武昌這條線，那『常遇春』專飛少林寺。此刻『傅友德』剛好在南京，咱們現在就去瞧牠。這回武昌方面飛少林寺的鴿子迷失了，便指定要由『常遇春』送盟主的命令去少林寺，算日子早該帶著少林寺的回信飛回了，不知為何沒有蹤影，希望不要迷失方向了。唉，咱們以前就有一隻『常遇春』，比『傅友德』更資深，牠老死了，阿呆和我才想到再訓練一隻，不要又飛丟了……」

鄭芫聽他嘮嘮叨叨地訴說他家寶貝的歷史，便打斷道：「『常遇春』的故事，你以後再講給我聽，咱們先去看『傅友德』。」

阿鵰道：「好咧，妳隨我去石頭山。」原來阿鵰的馴鴿基地在石頭山上。

鄭芫隨著阿鵰上了山，雖然山勢險要，這一段山路其實只得數百尺高。他們上了山脊，一面走，一面俯瞰山下的江面，只見青山綠水襯著片片帆影，陽光下極是好看。忽然之間，鄭芫一把拉住阿鵰，飛快地往一片岩石後面躲去，阿鵰正要開口，鄭芫悄聲道：「不要出聲，先藏好身。」那岩石後有一條石縫，石縫外面是一叢矮樹林，形勢極為隱蔽。

鄭芫藏好了身，才悄悄道：「遇見熟人了。」她伸手向前方指去，阿鵰是馴鴿高手，眼力極佳，極目看去，只見山脊轉彎的盡頭處，有個人立在一塊巨石上，向天空張望，由於距離太遠，看不清楚面目，但依稀認出是個身著僧衣的和尚。阿鵰看得一頭霧水，低聲道：「那個和尚是妳熟人？隔那麼遠，咱們何須悄聲？」鄭芫道：「這石壁極能傳聲，你立在這裡，聽江水拍石壁的聲音清晰有如五十步之內，咱們若大聲說話，興許便被聽著了。這和尚我見過，是天尊埋伏在少林寺裡卧底的弟子，叫悟明，俗家叫什麼楊冰……」

阿鵰自詡目力佳，但見鄭芫在如此遠的距離，只一瞥之間便認出那和尚，不禁大為欽佩，道：「鄭姑娘，妳這眼力簡直神了嘛。」鄭芫道：「目力好也還罷了，問題是這楊冰出現於此地，表示天尊仍在南京！」阿鵰這才恍然大悟為何鄭芫如此小心，原來是怕天尊就在附近。

兩人躲在石縫中偷看那和尚，忽見那和尚掏出一面紅旗對空揮舞，同時腳踏舞步，在那塊巨石上跳了起來。阿鵰大驚失色，低聲道：「這廝在迎飛鴿歸來，他怎能知道咱們的迎鴿舞步？瞧，正前方來了一隻飛鴿，那……那飛姿好像有點像是咱們的『常遇春』……」鄭芫向前極力望去，仍然看不見什麼鴿兒，這一點便是阿鵰厲害了，他對天看鴿子的本事只怕僅次於武昌的阿呆。阿鵰指著天空道：「妳從江面上那條三帆大船主帆上面的天空去找，一隻白鴿正在下降……瞧到了麼？」

鄭芫照阿鵰的指點，這才瞧見了一隻飛鴿，愈飛愈近，朝著楊冰的紅旗舞動處飛過來，終於到達目的地，在楊冰的頭頂盤旋著。阿鵰又驚又急，顫聲道：「這廝用的竟然完全是丐幫總部的迎鴿舞步，他從何處學得的？」

鄭芫冰雪聰明，略一思索便已猜到大概，低聲對阿鵰道：「要不是楊冰這廝在少林寺裡還有同夥，而且這個同夥現在參與了飛鴿傳信的事務。再不然，便是丐幫裡你的夥伴中有奸細。」

阿鵰聽了可真呆住了，過了一會方道：「問題不可能出在俺這邊，一定是少林寺裡出了簍子。」鄭芫搖頭道：「試想如果問題出在少林寺，那奸細和楊冰另有通信管道，任何消息他只要直接傳給楊冰即可，何需要用丐幫的秘方來迎鴿子？他是要把給咱們的信鴿劫走，讓咱們收不到消息。你只要去認認那隻鴿兒，如果是你們訓練的，那奸細便出在丐幫裡，你們的麻煩可就大了。」

這時那隻鴿子飛過兩人的頭頂，阿鵰仔細瞧了那鴿子一眼，廢然道：「是『常遇春』。」

鄭芫道：「阿鵰，你悄悄溜回分舵去，把方才所見密告石舵主和方軍師，我要跟蹤這楊冰，瞧他葫蘆裡賣的是什麼藥。若是我一時趕不回來，就請方軍師先去武昌，盟主那邊要緊。」阿鵰點點頭，神色十分沮喪。鄭芫道：「阿鵰啊，就算是我猜對了，揭發此事總比一直被蒙在鼓裡要好得多。你快回去，我要行動了。」

鄭芫一面說話，一面盯著遠方的楊冰，只見那楊冰讀完了鴿信，將鴿子藏在懷中，便匆匆躍下那塊巨石，向石山南麓走去。

鄭芫等楊冰走得老遠了，先四方細查了一遍，確信沒有人螳螂捕蟬，黃雀在後，這才藉著隱蔽的地形跟了上去。楊冰愈走愈快，鄭芫心想：「這廝從小就當臥底的奸細，必定機伶得緊，我只遠遠地跟著，千萬不要靠近他。」

楊冰漸漸下了山，也離開了市區，進入人煙稀少的北城外森林中。這時楊冰再無顧忌，索性施展輕功，身形有如脫韁之馬，飛快地在樹林中穿進穿出，直到這一大片林子都拋到了身後，林外小山坡前出現了一座殘破的道觀。

楊冰放慢了腳步，走到那座道觀前，在木門板上斷斷續續敲了十幾下，也不待裡面有何回應，便推門進入。觀內三清塑像後隔著一卷竹簾，簾後蒲團上盤坐著地尊的大弟子絕塵僧。楊冰上前，猛覺一股陰柔的力道向自己推來，他一面伸掌抵住，一面暗暗道：「絕塵師兄的『冷洌玄功』愈來愈厲害，但他卻不知道我也會這一招，他嚇不倒我。」

絕塵僧「咦」了一聲，睜眼一看，正是楊冰似笑非笑地對著自己。絕塵僧冷冷地道：「你未經回應便自己推門進來，當心被我一掌打倒在地上。」楊冰道：「我敲了半天門，就是沒聽到絕塵師兄回應，便自己進來了。師兄只管打，小弟最經打。」他心中暗道：「你要是使出御氣神針，我便也用御氣神針還手，針對針，看誰厲害。」

絕塵僧哼了一聲，不再理他。楊冰道：「師父還在打坐麼？我有重要消息報告。」絕塵僧道：「師伯命你有事先向我報告。」楊冰道：「這事極為重要，小弟需要親報天尊師父……」說完便繞過絕塵僧，想要推開一道矮門，進入後面房間。

絕塵僧雙目圓睜，大聲喝道：「楊冰，你鬼鬼祟祟，我還沒有追究你從何處學得那許多天竺神功？你從小就上少林，這天竺神功難道是你偷了師父的寶典，自己私下偷練的？你倒是給我從實招來。」

楊冰吃了一驚，立時轉為「軟功」道：「師兄啊，小弟這一點天竺神功全是最近師父親自傳授的秘訣，只是修練的時間有限，如何能與師兄您的精純神功相比？小弟正要好好向師兄請教呢。」他一面說著，一面輕巧地閃身繞過絕塵僧，推門進入後面的房間。那房間所有窗戶皆牢牢緊閉，室內一片漆黑。

楊冰還未進入，黑暗中已傳來天尊的聲音：「楊冰，你好大的膽子，竟敢頂撞你絕塵師兄！」聲音相當嚴厲。楊冰連忙匍匐在地道：「啟稟師尊，弟子劫了一封從少林寺傳出的飛鴿信息，急著要報告師父，偏絕塵師兄定要我先向他報告，又說師父傳給弟子的天竺神功，是弟子偷了師父的寶典私下偷練的。弟子氣他不過，便逕自進到師父的房間來了……」他鉅細靡遺地把方才的爭執報告一遍，卻隱瞞了絕塵僧之所以懷疑他的主要原因，是他楊冰身上的天竺神功已有十年以上的功力了。

天尊顯然甚是喜愛楊冰這個從小送到少林寺臥底的弟子，聞言微笑道：「你絕塵師兄疑你偷練天竺神功，是他不知我近日親傳了你一些絕學，豈能怪他。」

絕塵僧氣不過楊冰的狡詐，大聲道：「師伯，這楊冰不說實話，他的天竺功夫至少已有十年以上的功力，豈是最近才開始練的？」

楊冰連忙將那飛鴿傳來的布條交給天尊，天尊從門外透進來的微弱光線下，一瞥之間已經讀完布條上所寫：「無為無嗔剋日動身十八羅漢南下」。天尊吃了一驚，暗忖道：「少林方丈及羅漢堂傾巢而出，看來是要決戰武昌了。」

楊冰這才看到天尊對面黑暗中還有一人盤膝坐在蒲團上，仔細望去，只見是個天竺僧人，楊冰不識得，天尊也不引見，那和尚閉目也不理會，絕塵僧卻知這人乃是當今第一僧官左善世道衍法師身邊的鏡明和尚。

絕塵僧還待揭發楊冰，天尊已搖手道：「楊冰自幼隨我打下天竺內功的基礎，難得他在少林寺修習少林功夫時，不但不肯忘本，繼續勤練天竺內功，而且更能體會兩種內功相通相成之道，實在不容易啊。這些日來，我親自補授他上乘的天竺神功，以他的悟性竟然一日千里，是以竟似有十多年天竺功力，原也不足為奇。絕塵，你要以如此天賦異稟的師弟為榮，不要老是懷疑於他。」

絕塵僧不敢再說，但心中仍然不服，暗忖：「師伯偏心得緊，楊冰絕非善類，待我暗中查清你的底細，抓住證據，要你無從狡賴。」

這時鏡明法師合十道：「道衍方丈命弟子來此，聽命於天尊師伯，不知天尊有何吩咐？」天尊道：「魯烈來報，說他的手下懷疑建文在福建一帶的寺廟中現蹤，他要親自去密查一趟。道衍法師是天下寺廟的總管，皇帝命他一道暗中清查。我和道衍商量，便著鏡明代表道衍，加上咱們這邊派楊冰，你們兩個和尚在武林中幾乎無人識得，去寺廟裡查察辦事最是方便，可協助魯烈去辦這一趟大事。」

鏡明法師原是地尊的弟子，多年來隨侍道衍法師，此時聽了天尊的指令，便伏身拜道：「鏡明領命。」楊冰得到天尊的信任，更是感激無比，也拜道：「弟子領命，即刻出發。」天尊道：「魯烈可能已經動身，他第一步先查福建閩侯的雪峰寺，那雪峰寺的方丈潔庵和尚原是建文他老子的什麼……錄……什麼僧？」鏡明道：「潔庵原是故太子朱標的主錄僧，道衍師父認為既有這層關係在，咱們先查潔庵和尚自是大有道理。」

鄭芫藏身在這殘破道觀外的密林裡不敢靠近，只是目不轉睛地盯住道觀的四周，生怕錯過了什麼重要訊息。但楊冰進入道觀後就如石沉大海，一、兩炷香的時間過去了仍無消息，正感到不耐之時，只見道觀門扉開啟，走出兩個和尚來，一個正是楊冰，另一人虬髯深目，鄭芫識得，正是道衍法師身邊的天竺僧鏡明法師。

天尊和道衍法師以為派楊冰和鏡明這兩個和尚去查建文的行蹤，江湖上幾乎無人識得，乃是最為隱秘的做法，卻不料兩人才出道觀就被鄭芫認出。鄭芫記得楊冰也就罷了，那鏡明法師在江湖上全無人知，鄭芫卻在十四歲時便識得他了，也真是氣數。

鄭芫見這兩人走在一起，心中又驚又疑，隱約聽見楊冰道：「不知去福建閩侯，走那條路最快……」那鏡明和尚道：「貧僧對江南各地並不熟悉，便由楊老弟決定……」鄭芫聽到「福建閩侯」四個字，一顆心立刻緊繃起來，暗道：「難道他們是去雪峰寺？難道是要去尋潔庵師父？我且跟上去探他一探。」

∞

鄭芫將自己一雙柳眉用筆畫粗塗黑，又穿了一身青色的衣帽，看上去添了幾分英爽之氣，活脫脫就是一個英俊書生，手中持了一卷《宋元詞選》，一面倚窗品茗，一面望著窗外小溪邊幾個浣紗女子嘻笑。其中有個少婦在草地上放隻竹籃，籃中嬰兒睡得正熟，少婦每隔一會便放下手中活兒，過來仔細瞧瞧嬰兒。鄭芫正瞧得有趣，這時一陣馬蹄聲打破這黃昏的恬靜，從西邊來了兩匹駿馬，馬上騎著兩個僧人，到了客棧前，勒馬停了下來。

鄭芫暗笑道：「朱泛教我要跟蹤人，一定要先『跟』在他前面，如此遇上了，他便不覺你在跟他。等弄清楚了他的動向，再跟在後面。這法子真鬼，我選的這間客棧，乃是料定他兩人去福建必在此打尖，我先一步來此，好好探一下這兩個惡和尚的動向。」

來的兩個和尚正是楊冰和鏡明。兩人拴了馬，交代夥計照顧馬的飼料，便走上樓來。鄭芫頭也不回，仍然望著樓下那幾個浣紗女子，壓低了嗓音吟道：「一川明月疏星，浣紗人影娉婷，笑背行人歸去，門前稚子啼聲。」

楊冰才上樓來，聽了這幾句詞，便似將方才路上所歷、溪邊所見，活靈活現地描繪在眼前，不禁大為歎服，忍不住拍手讚道：「施主高才，適才這幾句真是絕唱。」鄭芫點了點頭道：「此乃南宋辛稼軒的名句，敝人那有這分才華，只適才見到窗外景象略似，忍不住背誦起來，打擾了，打擾了。」

楊冰和鏡明見鄭芫手捧書卷，搖頭擺腦地仍在吟哦，十足是個尋常書生。那楊冰雖與鄭芫有幾面之緣，但此時鄭芫改容裝扮成書生模樣，鏡明法師更只見過十四歲的鄭芫，兩人不疑有他，也不再理會，便揀臨窗的另一桌坐了下來。

小二見這兩個和尚氣宇不凡，雖說出家人平時來此多半是要化緣，倒也不敢怠慢，連忙上了一壺好茶，巴結道：「兩位大師不在寺廟裡投宿，卻來敝店打尖，實是小店的福緣，敢問兩位是否用些素麵菜蔬之類？」楊冰沒有說話，那鏡明卻從懷中出掏出一塊碎銀，丟在桌上，哈哈笑道：「您這小二倒是有趣，咱們趕路趕得緊，喝口茶，待牲口餵好了便要上路，又不要投宿你家客棧。倒是你廚房裡要是有些素麵齋飯，打些來我二人充飢，這銀子你也不要找零了。」

小二平日只見僧人托缽要飯，那曾見過擲銀子買齋飯的闊和尚，連忙打恭作揖，拿了碎銀，去廚房招呼了。

鄭芫假作讀詩吟哦，其實豎耳傾聽，只聽得那楊冰道：「此去福建，離京師遠了，一般店家那曾見過官僧，咱們可不能再投客棧打尖了，便尋寺廟投宿，一路當雲遊和尚吧。」鏡明和尚道：「我不熟悉，都聽你的，倒是雪峰寺那個潔庵和尚不好對付，咱們可得小心了……」

鄭芫聽到這裡，心中又是一緊，暗忖：「果然是為了潔庵師父，他們急著尋潔庵師父，莫非大師父的事走露消息了？哎呀，難道是……是丐幫？」她忽然想到楊冰熟諳丐幫收鴿的舞蹈，懷疑南京這邊丐幫中有對方的奸細。如果猜得不錯，對方可能已經知道咱們在浦江及閩侯的布置。倘若是真，這兩個和尚的目標便是應文大師父了。她想到這一層，不禁出了一身冷汗。

卻聽楊冰道：「這我知道，潔庵雖非少林僧人，但一身武功出自正宗羅漢堂。曾聽當今少林寺羅漢堂首席無嗔法師說過，這潔庵在輩分上應與他同輩，其功力之深竟也不在無嗔之下。但咱們這回除你我外，還有魯指揮親自下去，難道還會收拾不了他？」

鏡明和尚沒有回話，心中卻在暗思：「倒不是說他少林武功有多強，而是這個人好像對我天竺武功甚為瞭解，那一年在靈谷寺我施出瑜伽神功，他一招便識破了，還說了一句什麼『老衲二十年前就識得了』的話，好生奇怪。」

鄭芫聽楊冰說「這回有三人下去」，不禁又吃了一驚，暗忖：「另外還有一人下福建，竟是魯烈這個狠角色。大師父身旁雖有潔庵、天慈兩位師父護著，但對方有三個高手，也不好應付。我的行藏切不可讓這兩人識破，到時候突然出手，打他一個措手不及。」想到這裡，不由得又興奮起來。她待要付賬離開，又想到朱泛教她的跟蹤之術：在這情形下不要先離開，以免惹人注意。既然先一步來了現場，索性等對方先離去，再尾隨追蹤，對方便不會起疑。鄭芫耐著性子，喚小二來添了壺熱水，繼續品茗、嗑瓜子。

終於兩個和尚匆匆用完素麵，下樓而去，那楊冰臨走見鄭芫還在吟哦覓句，一副辛苦作詩的模樣，忍不住嘲笑道：「借問因何太瘦生，只為從來作詩苦。」說罷飄然下樓，顯然絲毫未起疑心。

鄭芫待兩個和尚上馬去了，便摸摸懷中錢袋，仍有兩個大銀錠，心想：「我還是買頭健驢跟下去，好在已知這兩個和尚要去閩侯雪峰寺，倒也不怕跟丟了。」

鄭芫在市集裡挑了一匹黑驢，比她在南京那匹黑毛略壯一些，鄭芫瞪著那驢的雙眼看，那驢也回瞪鄭芫，四目都不眨眼地互瞪了一會，鄭芫暗道：「這驢怕比我那黑毛要蠢得多，此時只要腳程好，便將就些罷。」

鄭芫騎了新買的健驢，向南趕了下去，天色漸暗，估計下個落腳處當在三十里外，若要在亥時前投宿，便得加緊趕一程。她一催促，那健驢果真好腳程，跑起來輕鬆自在，毫不吃力，只是快而不穩，鄭芫須要提起真氣，方能安坐在驢背上。她雙膝用力夾著，黑驢跑得更快了。

漸漸路上行人沒了，只鄭芫一人一驢在趕路，遠處落日餘暉仍在山頭上，襯得群山有如黑紙剪貼在天幕上，鄭芫雖然已有不少行走江湖的經歷，但是一個人黑夜在荒野中趕路，心中還是有些毛毛的。她人雖騎在驢背上，其實正在運行少林內功，一呼一吸之間，身輕似燕地順著驢背的顛簸上下，耳目也極為敏銳，全身處於緊張狀態，忽然她聽見身後有個古怪而蒼老的口音道：「妳這女娃兒扮了男裝，以為別人認不出來了麼？」鄭芫大吃一驚，回首一看，只見一片黑暗，沒有任何人影。

她正在極度狐疑之中，忽然又聽到那聲音來自背後：「聽妳呼吸提氣，竟然是正宗的羅漢堂真傳，妳是少林寺俗家弟子？」鄭芫驚駭得幾乎從驢背上摔落。但這一次，鄭芫卻並不回頭察看，因為她發現月亮從雲層中露出一片銀暉，只要看地上有無影子，便知背後有無人在。

她長吸一口真氣，仔細思辨這是怎麼一回事，那聲音又響起：「算妳聰明，這回沒有回頭看，但妳還是不知我在何處。」他的聲音忽左忽右，確是不易判斷究竟來自何方。鄭芫心想這人內功奇高，竟然能以氣功發聲，但她發覺到這口音特殊，加上來人鬼魅般的身手，心中忽然一動，便哈哈笑道：「我知你是誰，不要再裝神弄鬼了。」那人奇道：「我是誰？」鄭芫道：「你是地尊。」

這一回輪到那人吃驚了，他長長「咦」了一聲，道：「咦，妳這娃兒實在聰明得緊，要是碰上以前的地尊，說不定要了妳的小命，可如今的地尊是個善心菩薩，只要妳好好回答我的問題，便放妳走路。」

鄭芫發現來人是地尊後，原本驚懼交加，聽得地尊如此說，其實極是懷疑，但此時別無選擇，只好敷衍道：「你要問便問吧。」

地尊道：「妳叫啥名字？我在少林寺第一次見到妳時，妳一劍刺傷了一人，見到鮮血噴出來嚇傻了，十分可笑。」鄭芫道：「我叫鄭芫，在少林寺後山上第一次見到你時，便看到你和天尊聯手偷襲傅翔，將他打下山崖，十分可恥。」地尊卻不動怒，只問道：「鄭芫，妳為何身懷少林羅漢堂的內功，而且好像有十幾二十年的功力？」鄭芫道：「我從小跟著師父練的。」地尊道：「妳師父是誰？」鄭芫道：「我師父是潔庵法師。」地尊呵了一聲，接著喃喃自語一大段，說的是天竺語，鄭芫一個字也聽不懂。

地尊忽然道：「瞧妳年紀輕輕，羅漢堂的內功倒是不含糊，我要和妳雙修練功六個時辰，然後就放妳走路。」鄭芫心中大駭，心想：「這地尊難道要練什麼邪門左道的惡毒武功，想吸取我的內力？」她一急之下，便叫道：「你堂堂天竺地尊，竟要練什麼魔道邪功……」

地尊道：「笑話，我是練了達摩祖師的絕世神功《洗髓經》，只是究竟是否達到化境，則需與少林羅漢堂的內功印證一下。我跑到少林寺羅漢堂，發現十八個羅漢全不在寺中，難道集體逃寺了？真是奇怪。我瞧見妳的羅漢堂內功很有幾下子，妳騎在驢背上吸氣、吐氣，凝若冷泉，細如金絲，竟有十八羅漢般功力。我心想，既然碰上了，便將就抓妳來試試，也強過到處遊魂似地去尋十八羅漢。」

鄭芫聽他講話有些夾纏不清，但總算聽懂他的意思，便冷笑道：「你要練功請自便，我可不陪你練。」地尊道：「妳非陪不可，《洗髓經》上說得很清楚，需與最上乘的羅漢堂內功對練一下。鄭芫呀，咱們這一合練，我可增妳十年功力，妳豈可不陪我練練？」

鄭芫知道被這怪人纏上，絕對無法脫身，只好道：「我運起羅漢堂的內力，幫你印證一下就好，我可不希罕你的十年功力。」地尊失蹤了數年，奇怪的是脾氣變得極是溫和，聞言並不動氣，只是微笑道：「妳且隨我來，前面有座墳場，半夜最是清靜，咱們尋個大戶的墓穴，好好練它一會兒。」鄭芫道：「怎麼練法？」

地尊見鄭芫應允陪他練功，連忙伸手抓住毛驢的轡繩，連人帶驢牽到林中。他一面朝墳地走去，一面對鄭芫道：「待會兒我用《洗髓經》的內功將妳的羅漢堂內功引入我體內，運行周天後，便將《洗髓經》的內功渡入妳的體內。妳放心，兩種內力皆是達摩祖師所創，自然水乳交融，毫無扞格。每半個時辰，妳的功力將大增。而我則要用《洗髓經》的神功帶著羅漢堂的神功，這少林內力中至柔與至剛的兩種力道，將我天竺瑜伽、張三丰的太極全部融合於一體，那就大功告成了。」

鄭芫心道：「你大功告成了，中土武林可要倒大霉了。我且想個什麼法子，讓他練得似是而非，最好搞得他走火入魔。」

地尊見鄭芫不答，便道：「鄭芫，妳不要不識好歹，這六個時辰下來，妳的羅漢堂內力大增，便和無嗔大師相較，恐怕也相差不多了。」

鄭芫隨著地尊到了墳崗，一個大戶的墓地不遠處有間祠堂，地尊命鄭芫進入祠堂，席地坐下運功。待鄭芫的羅漢內功運行起來，地尊忽然伸出雙掌推向鄭芫，鄭芫只覺一股極柔和卻沛不可當的力道隔空撲向自己，連忙提氣舉掌阻擋，就在自己發出的真力與地尊的內力接觸的剎那，鄭芫感到一股自練武以來從未經歷過的宏大祥和力道，如汪洋大海般地將自己的少林內力納入其中，又緩和地推了回來。如此進行了半個時辰，完成一周天。每一周天，自己便感到增加了幾分力道和厚度，便如進入一個無窮無盡的內力泉源中，可以取之不盡，用之不竭。

鄭芫漸漸進入一種半意識狀態，那一送一收的內力交流進行了十三個周天，隨著地尊一聲長嘯而止。鄭芫睜開雙眼，祠堂內已經大放光明，竟是翌日中午時分了。只見地尊盤膝坐在對面，雙眼仍然緊閉，面上似笑非笑，黝黑枯瘦的臉上洋溢著一種溫潤的光澤，鄭芫記憶中帶些乖戾之氣的地尊，竟似變了一個人。

地尊緩緩睜開雙眼，對鄭芫道：「妳這娃兒好深厚的羅漢堂內功，竟然助老夫一口氣連走過十三脈，足證明我達摩老祖的《洗髓經》神功已然練成了。」鄭芫道：「練成了又怎的？」地尊自顧自地繼續道：「從此我瑜伽神功中自有少林絕學，少林神功在我身上自有太極絕學。我在達摩面壁洞中苦修幾年，終於領悟了達摩祖師創少林武學的真意。《洗髓經》洗的乃是天下各宗武學之間的隔閡和阻絕，原來最高的武學之道竟不在於強求登峰造……造什麼，反而在於兼容並……並什麼……」

鄭芫接口，替他講完這篇大道理：「不在強求登峰造極，反而在於兼容並蓄。」

地尊點頭道：「謝謝妳，妳漢文比我好。我湊巧走上這條路，竟比天尊先一步達到最高境界，哈哈！天尊每每嘲笑於我，他必然還在那裡每天憂心如何衝破瑜伽神功最後那一點點瓶頸。說起來，我該感謝完顏道士和傅翔這一老一小，要不是當年武當爭盟主的一戰，若我沒見識到完顏不敗後發先至的極致境界，也沒看到傅翔《洗髓經》神功兼容並……並蓄的精妙，我怎麼會去少林尋《洗髓經》？」

鄭芫點頭道：「你們天竺的規矩是見著啥好，便去據為己有，於是你便去少林寺偷……」地尊道：「笑話，我上嵩山去，湊巧摸到了達摩當年面壁練功的秘洞，洞裡石壁上是古梵文刻的武學至寶，《洗髓經》當然也在內。哈，這是達摩祖師特為後代有緣的天竺弟子留下的，我地尊有緣直接得自達摩之手，又和少林寺有什麼干係？」鄭芫為之語塞，暗忖：「難怪這些日子以來，少林寺從未發過傳書說地尊到過少林，原來他得了達摩親書的寶典，何需再上少林？這真是千古難求的造化。」

她心中雖覺如此造化被這個又高又醜的怪人得了去，很是不以為然，口頭卻不得不讚歎道：「這等造化竟被你得去，也不知老天張眼了沒有。咱們中土有句成語……」地尊也嘆道：「唉，又是成語，妳們為何每件事都要有一句成語，妳知道咱們要學會有多難麼？妳說吧，什麼成語？」鄭芫道：「參天地之化育，唯有德者居之。地尊，你聽過這句話麼？」

地尊搖頭，過了一會又點了點頭。鄭芫道：「你又搖頭又點頭，到底有沒有聽過這句話？」

地尊道：「原本沒有聽過，但自從我在達摩面壁的密洞中，領悟了《洗髓經》洗除各宗武學間隔閡的精義，便覺《洗髓經》和各種少林神功同出一源，相融應無疑難。唯有羅漢堂的內功有許多獨特之處，不易融會貫通，因為在篇尾處，達摩祖師刻道：『如能修成兼容並蓄、百無扞格的境界，便能與上乘的羅漢堂內功相生相容。』修完《洗髓經》，我自覺整個人都變了，忽然覺得在天竺、入中土的種種往事不值一哂，從此終日心中充滿善意，甘願苦人之所苦，助人之所不能。我自覺這改變太大，常常夢中驚醒，思前想後，把《洗髓經》練上三遍，心情才能平復……」

聽了這番話，鄭芫又是驚詫又是感動，同時自己也有所領悟，便道：「咱們中土這句話是說，唯有德者才能參天地之造化，佛家的因緣卻是凡能參悟天地化育之道的人，必然會是一個有德之士。是以你自獲奇緣參悟了這無上武學，便成了善心之士，慈悲之懷油然而生，佛的旨意比咱們的成語更上一層樓哩。」

地尊聽了這話，認真想了一會，問道：「然則我若秉性冥頑不靈，佛便不會賜我奇緣得道？」

鄭芫自幼便在靈谷寺長大，潔庵、天慈、慧明謙……諸位法師都是佛學高深的有道高僧，她耳濡目染之下，對佛經中的道理精義頗有領會；更兼聰明過人，悟性奇佳，佛學佛經讀得雖不多，談頓悟、創思，許多終生浸淫佛學的老和尚卻是望塵莫及，不然她怎能在道衍論經時，以十四歲稚齡難倒口若懸河的道衍法師？這時她一番領悟，便用極淺白的話回應地尊，卻正好切中地尊此時心中的結：「地尊呀，你若本性中沒有善念，以你對武學的資質秉賦及造詣，豈不就是第二個天尊？你想佛會選擇天尊去解破這武學最高的奧秘麼？難道佛爺真不開眼麼？」

鄭芫這話說出口，地尊入耳卻如深谷巨鐘鳴起。他這一生和天尊一起修身練武，一步步攀向高峰的點點滴滴全部飄過眼前，過去即使對天尊要做的事不以為然，依舊聽從天尊，這些事情一時之間清清楚楚地浮現腦中，幾十年來，總是天尊說了算，這一剎那間，他忽然覺得天尊的作為已經誤入歧途。他想著想著，忽然冒出一句：「佛爺開眼，開的是我的凡眼。如今我的眼看天尊，他已深入死巷，難以自拔；我的眼看武學，從來便無真正的至高絕頂；我看自己，地尊也不再是地尊，便是天竺一個秉佛心行善事的行腳菩薩了。」

他轉身向鄭芫合十為禮道：「謝小娃兒指點，此刻我是真正明白人了，我去也。」

鄭芫大為感動，上前扯住地尊的長袖道：「地尊，你去那裡？」地尊道：「我回天竺去也。但回去之前，我還要渡化一個貴人。」鄭芫隱約知他之意，便不再問，只躬身合十道：「菩薩好走，芫兒拜謝你賜我十年內力。」

寧德支提山華嚴寺距閩侯雪峰寺有兩百多里路，走山間小路可以省半天的路程，但是路狹坡陡，上上下下很不好走，僧人商旅除非真有急事，多不走這條捷徑。

這時一個身著灰色僧衣的壯碩和尚在小徑上埋首疾走，他走得又快又隱密，只要有山石樹林，他定然借以掩護，是以這灰色的身影便在小徑上時隱時現。這和尚面上濃眉虬髯，頂上光頭戒疤，無一不是假的，原來他竟是京師錦衣衛的第一人魯烈。

魯烈為了到福建來親查建文下落，竟然削去一頭長髮，扮成雲遊僧人，以便在沿途寺廟打尖，仔細打探建文的行蹤。這時他正要趕往閩侯雪峰寺，向方丈潔庵打聽消息，他暗忖道：「俺先到了雪峰寺，等隨後而來的楊冰和鏡明到齊了，咱們仨便可分頭行動，就算把這一帶翻過來，也要逮捕建文回南京。」

他正在心中規劃如何以三人之力辦好這樁皇上心中的大差事，腳下突然警覺地停了下來，飛快閃到一塊大岩石之後，定眼看前方，遠方有兩個僧人正連袂不徐不疾地迎面而來，看來這兩人都有一身輕功，只是兩人並不急著趕路，隨意一跨數步，一副安步當車的輕鬆模樣，速度卻似比常人疾奔還要快些。魯烈暗道：「這兩人好內力。」

待走得近一些，魯烈瞧見左邊一個老僧，青色僧袍飄動如波，一部花白長鬚更是隨風飄揚，宛如神仙中人。魯烈吃了一驚，暗道：「這老僧不是靈谷寺的天慈和尚麼？」他再看右邊一僧，身著灰白僧衣，面上雖然蒙了一塊黑巾，從露出的眉眼看來年紀甚輕。

魯烈瞧得心跳如鼓，暗忖道：「這年輕和尚的眉目倒有幾分和建文相似呢！天下莫不成有這般巧事，便在此山路上讓我魯烈碰上了建文？」但他立刻覺得這個想法太過荒謬了，建文皇帝那會有這般輕功和內力？

但能在此地遇見天慈和尚也是一大線索，只因天慈和潔庵是過命的交情，若說潔庵護著建文逃亡，天慈必定也牽涉其中。魯烈思索著如何行動時，那兩僧已經走得很近了。

魯烈是個最能當機立斷的人，他已認出了天慈法師，天慈身旁的蒙面僧人雖不能確定是不是建文，但暗忖此時自己削髮扮成僧人，對方一時之間定然認不出來，若是亮了相，對方有一瞬間的遲疑，那便是自己偷襲的最佳機會，如此機會豈能放過？

他一念及此便不再猶豫，唰的一下從巨石後閃身而出，開口叫道：「天慈法師慢走，溥洽法師有話相告！」

天慈禪師和應文正施展少林輕功，以舒適的步伐前進，忽見小路邊閃出一個身材魁梧的虬髯和尚，都吃了一驚。天慈道：「敢問師兄法號，貧僧……」他話未說完，魯烈已經發難，大喝一聲：「天慈，你吃我一掌！」手中遞出的卻是一劍。

天慈正在思索溥洽大師遣來的和尚是何許人，便乍遭襲擊，不但全在意料之外，也完全沒有迴旋空間，甚至連停步都來不及，左肩上便中了一劍，雖然他深厚的少林護體神功自然啟動，化去了一部分來勢，但肩上已經鮮血長流。然而，就在這一剎那間，他和身邊的應文同時認出了偷襲者，兩人幾乎同時驚呼：「你是魯烈！」魯烈卻對應文陰沉地喝道：「你是建文！」

天慈雖然受了一劍，血流如注，卻是毫不猶豫，拔劍攻向魯烈，同時大喝一聲：「應文快去，直接翻山快走！」他揮劍猛攻，完全不顧己身安危，立時將魯烈捲在重重劍光之中。應文望著天慈雪白的美髯上沾了點點鮮血，仍在遲疑之中，天慈厲聲叫道：「應文，快翻過山找你師父！」

這一喝驚醒了應文，他暗道：「對啊！不快請潔庵師父來，怎麼打贏這魯烈？」他雖不捨留下受傷的天慈一個人浴血奮戰，但實在沒有第二個辦法，猛一咬牙，拔起身來，直接從陡峭的石坡上奔向山脊。耳邊聽到魯烈怒喝：「建文那裡走，隨我回南京去！」接著聽到天慈的長笑聲：「魯烈，當年咱們在盧村對了一掌，你便落荒而走，今日你偷襲於我，老衲正要取你性命。」

應文目睹天慈受創不淺，能撐多久實在不樂觀，自己只好卯足全力，全速向上疾奔，希望儘快翻過這山脊，到雪峰寺求救。自從鄭芫授了應文少林基本功後，他心無旁騖地修習，又得潔庵法師授他上乘少林內功，內力的增強可謂一日千里，這石坡雖極陡峭，在他健步力縱之下，竟然能夠一躍丈餘，節節高升，毫無滯礙。

魯烈一面接招，一面暗忖：「這年輕和尚分明一身少林內功，且有相當功力，難道不是建文？然則他又何必蒙面？」但是蒙面布上露出的眉目及方才聽到的聲音，似乎又與建文極為相似，一時之間不禁十分疑惑，這就便宜了天慈。天慈趁對方心神遲疑之際，一輪猛攻漸漸取得上風。

然而過了百招，形勢開始逆轉，魯烈從少林劍法轉換成全真劍法，左掌間夾著天竺的詭異內功出招助攻，天慈漸漸攻少守多，愈來愈落下風，更可怕的是肩上血流如注，點穴完全止不住。

應文拚著一口氣，奔到山脊之上，他放目下望，天慈和魯烈決鬥之處已被重重小坡及一片樹林遮住，杳不可見了。他奔上山脊最高處極目下望，西邊三里處的脊下一條蜿蜒小徑似曾相識，半年之前他曾和天慈走過，從那邊下山便能通到雪峰寺的後院牆，但是從這裡走到那小路上，卻全是崎嶇無比的岩石及荊棘雜木，十分難行。

應文顧不得那麼多，奮勇向前疾奔，一路上長袍被尖石勾住撕去半幅，小腿上也被不名物割傷多處，他卻似完全不知疼痛，只知早一分趕到雪峰寺求救，天慈大師便早一分可以獲救。突然他一步躍出，落在一塊鬆動的石塊上，那石塊陡移了位置，應文一個蹌踉跌倒。他甫落地，即借勢打滾以減輕衝擊，但因地勢太陡，這一下連翻帶滾便跌落十數丈，連帶著大批鬆散的石塊嘩啦啦地一道滾下。等到應文勉力爬起身來，想要四顧辨清所在，臉上繫著的黑布已鬆，一股強勁山風吹來，那塊蒙面布竟然隨風而去，應文伸手一把沒能抓住。

這時他才發現自己被一群合抱粗細的大松樹擋住了下滾之勢，而自己一頭撞上一棵樹根，不但立時腫起一個大包，伸手摸了一巴掌的鮮血，額頭處撞裂了一個大傷口，流血不止卻不甚感到疼痛，只覺火辣辣地頭暈眼黑。他心想：「這一下可糟了，欲速則不達，我須歇一口氣，方能再奔。」

然而此念方興，耳中卻聽到山風中飄來喊叫的聲音，他連忙側耳傾聽，那聲音斷斷續續，且是從山脊的另一面發出，頂著山風飄過山脊這邊來，委實聽不出是在叫些什麼。

應文心中緊綳，升起一縷不祥的預感，難道天慈法師已遇難了？他努力摒除雜念，細辨那風中的呼喊，漸漸地他聽真了：「……建文皇上……別跑了……臣……護駕……」似是魯烈的聲音，應文心中最後一線希望破滅了，他的心一下子沉到了谷底，暗暗悲嘶道：「天慈完了……」全身忽然發抖，一絲力道也使不出來。

耳中聽到山風中飄來的聲音漸漸清晰，當他聽出確是魯烈的聲音，全身的顫抖卻忽然停止了。他從松林中向坡下看了一眼，估計衝出這片林子到下一個能夠藏身的岩石群，至少有幾十丈的距離沒有掩護之物可以藏身，以自己快奔的速度來估算，如果魯烈攀上了山脊，自己恐怕無以遁形了。他悲傷地暗忖道：「自古以來，有如我這般狼狽的一國之君麼？現下已走頭無路，我要再往那裡逃？」

再逃，恐怕也逃不遠了。應文再回過頭來往上看，只見從山脊最高處下來，一大片崎嶇陡坡下，居然有塊較為平坦的坡台，距離自己藏身的樹林大約二百步之遙，應該是從山脊直接下來最佳的落腳之地。方才自己一番失足，連滾帶翻，竟從那坡台邊滾了下來，根本來不及利用。應文沉吟了片刻，暗中對自己說：「再逃，恐怕也逃不遠了。朱允炆，怎麼說你總也是個皇帝啊，魯烈這個奴才欺人太甚，逼我走頭無路，就放手來拚一拚吧。」

他盯著那片較為平坦的坡地，默默盤算距離、高度，舉手感受了一下風向，然後緩緩地從背上解下一隻長形的布囊，從囊中掏出一鋼一木兩支零件，熟練地把摸了一下，「咔」、「咔」兩聲輕響，手中就多了一支漂亮的鋼弩。這時應文臉上透出異常堅毅的表情，額上的鮮血流過了半張臉，已經半乾的殷紅襯著他清秀的五官及白皙的皮膚，卻是好一張男子漢的臉孔。他伸手到囊中摸索，這次摸出了五支纖細筆直的鋼矢，背囊已空。

這時山脊上出現了魯烈高大的身形，他以手遮光下望，一片崎嶇陡坡，坡上樹林岩石星羅棋布，沒有半個人影，也無一隻走獸，抬頭望天，天上沒有一隻飛鳥，有的只是一股勁風迎面而來，吹在新近剃光的頭上，突感一陣涼颼颼。他估計一下，自己施展輕功躍下，看準五個呈之字形的落點後，便可停在那個緩坡上。

魯烈輕功了得，輕鬆瀟灑地穩穩落在坡上。他停下身來，提一口真氣，將聲音遠遠送出：「天慈老禿驢想要挾持您，已被我處死了。您別跑了，讓您的舊臣我來保護您。」他手中持著一塊黑布，正是應文臉上原繫著的蒙面布，不知如何到了他的手上。他一面揮舞那條黑巾，一面道：「皇上，您辛苦了。快快現身，讓臣來侍候您……」

魯烈一面喊話，一面極目搜索遠方，只見山脊這邊毫無人跡，只有他的獨白和迴聲在風中飄蕩。他萬萬沒有想到，他要逮捕的建文皇帝就在二百步外的松林裡。

應文趴伏在一棵倒木之後，不論二百步外的魯烈喊些什麼話，他都充耳不聞，只是仔細地度量、修正他將要射出的利箭準頭及角度，他打算用仰射弧線下落的射法命中魯烈。這種射法的好處是利矢由天忽降，定可攻敵於不防，難處在於弧線仰射而要求命中既定標的，這不論是戰場上或是武林中，都是聞所未聞的絕技。

應文苦練這射弩絕技已有數年，他裝填鋼矢妥善後，運起少林心法，不受周遭一切的影響，只有眼中目標及心中的一把尺，那把尺不是全用刻度去衡量，而是用經驗及感覺。

現在應文眼中看到的是魯烈在揮舞黑巾，是個極好的目標，心中的感覺穩定良好，鋼弩的角度上仰到位，他屏住呼吸，暗暗祝禱：「側風休起，順風助我。」

他一口氣連珠射出五支鋼矢，一支也沒有留下。

魯烈正在揮巾喊話，鋼矢劃過一道優美的弧線，正對著他的頭部落下，完全沒有任何預警，他感受到有狀況時，第一支鋼矢已如流星般高速射到三尺之內。

魯烈嚇得魂飛魄散，不知這支勁矢從何處而來，他一身少林、全真、天竺的武功，此時都派不上用場，只能拚全力向後騰空躍起，希望能夠勉強避過，同時將畢生功力聚於雙臂之上，奮力揮圈希望能撥開來箭。

第一支鋼矢竟被魯烈力貫雙臂揮舞擊落在地，第二支箭射傷了他的右掌，這時他已奮力躍起，但是他雙腳方才離地，第三支箭便射中了他的左大腿，直透於骨，而且正巧穿過「風市穴」。魯烈腿上傳來難以忍受的劇痛，忍不住大喊一聲，一口真氣就散了，身軀立即落了下來，這時第四支箭飛來，正中魯烈的心口，直沒於尾！

魯烈悶哼一聲，跌倒在地，第五支箭便落空了，呼的一聲飛過魯烈，插入礫土之中，力猶未竭。

這是武林有史以來，第一次有人用弧線仰射法，穿心射中一位武林高手，射死的是錦衣衛的頭號指揮魯烈，發箭者不是別人，正是逃亡中的建文皇帝。

∞

楊冰和鏡明和尚趕往閩侯雪峰寺，先要經過寧德，他兩人騎馬繞過寧德，直接投宿支提山上的華嚴寺。鏡明和尚手中有天下最高僧官——僧錄司左善世道衍法師的特種度牒，自然受到支提寺住持的禮遇。

兩人住在支提寺中，打聽有沒有一位與建文年齡、相貌、氣質、特徵相仿的年輕僧人在此掛單，整整打探了兩日夜，上自住持方丈，下至火工頭陀，所得答案一致都是「不曾見過」。由於大家的答詞太過一致，楊冰反而起了疑心，暗中對鏡明道：「這支提寺很有問題，咱們還是先去雪峰寺，如果沒有找到正點兒，便悄悄再回來暗訪支提寺，查他一個措手不及。」鏡明和尚點頭道：「你點子多，俺都聽你的。」

於是兩人辭別了方丈，沿著曲折蜿蜒的小路，打算越過前面的大山，直取雪峰寺。

兩人兩騎走了一百多里，遇平坦路段便策馬小跑，碰上陡坡便下馬來，牽著坐騎快步通過，是以走得相當快速，這時他們離山脊愈來愈近，山路也愈來愈曲折，兩匹駿馬放慢了腳步，馬上兩人也全神貫注，不敢掉以輕心。

忽然楊冰指著左面一片樹林道：「鏡明師兄，您瞧那邊怎麼回事？」鏡明和尚抬眼一看，只見樹林上空兩隻老鷹盤旋不去，不一會又飛來兩隻，盤旋了一會，又飛來兩隻，有隻帶頭的大鷹唰的一下落了下去，其他五隻老鷹也都跟著飛到林子後面。鏡明看了一回，道：「那邊有屍體，不知是人是獸？」楊冰點頭道：「不錯，咱們去看看。」

兩人下了馬，展開輕功飛奔過去，繞過樹林，在一塊巨大岩石之後，發現了一個老和尚的屍首，幾隻老鷹正要圍食屍身。楊冰見死者是個白髯老和尚，便起了物傷其類之感，大喝一聲：「兀那扁毛畜牲，膽敢啄食佛門弟子的肉身，還不快滾！」他俯身掀起一把碎沙土，運勁撒出，六隻禿鷹竟然有四隻被他的細沙打中，飛起不出五丈，其中有兩隻便失翅跌落，掙扎了好一會才勉強整翅飛走。

鏡明讚道：「悟明師弟好功夫，但你說的道理卻錯了。」楊冰奇道：「怎麼錯了？」鏡明和尚道：「天竺、吐蕃一帶佛教聖地，僧人及信徒死了，便讓野鷹啄食他的臭皮囊，直到皮肉不存。人之生命來自天地，死後無用之肉身施捨於禽獸，豈不瀟脫自在？」

楊冰沒有回答，因他走近已認出了死者身分。他一把拉住鏡明和尚，低聲道：「死者是曾經住持過泉州開元寺的天慈禪師，是少林寺外的少林高手，與潔庵法師是至交。他出現在此地，可能與建文的行蹤大有關係……」他一面說，一面趨前檢視天慈法師的遺體及地上的大量血跡，點了點頭道：「天慈之死主要是左肩上中了一劍，斷了大血脈，用點穴指壓皆無法止血，失血過多力乏後，背上又中一劍，深入胸肺，便迅速斃命……」

他接著皺眉道：「以天慈的少林功夫而言，實不亞於少林寺無字輩的高手，怎麼一上來便被人劍傷大血脈？想來必是遭人偷襲，在毫無防備之下中了致命一擊……」

這楊冰一路說來，有如親眼目睹天慈遭暗算的情形，實在聰明過人。他說到這裡，卻被鏡明一句話打斷：「這暗算手法倒像是魯烈幹的。」楊冰暗自點頭，忖道：「這天竺和尚不笨啊。」他低頭想了一會，對鏡明道：「魯烈既已大開殺戒，此去雪峰寺不過數十里路，他必然已經前去尋找潔庵了。」鏡明和尚道：「瞧這天慈的屍首，顯然遇難不久，魯烈或許尚未到達雪峰寺，咱們快快追上前去。」

楊冰猜鏡明的意思，如果建文確是躲匿在雪峰寺，他要儘快趕到，以免魯烈搶了頭功，若是魯烈和潔庵動起手來，也要趕緊支援。但楊冰卻不著急，暗忖道：「建文若是藏在雪峰寺，他手無縛雞之力，也不怕他跑了；若是魯烈和潔庵打起來，潔庵乃是羅漢堂最出色的寺外弟子，武功只怕不在魯烈之下，便讓兩人多鬥一會兒，咱們好坐收漁人之利。」於是便道：「念在同為佛門的緣分上，咱們先把天慈禪師埋葬了吧。」鏡明合十道：「阿彌陀佛，此言善哉。」

兩人匆匆葬了天慈，楊冰找到一塊大石，表面平滑，倒似一塊墓碑。他提一口氣，使出少林金剛指的功夫，在石上刻了「天慈禪師」四個大字，將石立在墳前，兩人唸了一段摩訶般若波羅蜜多心經，一人用漢語，一人用天竺語，雖然各有鏗鏘，梵漢之唱卻也諧和。

兩人上馬前行，終於翻過了山脊，但所經之處與應文逃亡時翻越的地點相隔了一個嶺頭，完全看不見魯烈已經倒斃在嶺頭後的石坡上。兩人策馬快步，沿著小路下山，直奔雪峰寺而去。

但魯烈的屍體卻被鄭芫發現了。

鄭芫離開了地尊，不徐不疾地跟蹤楊冰和鏡明和尚到了福建，她在支提山麓尋到一間新建的磚砌村舍，用章逸及方冀給大家的暗號敲門兩次，應門的竟然是鄭洽。

鄭洽見了鄭芫，大為驚喜，連忙迎客入內，隨即緊閉大門。鄭洽已從浦江鄭義門遷到了支提山不遠處的山邊，可就近和應文大師父聯繫報告。鄭芫知道鄭洽與另外幾位建文朝臣仍在策劃軍國大事，詳細情形並不得知，但知這些孤臣孽子暗中募款練兵，藏武於沿海各寺廟的計畫並未停止。

鄭芫見了鄭洽，第一件事便告知應文藏身於這一帶的秘密已經引起高層懷疑，京師錦衣衛首領魯烈親自下來追查，楊冰和鏡明和尚兩個武林高手緊隨而到，自己悄悄跟蹤而來，要儘速通知應文及潔庵、天慈。

鄭洽聽了驚駭無比，忙道：「大師父隨天慈大師在支提寺掛單，有時也在各寺間雲遊，但以支提寺及雪峰寺為主，從來沒有人懷疑過大師父的身分，只當他是天慈大師的晚輩僧人，怎麼會引來南京的高手來查人？」鄭芫道：「南京情況未明，但目前以保護大師父為第一要務，我現在立刻前往雪峰寺去找我潔庵師父。」

鄭芫將驢子寄在鄭洽處，施展輕功，趕往雪峰寺。天色向晚時分，鄭芫過了山脊，同樣被天空盤旋的禿鷹吸引了注意，鄭芫雖然心急要趕去雪峰寺，但仍停下身來仔細觀看，終於她決定前去探個究竟。

走過兩里多崎嶇的山石，她來到一個斜伸出峭壁的坡台，在一塊岩石下，一群禿鷹正圍著啄食一具屍體。鄭芫喝叱一聲，揮劍將禿鷹趕飛，只見一個魁梧的和尚倒斃在地，臉上已被啄得血肉模糊。鄭芫看了半天也認不清面貌，掩鼻暗忖道：「這廝眉目有點像是魯烈，但怎麼會是個和尚？」

她用劍尖挑開僧衣，只見內衫的袖上繡了一條青色飛魚，正是錦衣衛首領的服飾。鄭芫同時看清了這和尚的心口及左大腿上各中了一支鋼矢，心口那一箭明顯是致命主因。她俯身仔細察看，認出了那支致命的鋼矢，再也忍不住激動得哭出聲來：「大師父射殺了魯烈，是大師父射死了魯烈！」

她想到自己在浦江鄭義門萬松嶺那三間佛堂外的林中，開始傳授應文大師父打坐呼吸的少林心法，後來又教他習射鋼弩，原是希望找些事情讓他去忙，免他終日枯坐愁城，那曉得應文竟天生具有習武的慧根，內力、輕功進步一日千里，更料不到他自行摸索，練成了獨步天下的弧線仰射法，竟然能在遠距離外暗殺武林高手；頭一次實戰射擊，就射殺了武功高強的魯烈。

世事難料啊！

終於，鄭芫從極度激動之中平息下來，開始思索下一個問題：「不知應文大師父是否安好？他去了何處？他射殺了魯烈之後，會去那裡？如果他去了雪峰寺，將正好碰上楊冰及鏡明。」她思考了一會，決心先在四周搜尋一遍，於是施展上乘輕功，飛快地在四周遊走，一面注意每一塊山石之後、樹林之中有無人影。她搜查的範圍愈來愈大，身形速度愈來愈快，終於她又回到了山脊上。

這時月亮已升了上來，從山脊回望下去，這回她看見遠方一片林子外有一塊大岩石，岩石下面有個人匍匐在地一動也不動。鄭芫極目望去，只見那人伏在一個土堆前，看上去像是一個墳堆。

鄭芫有些害怕，壯起膽子，朝那人走過去。去得近了，月光下瞧得仔細，那人伏地全身顫抖，口中斷斷續續唸著經文。他前面的土堆上有一塊大石，鄭芫停步，駭然發現石上刻著「天慈禪師」四個大字，似是以指刻石，字跡拙劣，但指力驚人。鄭芫見了這四個字如雷轟頂，但她極度震驚中仍能保持靈敏的思路，暗忖道：「少林金剛指！魯烈已死，這四個字怕是楊冰的手跡。」

她強忍著恐懼及悲痛，對那匍匐顫抖的人輕叫一聲：「大師父，是您麼？」那人沒有回應，仍在一面顫抖，一面含糊地唸經文。鄭芫鼓起勇氣走到那人身後，提高聲音再問道：「大師父，是您麼？」

那人忽然停止背誦經文，接著上身的顫抖也漸漸停了下來，他沒有轉頭，仍然匍匐著，輕聲反問：「芫兒，是妳麼？」

鄭芫一步搶上前去，應文回身站起，兩人撞了滿懷，竟然情不自禁地緊緊擁抱在一起，他們的擁抱極是突兀，卻又顯得極為自然，似乎都覺得情之所至，理所當然。鄭芫看到應文血汙滿面，身上衣衫襤褸，下幅撕開，露出小腿上傷痕累累，但背上仍緊緊揹著那支長弩。

此時，鄭芫心中充滿了憐愛之情，應文則彷彿進入夢中，而夢裡不知身是客，一時之間他意往神馳，好像又回到了京師皇城。他雙臂有力地抱著鄭芫，全不像是他平日表面上的文弱。鄭芫在他的懷中，感覺出應文的男子氣概中還保留著純真稚氣；這個落魄的皇帝在高雅的舉止之中透露出斯文與隨和，鄭芫一直暗中喜歡他，看著他便有一種想要保護他的情愫。

耳邊聽得應文悄聲道：「芫兒對我最好，總在危急時候出現在我身旁。」鄭芫睜開眼，看到應文深情的目光，他滿頰血跡的臉離自己只有一寸距離，她感到他的呼吸，心中一陣慌亂，應文已經吻在她的唇上。鄭芫不但沒有閃躲，反而不自覺熱切地回吻。剎時之間，兩人不知身在何處，只是彷彿遺世獨存般在支提山脊下的山坡上擁抱，清風明月下，全然忘我地相互愛憐，不知今夕是何夕。

鄭芫自幼和傅翔青梅竹馬，有些兩小無猜的感情，但火燒盧村之後，她和傅翔各奔東西，始終沒有機會發展成男女之情，只能歸之於無緣分。爾後她碰到了朱泛，紅孩兒調皮機智，和她如出一轍，在一起行俠仗義時，總能令她開心，但更像是一對情投意合的夥伴。自從做了錦衣衛，在宮裡保衛建文這個年輕的皇帝，鄭芫驚訝地感覺到皇帝內心的孤寂，後宮雖有后妃，卻似無人瞭解他內心深處的寂寞和無助。他在強藩壓力之下不得不出手削藩，但他的仁慈及幼稚卻使得他在鬥爭中失算連連，滿朝文武、後宮嬪妃沒有一人懂得，這個皇帝其實內心深處只想廣施仁政，如果每天都必須面臨鬥爭，他寧願選擇不當皇帝。奇怪的是，這心事只有鄭芫懂得。

兩人之間的感情，一個發自憐愛，一個發自感激，在此刻骨銘心的時空中，竟然迸發出不可遏止的熱情火花，其來有自，卻只天地知之。

終於兩人坐倒地上，那沸騰般的熱情突然間開始散失了，只因在月光下，兩人的目光同時落在新墳前的石碑上「天慈禪師」四個大字。

鄭芫清醒過來，暗中對天慈道：「天慈師父，芫兒闖禍了。」應文清醒過來，暗中對天慈道：「大師，弟子犯戒了。」兩人都沒有說話，只深深地凝望彼此。鄭芫這時腦海中閃過一幕幕的往事，盧村之難中，是天慈和潔庵救了母親的性命；自從潔庵師父去了泉州，在南京靈谷寺中，天慈代行師職，這些年來待鄭芫如師如父，將他一身少林藏經閣絕學傾囊相授。鄭芫望著那四個字，感激和悲慟的淚水漸漸滿溢雙眼。

這時，忽然一連串叱喝聲在寂靜的夜空中傳來，由於隔著山脊聽不清楚，但那呼喝的聲調高低變化，顯出發聲之人以極快的速度在奔馳，而且不斷變換方向。鄭芫從哀傷中猛然驚起，一把拉著應文道：「大……大師父，你施展輕功，緊跟著我！」說完便飛身躍起，快速向山脊奔去，應文不敢怠慢，立刻緊跟在後。

疾行中，鄭芫忽然想起一事，回首悄聲問道：「大師父，你囊中還有幾支鋼矢？」應文一怔，答道：「沒有了，五支鋼矢全給了魯烈。」鄭芫一面疾奔，一面續問：「那你身上可有其他武器？」應文道：「有。」鄭芫停下身來，問道：「你還有武器？」

應文不慌不忙從腰囊中掏出一支小巧的鋼弩，一排短箭，月光下藍汪汪的，對鄭芫道：「便是這支小鋼弩，妳開始教我射箭時用的那一支，是方冀送我的禮物。」鄭芫見應文望著手中的鋼弩，眼中流露出愛不釋手的光彩，甚至有一絲笑意，似乎一弩在手，給了他無比自信。鄭芫點頭道：「也就是方師父射殺辛拉吉的那一支。」

他倆到了山脊，鄭芫選了極佳的藏身之處——一叢灌木中一條狹窄的石溝，她跳入溝中，四面張望了一下，此溝確實隱蔽異常，而藏身其中的人卻可以清楚看到山脊兩邊的斜壁。她招手要應文跳下來，兩人擠在狹溝之中肌膚相接，氣息可聞，但此刻卻無綺思了。

兩人從狹溝中往雪峰寺的方向望去，只見三個夜行人以驚人的速度在崎嶇的山路上飛奔，鄭芫聚精會神仔細看，終於認出前面一人大袖飛舞，正是雪峰寺的住持、自己的恩師潔庵禪師，後面兩人全力追趕潔庵，正是楊冰和鏡明法師。

鄭芫暗忖道：「師父功力卓絕，但這時卻施全力想要脫身，可見他已發覺到後面兩人的武功超強。」這也超出鄭芫的估計。她飛快地盤算了一會，悄聲對應文道：「大師父，你就待在這條石溝裡不要出聲，待會我可能要衝出去，助我師父拒敵。你要守在這兒，千萬不可出去，如有必要，便用鋼弩偷襲其中一人。記住，全力射殺一人。除掉一人，咱們就穩佔上風了。」

應文再次悄悄掏出腰袋中的小鋼弩，又把兩排共十支短箭拿出來，放在一旁，雙目緊盯著外面疾奔中的三人。

只聽得那楊冰道：「潔庵方丈不要逃了，咱們奉了命令捉拿建文，活要見人，死要見屍。你快把他藏身之處說了，念在咱們武功同出一門，我便放你一馬。」那鏡明和尚道：「那年在靈谷寺曾領教過你一招，可惜勝負未分，今天還想再試上一試。」

潔庵知道此乃生死存亡之關頭，這兩人既然會到雪峰寺來查建文下落，就表示建文藏身於這一帶的秘密已經曝光，今日之事絕無善了，自己不可與這兩人交手，一旦被兩人纏上了，只怕不到你死我活，絕無休止。他暗自忖道：「他兩人加起來打我一人，必佔上風。但是比輕功，他兩人的輕功可沒法加起來，老衲且和他倆鬥鬥腳程。一方面拖延時間，看看有無第三個敵人埋伏在那裡，另一方面伺機引他們去找天慈。應文，我不知你在何處，但你最好躲起來，不可出面。」顯然潔庵法師此時尚不知天慈已遭毒手。

楊冰見功力深厚的潔庵大師絕不出手拚鬥，反而一聲不響地施展上乘輕功繞圈子，漸漸也看穿了潔庵打的主意，便冷冷地道：「潔庵啊，你還在等天慈法師來會合麼？我告訴你不用想了，天慈已在山脊那邊被殺了……是我親手葬了他的，你再繞圈子也沒指望了。」

潔庵聽了，心中嚇了一跳，暗忖：「天慈一定和應文在一起，若是天慈已被這兩人殺死，照理應文就已落在他們手中了，他倆豈會來向我潔庵要應文的藏身之處？這個楊冰狡詐得緊，他的話不可相信。」

豈料那個鏡明和尚這時忽然開口加了一句：「天慈確已死了，是我倆將他埋了的，此事千真萬確。不信，你到山脊那邊看看。」

這一來潔庵一顆心又懸了起來，他一聲不響，果然飛身上了山脊，向山脊另一邊奔去。說也湊巧，潔庵飛身越過山脊之際，正好從鄭芫和應文藏身的狹溝之上躍過，兩人躲在狹溝中，上面有樹叢遮住，完全不會被人發現，只是頭頂上呼的一聲一人飛越而過，倒嚇了兩人一跳。

潔庵躍過不久，楊冰和鏡明也一前一後從同樣方位躍過，溝裡的兩人又嚇了一跳。又過了一會，聽到潔庵禪師怒喝：「是誰殺了天慈大師？是你？還有鏡明？」楊冰狡猾地回道：「咱們這回來的高手可不止兩人……」那鏡明比較直爽，已經搶著答道：「都不是，是魯烈下的手。」

鄭芫聽到這裡，便悄聲道：「潔庵師父已經看到天慈師父的墳墓，既見天慈師父已死，便不會再往支提寺那邊跑了。他多半又回山脊這邊來，要利用這邊熟悉的地形，開始用長程逃亡來引開這兩個敵人，好讓大師父您脫身，雖然他也不知道您現在何處。」說到這裡，已聽到楊冰大叫：「潔庵，你往那裡走……」果然聲音已回到山脊這邊。

又過了一會，楊冰的聲音道：「你瞧這是誰？……哎呀，竟是魯烈！」接著是鏡明的聲音：「魯烈怎麼也成了和尚？你瞧……他是被鋼弩射殺！」楊冰立刻叫道：「鋼弩？方冀在附近？」原來方冀以鋼弩射殺天竺高手辛拉吉的事早已傳遍京師。

緊接著是潔庵的大笑聲：「哈哈哈，楊冰好機伶，一下就猜著了，方軍師和章指揮都在此地，你明他暗，咱們就來鬥鬥！」鄭芫聽潔庵這般嚇唬敵人，暗暗叫好，她想了一想，對應文道：「大師父，如果我出去引那兩人從咱們藏身的狹溝上方躍過，你能否發箭射死他？」應文雙眼一亮，道：「射他胯下？」鄭芫忍住笑道：「那還用說？」應文想了想，正色道：「只這一眨眼便躍過去了，我毫無把握。」鄭芫點了點頭，也覺得這距離太近，從狹溝上方躍過，溝內所見只是一瞬而已，應文確是不易把握。

應文卻在這時道：「芫兒，我有另一個主意。」鄭芫道：「什麼主意？」應文道：「咱們反過來運作，由我跳出去誘敵，妳來偷襲，必能一擊奏效。」鄭芫嚇了一跳，搖頭道：「大師父，你是正點兒，這幾年來，天下人對你的下落有各色各樣的傳聞，但是沒有一個人真正見到過你，你絕不可現身。」

應文正色道：「不，芫兒，妳聽我的。今日之事，絕無善了，非敵即我。天慈大師已為我而遭毒手，潔庵如果再遭打殺，之後妳我性命仍然不保，如今只有冒險一拚。待會我現身往山脊上跑，誘他倆躍過這狹溝，芫兒妳就抓緊機會，奮力一擊。如能除掉一個敵人，咱們便不怕了。總之……總之，我絕不讓潔庵再為我而死，咱們卻坐以待斃！」

鄭芫聽應文說得這樣斬釘截鐵、毫無猶豫，心中有些驚奇，卻有更多的安慰，她暗道：「到底是做過皇帝的，歷經災難，終於讓他成熟了。」她飛快地想了一遍，竟然覺得應文此計十分可行，便道：「只要你能引得那兩個敵人從這溝頂上躍過，我管叫其中一人當場倒下。」應文盯著鄭芫道：「妳襲擊誰？楊冰？還是鏡明？」鄭芫道：「誰先過，我就打誰。」

這時溝外傳來的叱喝聲更近了，三人追打已到了狹溝附近。是時候了，應文伸出雙手緊緊握住鄭芫，四掌相握，一股超越男女的患難之情熱烈地在兩人的心田交流，芫兒低聲道：「你一切小心。」應文低聲道：「妳一擊成功！」

應文放開了雙手，呼的一聲從狹溝中躍出，他彎身跨出灌木叢，向上方高處移了三步，然後站直身軀，開始向山脊奔去，才一起步，便故意滑了一跤，帶動一片碎石落下坡去。下方的楊冰眼尖，抬目瞧見了應文，大喝道：「建文，你往那裡走？」同時立即拋開潔庵，轉向應文這邊追上來，鏡明也已發現，同時飛身追了過去。

鄭芫心中已經打定主意，盤坐在溝中，閉目聆聽頭頂上的動靜，把全身少林內功凝聚於丹田，只聽得頂上呼的一聲一人飛到，鄭芫暗叫一聲：「來得好！」

她雙掌揮出，一股罡風將頂上樹叢推開，身形如箭般射出，才一出狹溝，手中已多了一把短劍，直向飛越溝頂者的背上刺去，那人感到禍從下方及背後暴起，驚駭之中已無迴旋餘地，只好雙掌向後揮出，使出天竺瑜伽神功中的「扭轉乾坤」，雙臂竟然從反手扭轉成為正手，就像背後突然長出兩臂，靈活自如地一指點向鄭芫腕上要穴，另一掌則發出十成內力，直擊鄭芫胸前。

鄭芫在電光石火之間已經辨出自己所襲擊之人正是楊冰，但她沒料到楊冰的天竺瑜伽神功竟達到如此高明的境界。她猛叱一聲，臂上所蓄內勁全部從右手掌中吐出，手中的短劍暴長一尺，已經刺中楊冰的背脊，從腰俞穴刺入。楊冰猛然施出天竺「閉穴移脈」的氣功絕學，硬生生把鄭芫的短劍擋在兩寸之外，將傷害減到最低程度，同時施出千斤墜的功夫，嘩啦一聲釘立在地，腰上所中的短劍嚐的一聲落地，此時鄭芫已經身在三丈高的空中。

楊冰的天竺功夫雖然深厚得曾令絕塵僧不能置信，但他一身最強的武功畢竟仍是從小苦練的少林羅漢堂神功。他已知襲擊他的乃是鄭芫，揚聲道：「鏡明，正點兒交給你了，這邊由我來處置。」他中氣十足，似乎絲毫未受腰上中劍影響。他默默將羅漢堂的功力提到十成，要在鄭芫落下時，以「諾距羅大力神功」中的一招「力士舉天」，將鄭芫畢命當場。

十八羅漢裡的諾距羅尊者，是佛祖座下力氣最大的弟子，一身神力，當者披靡。雖然中土的名字是「靜坐羅漢」，但羅漢堂的神功中，力道最為威猛的功夫首推這「諾距羅大力神功」，而這其中「力士舉天」一招尤其威力強大無比。楊冰見過鄭芫的少林武功，暗忖以自己目前的功力，以十成的內力施出此招，鄭芫絕難活命。

鄭芫身在空中，心中也在盤算，暗忖：「我那一劍刺在他腰俞穴左下方二分處，表面上好像被他擋在外部，其實劍上的真力已埋在他脊椎間盤之內，他若內力施到十成時，腰俞穴自然下移，便會碰上我劍上那股真力，那時我要用一招『諾距羅大力神功』中的『力士舉天』，由上而下猛擊這廝，看看能不能一招就收拾了他。」

這兩人的武功中最威猛的招式，都是少林羅漢堂的絕學，這時性命相拚，心中盤算的招式竟然一模一樣，只是一個由下往上擊，而另一個是由上往下擊。

三丈之外的潔庵法師浸淫羅漢堂武學數十年，自然看出這情勢，不禁為鄭芫大大擔心，忍不住大叫一聲：「芫兒，小心！」

兩股凌厲無比的少林神功已然上下相撞，楊冰立刻變了臉色，他感受到的是純正的羅漢堂絕學沒有錯，但其力道超出自己的估計太多，鄭芫使出的「力士舉天」功力竟在自己之上。他嚇得魂飛魄散，只能使盡全身每一分力量奮力回擊，別無迴旋餘地。

這時他的「腰俞穴」上突然一陣劇痛，原以為已經被他封住的外傷突然成了內傷，一口真氣立感一滯，就在此刻，鄭芫的「力士舉天」由天而降，轟然一震，竟將楊冰當場擊倒地上。

潔庵驚得呆了，無論如何也不能相信羅漢堂「力士舉天」這一招威猛絕倫的力道，竟在一個年方二十出頭的少女手上發揮到淋漓盡致，恐怕當今羅漢堂首席無嗔大師親臨出手，也不過如此！潔庵暗中連問三聲：「這怎麼可能？」

他作夢也想不到鄭芫的功力大增是來自地尊，地尊藉鄭芫的羅漢堂內力，完成並印證了《洗髓經》神功的融會貫通。為了報答，他「送」給了鄭芫十年的功力。楊冰聰明一世，卻作夢也想不到這一層，然而他來不及知道原因了，此刻他主經脈遭震碎，躺在地上奄奄一息。

這個變化太過劇烈，大家都停止了動作，鄭芫走上前去，待要補上一掌取了楊冰的性命，這時楊冰緊閉的雙目忽然張開來，牢牢瞪著鄭芫。鄭芫只見他面如金紙，沒有一絲血色，雙眼中流露出極端的驚駭與不甘願，鄭芫的目光和他一對上，不禁退了一步，這一掌竟然補不出手。

站在下方的潔庵看不到鄭芫和楊冰之間的互動，只見鄭芫退了一步，以為楊冰已經斃命，毋須補一掌。站在上方的鏡明和尚卻將這一切瞧得清楚，他心知楊冰正在養精蓄銳，準備對鄭芫做出垂死一擊，想要拚個同歸於盡，看來鄭芫完全沒有警覺。

果然，就在鄭芫深吸一口氣，平息心中驚恐的一瞬間，楊冰倒卧在地的身軀有如裝上了彈簧般平躍而起，他將全身最後的內力全部凝聚於右手食指，竟想以大力金剛指與鄭芫拚個同歸於盡。鄭芫雖有一身上乘少林絕學，但那曾經歷過這等血淋淋的殊死鬥？先前她躲在那狹溝中時，已將衝出狹溝後的每一個步驟想得清清楚楚，是以一連串動作都能及時到位，並無差錯。但此時將死未死的敵人忽然躍起，要和自己同歸於盡，這倒是事前全未想到的情形，一時之間，鍾靈女俠嚇呆了，竟然不知如何應對。

潔庵一看情形，便知不妙，待要起步已經來不及。說時遲那時快，卻見楊冰忽然間悶哼一聲，「噗」的一下再次摔跌地上，嘴角胸前全是鮮血，顯然背上又中了一記重擊，終於斃命。

只見十步之外挺立著鏡明和尚，鄭芫目睹他在電光石火之間由上坡飛撲而下，以劈空掌在楊冰的背上補了一掌，讓垂死奮起最後一擊的楊冰再無生機，直挺挺地死在沙岩之上。

這一下兔起鶻落，意外迭起，連鄭芫本人都傻了眼，潔庵和應文更是看得目瞪口呆。鄭芫驚魂甫定，向後退了三步，潔庵已經到了她身邊。鄭芫指著鏡明和尚道：「你……你……」卻不知該問什麼才好。

鏡明和尚合十微笑道：「諸位莫要驚疑，我鏡明和尚奉道衍師父之命，來此暗中保護應文大師父。」

鄭芫心細如髮，一聽到「應文大師父」這五個字從鏡明和尚口中講出，立刻恍然大悟，顫聲道：「你們……道衍法師……都知道了？」

鏡明和尚道：「道衍師父知之早矣，只是從來不講。鏡明此行奉師父指示，定要設法保得建文安全。」他見潔庵和鄭芫頗有疑慮，便輕描淡寫地道：「魏國公徐輝祖病危了，你們這條重要的線索就要斷了。」鄭芫再無疑慮，便挑明了問道：「原來道衍法師一直在暗助咱們？」

鏡明和尚道：「這事說來話長，貧僧原是天尊設法留在道衍師父身邊之人，名為受雇保衛道衍的武僧，其實負有探聽燕王消息之責。後來我發覺師父早已知道我的底細，卻仍然對我信任有加，又在佛學上不斷給我啟示，我將天竺佛教一些精微艱深的疑難處說給他聽，他一一解說啟發，我因此心法大進，許多想法因而改變。建文四年，燕王打到南京，兩件事改變了我的一生。其一，師父力勸朱棣不可殺方孝孺，要為中土留下讀書種子。朱棣不但不聽，反而誅殺其十族。師父眼見自己苦心孤詣、策劃協助的燕王，在功成之後竟成為一個殘酷嗜殺的暴君，不禁又是失望又是悔恨，他在佛前發誓從此不再過問政治，潛心於佛學及醫藥之道。其二，是我鏡明拜了道衍為師，從他的貼身護衛變為他老人家的入室弟子。」

鏡明歇了一口氣，繼續道：「師父近年每每為靖難之役死於戰火的無辜性命懺悔己過，但是看到朱棣在一陣殺戮血腥之後，漸漸展現治國之雄才大略，師父也希望能為朱棣過去的濫殺無辜積些功德，稍減其所造血孽，其中最重要的功德便是保建文之命，不能讓朱棣犯下篡位再加弒君的罪行。他老人家告訴我，此行最重要的責任，便是伺機協助潔庵及天慈兩位大師，護著建文帝保命逃生。鏡明一直暗中計畫如何進行，不料事情發展大出意料，此時楊冰和魯烈都已斃命，咱們要想個說法，讓應文大師父從此可以安定下來，一勞永逸。」

潔庵對這鏡明和尚的說法仍持有一點懷疑，便道：「鏡明師兄說得好，但要編個什麼樣的說法，才能讓南京停止追殺？」鏡明道：「老實說，要南京停止追殺建文是不可能的，咱們只能想法子誆他們到別處去追尋，讓大師父可以安全隱居於此，這還可以試試。」

鄭芫道：「願聞其詳。」鏡明道：「我這就帶著魯烈和楊冰的屍體回南京覆命，說建文根本不在這一帶，咱們完全尋錯了方向。魯烈碰上了死對頭方冀，結果死於方冀的鋼弩之下，而楊冰在回程中，就說在京師附近吧，碰上了少林寺羅漢堂的首席高僧無嗔禪師，無嗔便用少林大力神功處決了叛徒悟明。」

鄭芫聽了，覺得這番說法確實絲絲入扣，尤其有兩具屍體為證，魯烈身上的致命鋼矢，楊冰心脈遭大力神功震碎，確實不容置疑。潔庵老於世故，覺得這說法雖然聽來有理，也有屍首證據，但畢竟太多巧合，不夠說服力，便搖頭道：「這說法雖好，只怕難以讓朱棣相信，他這人一向又精明又多疑……」

一直沒有開口的應文大師父這時忽然道：「朱棣會相信的，鏡明說得對。」潔庵大奇問道：「大師父何以有如此把握？」應文道：「鏡明這番話要由道衍法師出面對朱棣說，朱棣便會相信了。」

鏡明讚歎道：「大師父一言說到要害。朱棣追尋建文的事，在他來說只能暗中做，卻不能公開說，因為朱棣公開的說法是建文已於五年前在皇城中死於那場大火，而且以帝禮葬了他，怎能讓人知道他還在尋找建文？是以有關此事，他也只能讓少數幾個人知曉……」

潔庵覺得他說得有理，便再問道：「那些人知曉？」鏡明道：「我不全知，但我師父乃是朱棣在這件事裡最能信任之人，若由師父對他說，他不信師父，還能信誰？」

應文大師父點首道：「朱棣一生多疑，身邊絕少真正信得過的人，道衍是他唯一的朋友。鏡明說得好：朱棣不信道衍師父，還能信誰？」

聽應文如此說，潔庵始覺放心，便合十對鏡明道：「道衍和鏡明兩位法師，一念佛心起，此間乖戾之氣便消。若得兩位回報讓朱棣不再疑心此地，大師父得以安享幾年山水之樂，以帝冑之尊轉而精進佛法修為，以彰我佛廣大慈悲，乃是一樁天大善事。天下佛門弟子，識與不識，盡皆頂禮感恩。」

鏡明和尚還禮道：「潔庵過獎了，鏡明只是體會恩師的心意，定要保得建文安全，做該做之事而已。但願佛祖保佑，我帶著這兩人的屍體回京，諸事順利。不過……」他說到這裡，停了下來。潔庵心中一緊，忙問道：「不過什麼？」鏡明道：「貧僧還有一事不明，要請教潔庵法師……」潔庵道：「何事？」

鏡明道：「那年我隨道衍師父初登靈谷寺，曾與潔庵法師交手一招，當時貧僧施出天竺武功，被你一招就識破，還撂下一句：『老夫二十多年前就識得了。』此事貧僧一直耿耿於懷，今日可否請潔庵法師指點迷津？」潔庵哈哈大笑道：「三十年前，有個天竺僧獨闖少林寺，寺中有個掛單和尚動手打敗了天竺僧。鏡明，你還記得此事？」鏡明呵了一聲，道：「怎麼不記得，那個掛單的青年和尚法號正映……」潔庵合十道：「貧僧本名正映，號潔庵，那年靈谷寺得罪老兄了。」鏡明和尚道：「原來如此。」

∞

鏡明和尚帶著兩具簡陋的棺木，雇了一輛騾車，上路回京師覆命去了。潔庵等人重新妥善安葬了天慈法師，應文在新墳前唸了三日安魂的經文，此刻和鄭芫一齊坐在潔庵方丈的禪房中商量大事。

小沙彌奉了武夷山的好茶，茗香滿室，鄭芫啜口茶道：「萬料不到燕王的心腹道衍法師竟然反過來保護大師父。」

潔庵嘆道：「佛說，只要一點善意起，就能回頭是岸啊。道衍精通佛法，腹中的佛經和歷來佛門大師論經講道的嘉言例證無人能及，只是一個熱衷天下的念頭霸佔了他的靈台，這才成為燕王朱棣興兵奪位的推手。如今此念一退，他立地便是一個高僧，望他從此以絕高智慧弘揚我佛旨意，度化各方罪孽，又以他與朱棣的關係、僧錄司首席善世的地位，造福天下佛門，善莫大焉。」

應文點頭，長嘆道：「這幾日的變化實在詭奇莫測，支提雪峰兩寺一山之隔，其間卻發生如許驚心動魄的生死大事，此皆因我而起，尤其是天慈大師為此送命，我實難辭其咎……」潔庵打斷道：「天慈師兄和魯烈那蒙古人同一日死在山脊之南北，以佛法來說，是了卻兩人不知何世結下的惡緣。然則魯烈殺了天慈，大師父殺了魯烈，以武林之道來說，這是大師父親手為天慈報了血仇，何須過分自責？」

他話鋒一轉道：「鏡明押屍返京的計策，雖說合情合理，但是否真能讓朱棣對此地釋疑，還要觀察一陣。老衲建議大師父先在雪峰寺待一段時間，此地有我坐鎮，若南京消息傳來一切順利，大師父再回支提寺去。」應文、鄭芫都覺別無更好之計，便點頭稱善。

應文和鄭芫對望了一眼，想到那日在風中的相擁，刻骨銘心，一世難忘，又想到兩人即將分手，從此天涯海角，再見難矣，兩人之間短暫的情緣便將了斷。鄭芫強忍住滿心的哀傷，默默地祝願：「大師父，芫兒永不相忘。」應文默默忖道：「此情可堪成追憶，只是此時已惘然。芫兒，妳也該離去了。」

潔庵倒沒有看出這個得意徒兒和應文之間的曖昧，他感興趣的是另一件事，定要問個清楚：「芫兒，妳那招『力士舉天』的羅漢堂內力只怕已直逼為師了，妳的功力如何能進步如此之快？」鄭芫便將此前被地尊抓住練武的事說了，任潔庵大師見多識廣，也不曾聽過這樣的奇事，他難以置信地道：「這地尊竟由《洗髓經》中貫穿了天竺、少林、太極三種無上絕學，實是武林中前所未聞的奇人奇事，而他贈芫兒以十年功力，芫兒可是大大獲益了。」

鄭芫點頭道：「從這幾日之事看來，人若能不斷提升上進，達到極高境界之時，乖戾之氣自然化為祥和，罪惡之思也會化為善良之意。師父，您若見著地尊，定然會覺得他已換了一個人，原來又黑又醜又惡的臉孔，竟然變得又善良又慈祥，只有黑還是黑。」

應文道：「道衍和鏡明也是好榛兒，先是道衍高深的佛學心法渡化了鏡明的惡意，然後朱棣的殘暴濫殺反而指點了道衍的迷津，所謂當頭棒喝，回頭是岸；自然也是因他佛學底子高深，才能從天花亂墜般的紅塵之世中頓返慈航。阿彌陀佛，善哉，善哉。」

潔庵合十道：「大師父確有慧根，老衲佩服。」

朱棣在皇宮裡的佛堂接見道衍法師這個老朋友。朱棣其實沒有真心的朋友，他一生之中每日所思，不是要對付眼下的敵人，便是對付潛在的敵人，前者是要消滅的對象，後者是要提防的對象；道衍是唯一的例外。因為道衍只是盡心盡力地為他出主意，從來不為自己要任何好處。既不要爵位也不要財寶，身為一個清規僧人，更別說要美女了。這種朋友的話不相信，還能信誰？

朱棣聽了道衍的報告，道衍痛罵錦衣衛消息大錯特錯，不論是雪峰寺或是支提寺，甚至閩東一帶都沒有建文的蹤跡，反而害得折損了魯烈和楊冰兩個高手。朱棣再看魯烈和楊冰的驗屍報告，前著死於強力鋼弩鋼矢射中心臟，後者死於經脈遭大力震碎，發力者所使的是少林寺羅漢堂的大力神功，這與鏡明報告的「魯烈為方冀射殺，楊冰為少林無嗔大師所殺」完全吻合。

朱棣看完了報告，面色露出放心的神情，對道衍道：「如此甚好，和尚呀，你知道皇后生前遺囑送一千尊鐵鑄天冠菩薩到支提寺的事，說也奇怪，從那以後，朕夜裡便能安穩成眠。為了感謝菩薩保佑，朕要大大封賞支提寺，但因為要查建文的下落，封賞的事就擱了下來。這回實地查清楚了，支提寺既然沒有問題，朕就要派周覺成一趟欽差，將朕親書的『華藏寺』匾額送去，並為朕監造大雄寶殿。」

道衍閉目含笑點首，心中暗忖：「原來皇上還要大大封賞支提寺，我瞧建文您就住在支提寺裡吧，可安全著呢。」他睜開眼來，對朱棣道：「皇后愛心感動菩薩，皇上夜間惡夢從此消失，難怪每日精神奕奕，治理國事井然有序，真乃可喜可賀啊。」

朱棣道：「皇后待朕恩情，唯和尚你知。她先我而走，朕實傷痛，終身不再立后了。」他望著佛案上菩薩像旁的皇后牌位，供奉的一瓶菊花有兩片花瓣欲脫未落，便伸手輕輕摘下，放在桌上。

道衍嘆了一口氣道：「想當年皇上帶二公子向寧王借兵，皇后和太子在燕京城中遭圍，冰天雪地之中，率全城軍民苦撐到皇上回軍北平，才有鄭村壩之大勝。皇后智勇雙全，真不愧為中山王之女。」朱棣道：「皇后過世之前，想帶病回燕京去，與當年共生死的老姐妹一聚，可惜終因病重，未遂心願，臨終時念念不忘。」

朱棣說到這裡停了下來，兩人一時無語，似乎都沉浸在對徐皇后的懷念之中。道衍卻暗忖道：「虧得徐輝祖這條線，徐皇后才確知建文未死，躲到寧德支提寺出了家。她遺命送千尊鐵鑄菩薩去支提寺，除了為朱棣消殺孽，其中暗含著為朱棣向建文祈求寬恕之意，用心是何等之深，真是一個了不起的女人。」

朱棣終於打破了沉默，低聲道：「鄭和送千尊菩薩到支提寺後，在長樂等待季風，此刻該出發了吧。」道衍道：「皇上還要鄭和下南洋尋建文麼？」朱棣不直接回答，卻喃喃道：「他……他去了雲南的傳聞不斷，鄭和此次要去暹羅多待些時間，好好查一查。另外，胡濙已經奉命出發，將在國內雲遊名山大川，採藥訪仙，順便打探查訪。朕總不信不能查個水落石出。」道衍便不再接腔了。

朱棣忽道：「徐輝祖昨日病死了。」道衍並不吃驚，他過去為燕王謀天下時，在南京秘密布下的消息網大部分仍在，京師中各路消息總瞞不過這位老謀深算的和尚，朝野發生任何大事，他也總比別人先知，但他掩飾得法，十分低調，這時聽朱棣說到徐輝祖，便乘機讚道：「皇上能讓徐輝祖得其善終，是極為高明的做法。」朱棣道：「大明朝可以無徐輝祖，但中山王不可無後，朕決心讓輝祖之長子徐欽繼承魏國公。」道衍心中叫好，表面上卻只淡淡地道聲：「皇上聖明。」

∞

醉拳姚元達在武昌丐幫總舵做好了各種防範的準備，甚至敗退時如何疏散以減少損失的方案，都一一演練過。他在蛇山下築了一道陷阱，分三層防線，用三次撤退誘敵進入陷阱，然後用巨石封死，加以火藥爆炸及火海焦土，一舉殲滅敵人。在武昌的丐幫弟子演練了兩遍這個計策及行動計畫，必要時，大家都有與敵同歸於盡的決心。

算算時間，盟主錢靜和朱泛應該歸來了，姚元達希望以盟主之尊與朱泛的花言巧語，終說動四川唐門的唐老爺子出山，否則天竺來的毒王「人尊」不知有誰能敵？

他每天緊張萬分地等盼盟主歸來，但是最先到達武昌的是武當天虛道長，接著是衡山派的「迴風刀」莫君青，第三個趕到的是明教方冀。姚元達見高手開始集合，心中稍安。

天虛道長瞭解了狀況後，便向姚元達稽首稱謝道：「盟主真乃義薄雲天之士，派『魔劍』及『無影千手』馳援武當，貧道感激不盡。」

莫君青操著一口湘鄉口音的湖南官話道：「聽說這回天竺來了個搞毒的高手人尊，我永州鄉下也有人專門捉毒蛇、養毒蛇，這回帶了專家一起來，他帶了幾條厲害的毒蛇，我想丐幫的叫花子個個會耍蛇，說不定會有些用處。」眾人聽了初覺不可思議，繼而想想，倒也覺有點道理。姚元達笑問：「永州異蛇，黑質而白章？」莫君青一本正經地道：「那是有，但最厲害的一種是墨綠色的。」

方冀在南京久候鄭芫未返，便先行趕來武昌，心中一直惦記著鄭芫，她匆匆跟蹤少林叛徒楊冰而去，竟然一去多日不還，肯定是發現了極為重要的大事，必須跟下去處理，不知現在情況如何？

第二日武當山傳來了消息，三俠乾一道長、四俠坤玄道長慘遭毒殺，二俠天行道長受重傷，正由五俠道清子及二代弟子易大川專程護送到武昌，丐幫魔劍伍宗光及無影千手范青一同歸來。

這消息對掌門人天虛道長而言，直如晴天霹靂，名震武林的武當五俠，一夜之間兩死一重傷，就只剩下兩人，而對方出手的不過是人尊的弟子。中土已有四五個一流高手遭到毒殺，而人尊本人還沒有在眾人面前現身。天虛有如五雷轟頂，默問蒼天：「難道老天爺給了武當這許多考驗，最後竟是要滅武當麼？」

方冀皺眉苦思，他一生定計大小之戰何止數十，可從沒有遇過眼前這種局面，這場面又浩大又詭譎，是前所未有的中土、天竺武林大決戰，其中牽涉了幾位數百年僅見的高手對決，也是中土與天竺武林用毒的最高決鬥。尤其不可預知的是，大戰之後，不僅武林形勢版圖為之重畫，中外武學的最高境界也可能為之重寫。

他白髮搔更短，苦思連日，想不出用什麼樣的主軸策略來因應未來的情勢。尤其是目前形勢混亂，天尊、地尊行蹤不明，人尊從崑崙山一路東來，也不知何時出現，而中土方面主將中的主將——傅翔，他新創的秘密武器「王道劍」究竟達到何種境界？

終於，南京的飛鴿帶來了新消息：楊冰、魯烈赴福建追尋建文，分別死於鄭芫掌下及大師父箭下，其間得貴人相助，目前大師父安全無虞，鄭芫趕赴武昌途中。雖然語焉不詳，但消息令人振奮安心。數日後，丐幫弟兄來報更好的消息：傍晚時分，盟主終於回來了！

盟主錢靜和紅孩兒朱泛帶著四川唐門的老前輩唐鈞及他的孫女巧兒，四人包了一艘帆船，從嘉陵江向南進入長江，順流而下，那真是「兩岸猿聲啼不住，輕舟已過萬重山」。朱泛為了日夜趕路，重賞了船夫，那船夫見船資比平時多了三倍，心情頓時如江水般輕快起來，一路上卯足了勁，操舵扯帆，小舟行得又快又穩。船夫手腳忙得不亦樂乎，口舌卻沒有閒下，四川人的口才加上行船人的見歷，他口若懸河從重慶擺到武昌，說的事千奇百怪，沒有一句重複的話，連朱泛也聽得傻了，自嘆不如。

唐鈞大部分時間都在閉目養神，他的孫女兒雖然年已三十，但顯然因為從未出山，這回大江大山之間走一趟，心情也極是興奮，一路上聽船夫擺龍門，看到新奇的事便向朱泛問個明白，顯得極是開心。錢靜坐在船首，一直凝視著滔滔江水，默默沉思，心中思潮起伏不定。

這一趟川中行，雖然靠著朱泛舌粲蓮花，加上巧兒從旁相幫，終於說動了唐鈞老爺子出馬，但與那天竺來的毒王人尊對決，能否有把握，其實是未知數。唐鈞對人尊配製的奇毒殺人的情形，只要求朱泛詳細說了一遍，便不曾再問過，只是閉目不言，看上去又像是有些茫然，又像是胸有成竹，大家都摸不清楚。

巧兒帶了兩大袋各色各樣的寶貝，有藥丸、藥材、製藥器具，還有些瓶瓶罐罐不知是什麼。唐老爺子只關心一件事物：他那竹籃中的三小盆異形植物，放在船艙中，一會兒添水，一會兒加一些粉料，一會兒移動擺置的方向曬著陽光，一會兒又放到陰影處避開陽光，不知他老人家在搞什麼花樣。

就這樣輕舟到了武昌，大夥兒到了丐幫總舵，唐鈞與眾人見面，正寒暄間，丐幫弟子來報，少林寺方丈無為大師、羅漢堂首席無嗔大師率十八羅漢到了武昌。另外和少林高僧一道來的還有兩個恆山派的老尼，卻不是掌門人青蓮師太，看來兩人都比青蓮師太年長不少。

錢靜連忙出迎，心中卻在嘀咕，暗忖道：「莫非青蓮師太出事了？」果然，一見無為方丈，他便滿面戚容地引那兩位老尼與錢靜見面。

為首的老尼合十為禮道：「見過盟主，貧尼宜修，偕師妹宜明隨掌門人奉召來武昌商議大計，在襄陽城郊遇上了兩個天竺來的比丘尼，說是要來中土弘法，想要向咱們請教一些中土的規矩及民俗。掌門人見同是佛門女尼，也想向那兩人探聽一下天竺的情形，便容許這兩個比丘尼與咱們同行了一日一夜，豈料這兩人竟然是天竺人尊的弟子，臨行突施奇毒，竟毒殺了掌門人……」

另一位宜明老尼道：「咱們幸好碰上從嵩山南來的少林諸大師，便加入他們，一道前來武昌。掌門人的遺體也一併帶來了……」

錢靜心中十分震驚，面上卻不能流露，她忙引見唐鈞，無為大師又驚又喜，雙掌合十道：「阿彌陀佛，『幽冥使』唐鈞來了，天竺『人尊』的敵手來了，我中土武林之大幸啊。錢盟主，妳能請動唐老爺子，老衲佩服之至！」

唐鈞見這位天下武林龍頭少林寺方丈，居然對錢靜恭敬有加，心知錢靜憑的不是武功，而是智勇雙全的領袖氣質，便拱手道：「難為大師還記得老夫三十多年前的江湖混號，如今武林中十之八九不曾聽過了……」

他話未說完，已被一個湖南口音打斷：「三十年前，聽到『幽冥使』三個字，就和聽到陰間的鬼來了一樣。今日我們聽到這三個字，像聽到救星來了一樣，你猜為啥？」發話者正是衡山派掌門莫君青，他也不待人答就自問自答道：「你猜為啥？因為真正從陰間出來的女鬼全都從天竺那邊過來了，那嗎個毒還真厲害呀。」

唐鈞道：「莫兄言重了，恆山派的兩位師太，既然將青蓮師太的遺體運來了，可否讓老夫開棺看一下？」

恆山派的宜修師太道：「那兩個天竺女尼，一個叫阿帕，一個叫阿目莎，長相清秀端莊，漢語也都很流利。她們離去前，來到客棧裡掌門人的單人房間告別，送了掌門人一尊用印度檀香木雕刻的小佛像。掌門人見那雕工十分精美，而且佛相與中土一般雕塑的佛相頗有異趣，更兼檀木清香撲鼻，當真是愛不釋手，便捧著它唸了一會兒心經才睡。天將亮時，咱們倆見掌門人房間燈火猶明，敲門沒有回應，推門看時，發現掌門人身體尚溫，但已經圓寂了。咱們發現小佛像座尊上刻了梵文和漢文，漢文是『人尊』兩字。唐老爺子要察看掌門人的遺體，貧尼忝為掌門人的師叔，斗膽答應了。」

唐老爺子道：「那尊佛像能讓老夫瞧瞧麼？」宜明師太拿出一個密封的盒子，遞給唐鈞。唐鈞開啟盒子，仔細看了看佛像，用一塊白絲巾仔細揩擦了一遍，在鼻邊聞了一下，放回銀盒。

青蓮師太的棺木打開時，棺中並無腐屍之氣，反而有一種奇異的香味，師太的面容栩栩如生，看上去還有一絲粉紅色，顯得極是詭異。唐鈞仔細地察看了兩遍，從懷中拿出一個小銀盒，盒中放了一排各種小銀器，他拿起一根銀針，很仔細地在青蓮師太的耳垂上刺了一針，拔出放在鼻前嗅了一下，然後交給身邊的孫女兒道：「阿巧，妳鼻子靈，妳來聞一下。」阿巧聞後，低聲道：「檀香味加杏仁味。」唐鈞也低聲道：「好像還有第三種氣味，妳再聞聞。」阿巧再將銀針放在鼻尖仔細分辨了一下，然後道：「不錯，是橘皮味兒，帶酸的。」

錢靜見他祖孫兩人拿那銀針聞了又聞，居然聞出三種氣味，直覺不可思議。天虛道長忍不住問道：「這神秘之毒既然來自人尊，唐老爺這銀針刺了青蓮的耳垂，沾了她體內的血液，您怎敢如此嗅聞銀針，不怕沾上餘毒麼？」

唐鈞道：「這人尊的施毒乃是由呼吸而入，如果青蓮身上仍有餘毒，她遺體香氣薰人，早就將收殮、裝棺之人毒死。咱們開棺時，在場全部人也早就中毒了。」

大夥聽得又是佩服又覺得恐怖之極，武功再高的人碰到無聲無息的毒，完全不知如何防備。方冀對醫藥毒物有相當造詣，便對唐鈞自我介紹道：「小弟方冀，敢問唐老爺子，這青蓮師太所中之毒是何種毒物？又是如何中毒的？」

唐鈞倒是聽過方冀的名字，拱手道：「原來是明教的『小諸葛』，久仰，久仰。只是當年無緣見面，想不到老朽歸隱三十多年後，今日居然得見尊顏，真乃奇妙的緣分。」

他說到這裡，閉目想了一想，接著道：「如果老朽沒有猜錯，人尊此次施於青蓮師太之毒，乃是一種複合之毒，簡言之，兩種毒物單獨存在時皆無劇毒，只有在混合時產生劇烈之毒。青蓮師太收下的佛像乃檀香木雕，釋放出來的檀香氣味中原來就有多種成分，人尊定然自製了另一種香料，送給青蓮師太之前塗在佛像上，這香料與檀香氣一混合，劇毒之霧便出來了。但既為毒『霧』，必然易於散發，人尊製造的香料不會久留，幾個時辰後便都散發殆盡了，是以現下那檀香木佛像已經無毒了。」

朱泛和錢靜都回想起他們去藥池求見唐鈞時發生的事，那匹毛驢吃了地上種的草沒事，要再喝了那口泉水才會中毒。朱泛忍不住叫道：「阿巧，那匹毛驢……要同時吃草、喝水才中毒，異曲同工嘛。」唐爺的孫女阿巧對朱泛點頭，嫣然一笑，嘴邊一個小酒窩閃了一下，極是嫵媚。朱泛忍不住多看一眼，心想怎麼看也不像是三十出頭的女人。

唐鈞所言，大夥兒聞所未聞，全都聚攏來傾聽。方冀繼續問道：「唐爺可嗅出是那一類的毒氣？」唐鈞雙目翻向天空，忽然之間陷入沉思，宜修師太待要再問，那巧兒輕搖手掌，以指噤聲，悄聲道：「諸位稍待，爺爺想到什麼了。」

過了片刻，唐鈞回過神來，搓了搓手掌道：「青蓮師太所中之毒雖由香料混合而成，從呼吸而入，但其中基本含毒之物極可能與丘全等人施放的『神毛針』之毒是同一類型，只是施毒的方式不同而已……」天虛道長心繫天行道長的毒傷，忍不住插口問道：「這種毒有解藥否？」唐鈞想了一下，回道：「天虛道長，天下萬物，有陰便有陽，有虧便有盈，毒物亦復如此，有毒便有解，那有無解的毒藥？問題是此毒必須在三個時辰內找到解藥，否則便無救了。」

朱泛忽然想到，青蓮從中毒到死亡，算算也是三個時辰，難道她中的真是同樣的毒？

天虛道長道：「不瞞唐爺，我二師弟天行子在武當山也中了那個什麼『神毛針』之毒，但似乎沒有在三個時辰內喪命，現由其他師弟及丐幫朋友護著兼程趕來。唐爺，您說能不能救？」唐鈞聞言雙目圓睜，老眼不但昏花全退，而且射出精光，他一把抓住天虛道長道：「有這等事？天虛道長，你確信令師弟中的是同樣的毒？」天虛道長慘然道：「怎麼不是，我三弟、四弟中了相同的毒，都已命喪武當了。」

唐鈞道：「巧兒！等武當二俠到了，咱們要好好琢磨一下他何以能撐過三個時辰。要尋人尊這毒的化解之道，只怕天行道長身上的蛛絲馬跡能給咱們一些關鍵的啟發。」

唐鈞此言一出，雖然並沒有找到解藥，全體高手聽了精神皆為之一振，主要因為自從人尊及她的弟子一出現在中土，所施之毒所向披靡，讓中土武林人人自危，不知如何防禦，這時聽到唐鈞透露一線希望，無不感到振奮。

錢靜道：「諸位才到敝幫總舵，連一杯水酒都沒進，便熱烈討論了這許久。咱們且到大廳坐下，大家歇一口氣，進點熱食，邊吃邊談。只是咱這叫花子的窩，簡陋之處，尚請包涵。」

所謂大廳，不過是用木柱和竹子造的大場子，頂上加了個蓋；木柱上看得出刀斧之痕，粗大的竹子上竹節纍纍，顯然全是丐幫兄弟們自己動手，就地取材而建，雖然簡樸，但是打理得十分清潔，便覺粗獷中也有細膩之處。

大夥兒才坐定，廳外傳來一陣騷動，一個丐幫兄弟飛奔進來，向幫主一面行禮，一面報告：「伍護法和范青老爺子回來啦，還有武當二俠、五俠、易少俠……」錢靜、姚元達大喜，姚元達一面大聲道：「他們好快的腳程！」一面大步迎了出去。

過了一會兒，姚元達領著從武當來的眾好漢進了大廳，武當掌門人天虛道長搶上前去，一把抓住五俠道清子的雙手，哽咽道：「五弟，辛苦了。」

道清子早已欲哭無淚，指著易大川護著的軟薦，薦上躺著昏睡的武當二俠天行子，道：「掌門師兄，二師兄中毒，原只有三個時辰可活，小弟走頭無路，只好僭借掌門師兄的名義，開啟了神仙洞……現在二師兄身上劇毒被巨大的『外力』托住，暫無性命之虞，但除非能有解藥，二師兄便如……便如廢人。」

易大川上前拜見掌門人，哽咽道：「掌門師伯，三師叔、四師叔都死在毒針之下，凶手是點蒼的丘全和一個人尊的女弟子，名叫阿凡，弟子記得她的面貌。」

魔劍伍宗光見過了錢幫主，又見方冀等好朋友都到了，心中便是一喜。錢靜連忙介紹唐鈞祖孫，從武當日夜兼程趕到武昌的諸好漢，一聽三十多年不出江湖的唐門大老又復出了，人尊的毒只怕不能橫行霸道了，不禁都士氣大振。

錢靜介紹完畢，天虛道長轉過頭來，這才發現易大川的面色蒼白，左手不見了，他大吃一驚，問道：「大川，你的左手呢？」易大川沒有回答，只揮了一下半截手臂，傷口流血已止，包紮的白布上血跡已成黑色。

站在他身邊的范青便將武當山上遭劇毒偷襲的慘痛經過，以及爾後斬殺丘全和絕垢僧的情形敘述了一遍。當范青說到易大川以左臂擋住劇毒的「神毛針」，瞬間揮出兩劍，一斷己臂，一斬丘全人頭的過程，大廳中全場肅靜，眾人面上都流露出悲壯之色。直到朱泛按捺不住滿心的激動，大喝一聲：「易大川，好樣的！」全場立時有如春雷暴發，叫好之聲此起彼落。

丐幫弟兄及中土諸俠這段時間在防無可防的劇毒威脅之下，隨時都有莫名喪命的恐懼，造成大夥兒極度的心理壓力，這時藉著這一陣狂吼，大大發洩了胸中的鬱卒。

沒有人注意，大廳門口站著一個勁裝少女，從頭到尾聽了范青的敘述，噙著眼淚不停地鼓掌，直到朱泛看見了她，大叫一聲：「芫兒，妳來了！」

【第二十七回】人尊之毒

就在毒丸紛紛爆裂之際，人尊大喝一聲天竺語，三個天竺人就在「人尊之毒」布滿全廳之際，又從不同方位發出一批批淬毒暗器，這一回有鏢有箭，也有鐵菩提子、鐵蒺藜，還有毒針交叉射出，一時之間，丐幫的大廳中成了天竺毒物的天羅地網。

蛇山下兩江相會，天剛亮時，江面上船帆寥寥無幾。這是一個陰天，然而江上清風徐來，大浪不興，行船正是好時候。

這時有一葉輕舟緩緩停靠岸邊，船上走下來四個比丘尼，一色的皂衣，其中兩個皮膚黝黑，另兩個膚色稍白，看上去都非中土人士，但她們與船夫付資交談時，漢語卻說得流利。一個濃眉大眼的清瘦女尼對走在前面的年長女尼道：「師父，武昌到了，這是中土丐幫的總舵所在，也是中土武林盟主所在。」

那個師父長得慈眉善目，隆準纖口，雖然有些年紀了，仍然是個美人，她聞言微微點首，低聲道：「阿凡，這裡也是絕垢僧告訴妳天尊要和咱們會合之地？」阿凡道：「不錯，天尊師伯說不定早已先到了。」那師父對其他兩個女尼道：「莎夏、安密卡，妳們去四處留下記號，召阿帕和阿目莎來會合。」

這位「師父」帶著三個比丘尼登岸，而在襄陽毒殺青蓮師太的阿帕及阿目莎也已到了武昌。人尊和她五個徒弟已經到位了。

第二日，另一艘船從對岸的漢江口渡過來，船方靠岸，只見一個青衣大漢丟下一小錠銀子，也不要找錢，揹起一個老者，一躍落在岸上，如飛向蛇山奔去。這大漢背負一人，速度卻逾奔馬，遇到溝渠小溪，不是一躍而過，就是選擇幾個落點，幾個起落便飛越而過，簡直視崎嶇地形如無物，那一身輕功委實驚人。

這大漢一口氣奔到丐幫總部前，大聲喝到：「大漠金鎗柳橫報到，快請通報盟主！」

總舵內閃出伏龍舵的潘副舵主，一看來者是大漠金沙門的柳橫，連忙道：「柳大俠，快請進大廳，俺來帶路！」

大廳中，鄭芫正在向錢靜及方冀、朱泛等人報告應文大師父那邊的情形，對錢幫主和方軍師來說，最重要的消息是天尊和地尊的動向。天尊半月前仍在南京，現在可能已動身到武昌，目前有絕塵僧跟在身邊。地尊自去了嵩山一趟，潛伏於達摩祖師洞中數年之久，出洞後完全變了一個人，他的武學已究天人，人卻變得慈悲為懷、溫和有禮，如今他打算回天竺去修善行，但在此之前，要先去渡化一個「貴人」。接著，鄭芫便將和地尊的一段互動詳細說了。

大夥兒聽得一頭霧水，朱泛忍不住打斷，問道：「地尊在中土有貴人？他要渡化誰呀？」鄭芫微笑道：「我沒有問他，但我想我知道是誰……」她抬頭見所有的眼光都集中在自己身上，便正色道：「完顏道長！」

此言一出，大家先是吃了一驚，直覺得「這怎麼可能」，但錢靜、方冀、朱泛等人再一想，便覺鄭芫的猜測大有道理。方冀點頭道：「芫兒這猜測大有可能啊，地尊的武學能登峰造極，其淵源實來自完顏道長的『後發先至』，沒有『後發先至』就沒有傅翔的『洗髓功』，當然也就不會有地尊嵩山行的奇緣。追根究柢，地尊的奇緣實源自他與完顏兩人在『御氣神針』與『後發先至』這兩大絕學之間的互爭互進，是以完顏道長無意中成了地尊的『貴人』，確實說得通。但完顏又有什麼需要他老兒來渡化的？這就不懂了。」

鄭芫搖頭道：「我也不知。但想來或許這兩個老兒大戰好幾回，知彼的程度已如知己了，說不準完顏道長的武學中還有什麼過不去的地方，地尊可以助他一臂之力呢。」

大家聽了，都覺鄭芫異想天開，方冀搖頭道：「地尊主動要助完顏一臂之力？芫兒這想法太玄了吧。」鄭芫沒有回答，心裡卻在想：「你們沒見到地尊現在的樣子，自然覺得我胡思亂想，咱們等著瞧。」她轉向錢靜，低聲道：「還有一事，想借一步私下報告盟主。」錢靜不動聲色，只點了點頭，便起身走到廳外另一間小室，鄭芫跟著她走進去。朱泛也跟上，進了屋就關上房門。

鄭芫待錢幫主坐定，壓低了嗓子，顫聲道：「盟主，南京的丐幫裡出奸細了。」錢靜心中對此事已經有譜，石世駒早向她報告了，但她表面上只睜大了眼，沉著地問：「怎麼講？」

鄭芫便將天尊弟子少林叛徒楊冰如何用丐幫的秘法收迎鴿子，盜取從少林傳來的信息一事，向錢靜報告了。錢靜暗忖道：「鄭芫的說法與南京報來的訊息差不多，世駒倒沒有隱瞞什麼。」她點了點頭道：「妳對南京的情形十分熟悉，依妳看，奸細是誰？」鄭芫道：「不敢說。」

錢靜道：「只在此室，不入六耳。」朱泛鼓勵她說：「芫兒便用猜的，幫主自有定見。」鄭芫道：「南京熟知迎放飛鴿的，除了阿鵰，最常幫忙操作的就是黑皮。」錢靜點頭道：「世駒已報知此事，還好黑皮只去過浦江鄭義門鎮外的農舍，在京師平日幫忙放放信鴿而已，對大師父的事應不知情。我交代世駒和阿鵰什麼事也不要做，只要盯住黑皮就好。」

鄭芫道：「什麼事都不做？」錢靜見她睜著一雙又大又圓的黑眼珠，一臉不敢置信的樣子，模樣十分可愛，忍不住微笑，然後正色道：「不錯，什麼事都不要做，就當這些事沒發生，咱們什麼都不知道。」鄭芫不解道：「這樣做，豈不任奸細消遙法外？」

錢靜笑道：「這樣做好處多多；第一，咱們守株待兔，看他還會玩什麼花樣，少林寺那邊是否有什麼內應？第二，他若再有動作，咱們可以抓個人贓俱獲，叫他死而無怨，叫大夥兄弟不生疑心……」鄭芫道：「他若從此沒有動作了呢？」錢靜想了一想，然後面對朱泛道：「那他從此都是丐幫的好兄弟。」

鄭芫聽得一驚，朱泛卻已聽懂了，他暗忖道：「乾娘教我的是，抓重放輕、抓大放小，除非咱們的安全上出了問題而必須斬草除根，否則看緊一些就好。黑皮多年來是丐幫的好弟兄，便給他一次機會。咱們幫裡的大事照辦，該行俠仗義的照樣幹，不輕易放過大問題，卻也不輕易為已經掌控的問題節外生枝，則幫務不停、弟兄不疑。乾娘這才是大幫的領袖之風。」

這時大廳中一片嘈亂，錢靜和朱泛、鄭芫連忙回廳，只見大漠金沙門的柳橫揹著一個老者大步進來，入廳就大喝道：「秦掌門中毒了，誰能救他？」原來他背上正是金沙門的掌門人秦百堅。柳橫接著氣急敗壞地道：「秦掌門傷在天竺『人尊之毒』下，那人尊及她的弟子暗算得手，撂下一句話：『三個時辰見閻王，咱們不陪了。』便揚長而去，囂張之極！」

在眾人驚呼聲中，柳橫將秦百堅平放長桌上。唐鈞上前道：「老夫唐鈞，讓老夫瞧瞧。」柳橫一聽到「唐鈞」兩字，大叫一聲：「有救了……」便一跤跌坐地上，原來他從下船到入廳，一路全是用十成輕功揹著人狂奔，此時一聽唐鈞到了，一個放鬆，一陣狂喜，竟然累到撐不住了。

唐鈞和巧兒仔細察看秦百堅的臉、眼、耳，用一支筷子撬開緊咬的牙關，察看了舌頭，又解開他的衣襟，檢查了胸前，只見他左頸上中了兩根牛毛金針，喉節正中央也中了一支，插得較深，顯然因為毒發太快太猛，柳橫不敢拔出，反而讓唐鈞有仔細察看傷口的機會。唐鈞伸手，巧兒遞過一方染了大片藍汁的白絲巾，唐鈞屏氣將秦百堅喉上的金針拔下，在鼻頭聞了一下，放在那白巾的藍漬上，然後用兩指隔巾捏著搓揉了片刻，那支金色細針的前半節竟然成了粉紅色，鮮豔無比。

唐鈞微微點了點頭，抬起眼來看柳橫時，雙目透出慘然之色，過了一會，終於開口對柳橫說：「秦百堅中毒有多少時間了？」柳橫想了一想，道：「快要三個時辰了。」唐鈞搖頭道：「沒有救了，喉頭的那一支毒針太傷了。」

柳橫抓著秦百堅的手大慟，唐鈞悄悄和方冀打了個招呼，便和巧兒三人走到廳外的小房間中。巧兒帶上了房門，唐鈞道：「老夫細查了武當天行道長、恆山青蓮師太及金沙門秦百堅的身體，其中尤以天行道長的情形最為特別，竟然有人可以外力將劇毒逼在丹田，這力道居然持久不退，這事實在想不通。但我比較所有的觀察，有了一些想法，想和方先生及巧兒琢磨一下，看看是否可行。」

方冀的醫術和藥理在武林中早已成名，唐鈞也久聞其名，這時三位醫、藥、毒的頂尖高手關室密商，想要在「人尊之毒」裡找一條出路。方冀道：「唐老爺子乃毒物大師，您先講您的想法，方某再從醫藥方面略陳粗見。」唐鈞道：「方先生不要過謙。依老夫觀察所得，人尊這毒最可怕之處，不在毒性之劇，而是發作之快。」

方冀聞言，忍不住擊節讚道：「唐老爺子一句話便講到問題的核心了，此毒全因發作得快，中毒後立時失去戰力及自我保護力，才會如此可怕。」

唐鈞道：「不錯，中毒者不能運氣抗毒，旁人若要從外部施救，十分中連二分功效都沒有。」他說到這裡，話鋒一轉道：「是以在找到解藥之前，老夫心想如果咱們能配製一種藥，可以延緩毒發，讓中毒者有時間逃生，有時間運功抵抗，那豈不是將『人尊之毒』殺傷力減了一半？」

方冀道：「好主意！」巧兒喜道：「爺爺，您的『睡眠樹』……」

唐鈞將那不離手的竹籃放在桌上，籃中有三個小花盆，他指著左邊的一盆，盆中栽了一棵墨綠色的厚葉植物。巧兒道：「這就是『睡眠樹』，爺爺培植十年才長那麼大。」方冀道：「願聞其詳。」唐鈞道：「這『睡眠樹』的葉汁是一種奇毒，進入身體之後，會讓人昏昏欲睡，一旦睡著便一覺不醒了，任你想什麼法子都無法弄醒，通常睡過一個對時便死去，有的人拖得久些，但至多兩晝夜還是會死。這乃是老夫精心培植的慢死毒藥。」

方冀猛然想起長在神農架山坡上的小白花「三疊白」，用那花製藥也能讓人昏睡，不過「三疊白」是一種長效的麻醉藥，如調配得當，藥性過了便會甦醒；這『睡眠樹』聽來是讓人昏睡致死的毒藥。所相同處，乃是都能讓人昏睡；不同處，是一種會醒，一種不會醒。他想了一想，對唐鈞道：「從藥理上看來，這『睡眠樹』的樹葉中一定有一種成分，能使人的各種生機漸漸變慢，慢到最後便停止了。唐老爺子可是想利用此一性質，來延緩『人尊之毒』的發作速度？」

唐鈞笑道：「老夫這點想法，如何瞞得過小諸葛方冀？只不知這份延緩毒發的安全劑量、方劑之學如何，以及如何施作等等，便要請方先生一道來合計合計。咱們沒有多少時間了，老夫估計人尊應該已經到武昌了。」

方冀道：「唐老爺此計可行，但要徹底瞭解『人尊之毒』的運作機制，才能配出對毒下藥的解方，現下時間緊迫，咱們那有工夫細探毒藥施於人體的細部作用，只好先調配一個延緩劑，擋它一陣再說。這個嘛，方某倒是有些經驗的。」心中暗忖道：「這毒如此霸道，時間又如此緊迫，配製延緩劑或解方，得有人以身相試才來得及……」他沉吟了一會，似乎下了個決心，喃喃道：「我要飛鴿傳書到浦江，請章逸立即趕來武昌。」

方冀在小木室中和唐鈞、巧兒苦思「睡眠樹」的方劑，已經好幾個晝夜不眠不休。他知道神農架的「三疊白」雖也有緩慢生機的功效，但作用太慢，對「人尊之毒」來說緩不濟急；而唐鈞培植的「睡眠樹」葉反應雖快，卻是一劑危險的毒藥，如何找到適當的劑量，煞費心思。

經過徹夜未眠，唐鈞年紀大了便去小憩。方冀問巧兒：「妳爺爺有沒有拿……拿什麼活的東西試過這毒藥？」巧兒答道：「有一回爺爺牽一頭大牯牛來試，那牛怕不有一千斤，爺爺逐漸加量，最後用了一整片葉子才讓牠昏睡過去。」

於是方冀先將用量減到十分之一片樹葉，又配了其他三種草藥，用意在制衡藥性，而且也都是解毒佳品，只要能延緩「人尊之毒」的發作，這些搭配的藥物便多少能發揮一些抑毒的功效。

方冀摘了一片睡眠樹葉，調配製成第一批藥。他將藥粉溶在一斤白酒中，施藥的方法累他想了半夜，最後決定就將藥酒直接外用：一中「神毛針」就立時拔掉，在中針處淋上藥酒，希望能立時緩和「人尊之毒」的發作時程。

忙了一整夜，所配之藥也不知是否有效，方冀帶了一小瓶藥酒走出丐幫總舵，沿著蛇山下的樹林走向江水。他心中憂煩重重，武昌這邊即將有場大戰，決定勝負的先決條件在於如何頂住人尊的施毒，但對自己調配的藥效究竟如何，一點把握也沒有，甚至有被過量的「睡眠樹」害死的可能性，思之實在煩惱。這一路林木茂盛，山勢險峻，更兼清風迎面，一夜未眠的方冀不禁精神一振，不自覺地愈走愈快，來到一處僻靜的江邊。

那江邊四處沒有人家，不遠處卻有一間土地廟，顯得有些突兀。方冀正要走近看看，忽然聽到一陣武林中人迎風疾走的特殊聲響，他便立在一塊岩石後暫避一下。果然呼的一聲，一位皂衣比丘尼從樹叢頂端躍下，飛快奔向那土地廟，這時土地廟中也走出一位比丘尼，看來兩人都是天竺女尼。

方冀吃了一驚，看那兩人年紀甚輕，暗道：「人尊的弟子。」只聽那從樹叢躍來的女尼道：「阿帕，我看到師父留下的暗記了，她已到達此地，師妹們留了地標，讓咱們快去會合。」另一女尼喜道：「師父終於到了，這下好，咱們兩人雖然成功毒殺了青蓮老尼，但現下在對方的總舵附近落單，總是提心吊膽，睡也睡不著。」

方冀聽聞這兩個年輕女尼便是殺死青蓮師太的凶手，不禁怒火升起，心中忽然閃過一個意念：「我何不利用這兩個女尼試試我配製的新藥？」這念頭方才升起，立刻化為不可抑止的欲望，暗道：「我以身試毒，當然有危險，但這緩毒劑是我親手配製的，如果連我都不敢試，難不成來日決戰時，要咱們這邊的弟兄糊里糊塗上戰場試毒？」

他想到這裡便下定決心了。這原是明教弟兄的行事作風，啥事頂多想兩遍，人考慮難事通常在想第三遍時變心。方冀雖然絕不魯莽，但也絕不想第三遍。他見那兩個天竺女尼要走，便唰的一下跳了出來，站在江灘的中間，冷冷笑道：「妳這兩個尼姑在送青蓮師太的檀香佛像上抹了什麼香料，能不能給老夫瞧瞧？」

阿帕和阿目莎嚇了一跳，一齊停下步來，阿帕道：「你是誰？不懂你說什麼！」問完反而一齊回身，往那土地廟奔去，一進入便將廟門緊緊關閉，似乎廟中有什麼事物絕不能讓外人看見。方冀暗吃一驚，快步趕上前去，雙掌推出，隔空將那兩扇殘破木門推開，一間八、九尺見方的小廟中竟然空無一人。方冀是老江湖了，立時預知馬上將有攻擊來自上、下兩方，於是他大袖一揮，反向疾退。

果然，兩個比丘尼一人從橫樑上攻出，一人從香案下攻出，這兩人對聯手偷襲似乎訓練有素，這一上一下的突襲配合得天衣無縫，最厲害之處在於完全出乎入門者之預料，任何人入門遇此情形必然一怔，狙擊者爭取的就是這一剎那的遲疑；是以方冀雖然飛快地向後倒縱，一把細如牛毛的金針已經射到眼前，同時另有兩粒黑漆漆的小丸子直射顏面。

方冀正施出鬼蝠虛步待要疾閃，那兩粒丸子突地「啪」的一聲同時爆開，丸中之物混合後形成一片毒霧，離方冀前額不過半尺。混亂中他雙袖亂舞，內力暴發，但頸上仍然中了一針。那兩粒丸子爆開後，一股檀香氣味迎面而至，方冀心中有數，既已聞到香味，毒氣已然吸入。

方冀一生指揮明教在武林中爭鬥，在戰場上抗元，大小戰役無不料敵於先機，想不到在這小小土地廟中，竟著了兩個年輕天竺女尼的道兒，心中之怒可想而知。他飛快打開一個小瓶，其中一半藥酒倒在頸上中針之處，另一半倒入口中咽下，然後猛吸一口氣，急切間無法細察體內反應，但已確知一口真力並未散去，他心中一陣狂喜，暗道：「『人尊之毒』

的發作被延緩了！」但是他仍然一個踉蹌，坐倒地上。

那兩個天竺女尼見金針及混合毒氣雙雙奏效，對望一眼，面有喜色，其中一個圓臉的道：「阿目莎，妳快去收拾好龍王，師父在等咱們去會合，不能再耽擱了。」阿目莎道：「阿帕，大龍還沒吃完大餐呢。」

方冀坐在地上，等待的也就是敵人這瞬間的鬆懈，只見他將十成內力及數十年的武學、經驗化成了兩記致命的殺手，一劍一掌分擊兩個天竺比丘尼，劍是明教教主的「乾坤一擲」，拳是明教西天王白抑強的「大摔碑手」。只聽到兩聲尖叫，阿帕被一支短劍穿心而過，阿目莎被一拳打折背脊，雙雙倒在地上。這兩人施毒功夫一流，武功也相當高強，竟也同樣因為變化完全出乎意外，一瞬間的疏忽而慘死方冀拳劍之下。在兩人的經驗中，方冀中毒針又吸毒霧，既已倒下，應該已是個死人了。

方冀不理倒地的女尼，直奔進入土地廟探個究竟，一進廟門，看見香案腳上盤著兩條五彩怪蛇，其中一條盤在香案上下遊走，另一條正在進食，而牠吞食的竟是另一條略小而活生生的黑蛇，那情景十分可怕。方冀聞到一股檀香味，似是發自那兩條怪蛇，接著便開始感覺暈眩，他知道自己所中之毒雖經延緩，現在開始有感了。

於是方冀在牆角盤膝坐下，暗忖道：「藉著唐鈞和我配製的延緩藥，『人尊之毒』的發作較為緩慢，我便可以將毒發後身體中每一個細部反應和感覺記下來，這些資料對唐鈞配製解藥至為重要。」他掏出紙筆，開始振筆疾書。

這時，廟外傳出了腳步聲，而夾在腳步聲中，方冀聽到另一種嘶嘶咻咻的微弱聲音。他一面感受身體的變化，駭然發現又有一條奇形異色的怪蛇遊了進來，那蛇長約三四尺，蛇身底色黑黃相間，但頭及頸環處有半尺多的暗紅，最詭異的是舌信特長，一吞一吐之間長達一尺，而且呈現烏青之色。牠緩緩遊動，舌信的吞吐及顫動卻是靈活快速無比。牠毫無猶豫地遊到香案上，伸舌四探，一副旁若無「蛇」、派頭十足的模樣，似乎完全沒有將原來盤在香案的兩條怪蛇放在眼裡。

那兩條天竺怪蛇似乎有些顧忌，便讓出一些空間來，這長舌蛇竟然伸頭吐舌噴氣，直侵盤在案腳上的蛇首。那怪蛇忍無可忍、張口便咬，兩蛇互咬了一口，各自閃開。只見那天竺怪蛇一陣劇烈扭動，竟然從香案腳上鬆落，立時死在地上；而那條長舌蛇依然舌信狂吐，精神似乎更好。

另一條正在吞食活蛇的天竺毒蛇見狀，想要攻擊也不是，逃走也不是。一陣慌亂中，那吐長信的毒蛇毫不客氣地在牠頭上咬了一口，遊開一步，望著那條天竺蛇痛苦扭扎了幾下，就一動不動地死了，只牠口中被吞了一半的黑蛇卻仍活著，半截蛇身及蛇尾不住扭動，那情形十分詭異而恐怖。

這時廟門口傳來一句人聲：「小花，你又打野食了？」只見廟門邊不知何時進來一個小伙子，一身破爛衣衫，像是一個小叫花。他皺鼻吸一口氣，道：「好濃的檀香氣味，難怪小花樂瘋了。」

方冀睡意愈來愈深，急將毒發的感覺及對全身經絡氣脈的影響一步一步記錄下來，偏偏愈來愈撐不住了，這時見到異蛇相齧的一幕，接著門口出現了「勝利者」的主人，他想起傅翔和阿茹娜曾對他說過的往事，便鼓起餘力喊道：「你……你是巴根……」

巴根嚇了一大跳，這才發現牆邊還坐著一個人，連忙退了兩步道：「你是誰？外面兩個尼姑是你殺的？」方冀無暇細說，直接道：「我……傅翔的師父……」巴根喜道：「你是方師父？」方冀道：「我是，我快死了，這一卷紙、蛇、經書，快送到丐幫……丐幫總舵……千萬……」巴根叫道：「你不會死，我去找阿茹娜姐姐……」

方冀睡意已濃到撐不住，隨時便要昏睡過去，但他知道只要一睡下去，便永遠醒不來了，他想張口說話，肌肉已經不聽指揮。昏沉之中，這一生的某些片斷忽然一一出現眼前：一會兒出現初入明教時年輕的自己……忽然年輕的臉變成了章逸……一會兒又變成奮力擲出「乾坤一擲」的一剎那，他大叫：「朱元璋，明教索命的來了！」……那支藍汪汪的短劍「噗」的一聲，卻刺穿了天竺女尼阿帕的心臟……南河到漢水的木船上，擠在一塊兒的採藥客老李忽然出現了，他說岩壁後面有一片草坡，就在那兒長了一種三重瓣的小白花……管它叫做三疊白……草坡上兩個孩子一前一後跑過來，女孩叫：「方夫子，走慢一點，我跟不上。」……男孩說：「芫兒，我來牽著妳。」……

這些浮光掠影一晃而逝，最後揮之不去的是一個背影，那背影身高膀闊，英挺之中帶有沉著正直之氣……是傅翔麼？……沒有回答，也沒有轉身……傅翔，是你麼？……那背影轉過身來，正是傅翔……於是方冀終於撐不住了，他用盡力氣發出蚊鳴的小聲：「量減半……總舵……」然後便昏昏睡去了。

巴根認真地聽著，重複說了一遍：「量減半，總舵。」

這時廟外傳來呼聲：「巴根，你在那裡？」巴根衝出土地廟，只見來人正是傅翔，他指著地上兩個女尼的屍首道：「這兩個天竺女尼是誰殺的？」巴根搖頭，口中仍重複道：「量減半，總舵。」傅翔道：「你說什麼？什麼量減半？」巴根指著廟裡道：「方師父說的，方師父死之前用很小的聲音說的。」傅翔聽了大叫一聲，飛快地衝進土地廟，一把抱住師父。

∞

章逸日夜兼程趕到武昌時，方冀以身試毒的消息已在丐幫總舵傳開，天下各路高手無不滴下英雄淚。傅翔和鄭芫更是如喪考妣，從盧村受教於方夫子起，方冀對兩人如師如父，後來得知方冀乃明教英雄，兩人心目中更是崇拜不已。對章逸來說，方冀不僅是少年時的偶像，也是生死與共的奮戰夥伴，這時見他為取得配製解藥之秘而犧牲己命，更是又欽佩又悲慟。而其中最沉重的眼淚，卻是錢靜滴下的兩行老淚。

大夥坐在大廳中，錢靜拭淚道：「方軍師配製『人尊之毒』的延緩劑，以身試毒，義薄雲天，其死也重於泰山，我武林永感恩德。」少林寺方丈無為大師合十道：「此乃我佛割肉餵鷹之大慈大悲也。」

唐鈞長長嘆了一口氣道：「方先生與老夫神交已久，始終無由相見，三十年後居然有緣相識，共同研究如何對付『人尊之毒』，卻不料他以身試毒，先走一步。從方先生所留毒發後的詳細紀錄，可知咱們配製的延緩劑確有功效，唯劑量及君臣佐藥須再調整，因為讓方先生送命的，便是老夫培植的以毒攻毒之毒——『睡眠樹』。老夫拚了老命，也要在明日之前重新配製好安全的延緩劑，先將『人尊之毒』所向無敵、最可怕之點擋住，讓老夫可以再細思破解之道，否則如何對得起方老弟的犧牲？」說到這裡，他老淚縱橫，巧兒連忙為他拭淚，低聲安慰。

錢靜道：「如今章逸、完顏道長和傅翔來到，咱們這邊戰力大增，就算天尊、地尊一道來襲也不怕，道長有何指教？」

完顏道長道：「老道士懶得花腦筋，凡事唯傅翔馬首是瞻。不過剛才唐老兒說到配藥，又是毒藥又是解藥的說了一大堆，方冀雖然死了，留給咱們的東西可不少：方冀死前的紀錄、怪異毒蛇的屍體、兩個女尼身上搜出的毒針和爆破丸子，還有那一口就咬死天竺怪蛇的蒙古怪蛇……唐老兒，夠你去研究了。我老道推薦兩個人協助你，保證比得上方冀復生呢。」

唐鈞聽了大喜，忙道：「是那兩位方家能助老夫一臂之力？太好了！」完顏道長道：「便是傅翔和阿茹娜，傅翔已得方老兒醫藥的真傳，阿茹娜是燕京城有名的烏大夫，抓藥配藥是她看家本領。」

唐鈞道：「道長說得不錯，從方先生拚死記下的情形看來，這『人尊之毒』應屬極為罕見的蛇毒雜配而成。巴根小弟這條蒙古『大漠石花』也是世所罕見的毒蛇極品，老夫原以為已經絕種了。聽巴根說小花遇上那兩條天竺異蛇，一口便咬死了一條，小花自己也被咬了一口卻完全沒事，『人尊之毒』的解藥只怕就落在巴根的小花身上呢。」

巴根聽了喜得掏耳抓腮，小花在丐幫總舵天下各派高手面前揚名露臉，讓他十分有面子。

盟主錢靜見該到的都已到場，便站起身來，先對長桌上各門派諸高手作了個團揖，接著道：「各位武林前輩先進接了敝人的飛鴿傳書，不遠千里趕來武昌，共赴大難，錢靜先在這裡謝謝了。」眾人齊道：「盟主有召，豈敢不到。」

錢靜續道：「這次天竺武林傾巢而出，天尊、地尊之外又來了一個毒王人尊，人還沒有正式現身，中土武林已經折損了崑崙掌門飛雲大師、恆山掌門青蓮師太、華山掌門聖劍何定一老爺子、武當的三俠四俠、大漠金沙掌門秦百堅、明教軍師方冀七大高手，外加武當二俠天行道長至今中毒不能動彈。雖然咱們也幹掉對方峨嵋掌門百梅師太、點蒼掌門丘全、天尊首徒絕垢僧，加上方軍師今日除掉的兩個人尊徒弟，一共五個高手。但咱們中土方面的損失，可謂百年來前所未有之巨大，接下來的雙方大戰，亦將是武林百年來第一大戰。本來運籌帷幄、決勝於外，是方軍師的專長，如今方軍師不幸以身試毒，為武林犧牲了，但咱們打這場大戰豈能沒有策略計畫？諸位先進有何見教？」

天虛道長和無為方丈略一商量，兩人點點頭。天虛道長道：「貧道推舉一人，可為咱們整體籌劃，便是章逸。」

他話聲才了，衡山派的掌門莫君青大聲叫道：「好哇，章逸這個錦衣衛嗯啊厲害得緊，方冀那一回在武當告訴我，說這傢伙胸中藏有千百計策。嗯啊，這回方冀走了，便由章逸來策劃策劃，嗯啊，好啊。」

章逸嚇了一跳，一抬頭便碰上錢靜鼓勵的眼光，但這場大戰後果委實無人能擔得起責任，便不禁有些猶豫，這時鄭芫紅著眼睛過來握住他的雙手，道：「章叔，你要為方師父復仇。這一仗咱們不能敗，就算打不贏也不能亂，要靠你全心規劃。」

章逸忽然被感動了，一時之間勇氣百倍，用堅定的目光回望錢靜。錢靜大喜道：「咱們就請章逸任軍師，今日午夜之前大夥再會於此廳，屆時章逸提個作戰計畫，唐老爺提個禦毒的辦法。咱們先散會歇一歇，丐幫弟兄上茶酒待命。」

唐鈞和巧兒仔細檢查了所有資料，包括毒針、毒氣丸、毒蛇、中毒者的外觀，最重要的當然是方冀拚了一命記下的中毒後體內的變化。他是醫藥的大行家，自己體內最細微的變化都能感應到，並精準地記錄了下來，這給了唐鈞極大的啟發及幫助。

唐鈞看完這一切，閉目苦思了兩個時辰，終於決定兩件事：第一，他將方冀配製的延緩劑重新配方，除了按照方冀臨終時的建議，將睡眠樹的份量減半，另外又加了兩種唐門針對蛇毒的獨門解毒藥，雖對「人尊之毒」不能對症解毒，但對於已經被睡眠樹滯緩下來的蛇毒，應該有減弱毒性的效用。配方確定後，巧兒和阿茹娜便忙著配製了一百人的用量。

第二件事，唐鈞找巴根來，請巴根將小花的毒液取出一小杯備用，而他和巧兒則小心翼翼地擠出阿帕及阿目莎養的兩條蛇屍中的餘毒，混合後仿製「人尊之毒」。擠弄那條口中還有另一條吞了一半的蛇屍毒液時，著實十分噁心，唐老爺和巧兒面面相覷，難以下手，多虧丐幫弟兄中玩蛇的老手來動手才得搞定。然後唐鈞就和巧兒鎖起門來，做各種試驗、調配、再試驗……唐門的弄毒手段花樣百出，便不足為外人道了。

子夜將臨，武昌丐幫總舵裡燈燭通明，夜無人眠。這時大夥陸續進入那間簡樸的大廳。大漠金鎗柳橫和魔劍伍宗光走在一起，伍宗光道：「貴掌門人百堅兄是條鐵錚錚的好漢，可惜竟被這天竺來的鬼毒害死了，實在可惜啊。」

柳橫道：「上回武當盟主之爭後，掌門人和俺著實檢討了一番，覺得當此天竺武林威脅中土之時，執著於過去和華山的宿怨，實有些不識大體。百堅和你老兄一戰後，對伍兄的魔劍更是讚不絕口，更承盟主不見外，召集令也送了一份到敝門來，咱們就決心響應加盟，立即星夜兼程趕來。不料出師未捷身先死，不但百堅掌門人中毒送命，連華山聖劍何老爺子也遇難了。我柳橫是當年金沙華山失和的始作俑者，真是情何以堪，過何以補？」

伍宗光安慰他道：「金沙門能不計前嫌趕來加入大夥，咱們是感激不盡，這正是武林中大是大非的正氣。死者已矣，咱們還有得拚的。」

大夥就位後，盟主錢靜帶領章逸走了進來，卻不見唐鈞的人影。錢靜宣布開會，先請章逸說他擬的大戰略。

章逸站起身來，先向眾武林前輩行了一禮，接著就開始侃侃而談他的計策：「諸位前輩，今日大家面對的大敵人數雖不多，但卻是天竺武林最頂尖的人物傾巢而來，由天尊、地尊、人尊領軍，天、地尊有絕塵僧、阿蘇巴、新都魯和沙格這幾位武功高強的弟子，人尊則有阿凡等三個會施毒的女弟子。在下思考咱們的大戰略，應分為三部分：第一是與天、地、人三尊者對決的部分，第二是與三尊子弟對抗的部分，第三則是萬一我方敗陣時的應變計畫。前兩者是進攻之道，後者是未慮勝先慮敗的意思。主要因為『人尊之毒』難以預測，咱們不能一敗而亂，一亂而潰。晚輩先提這個大方略，請諸位前輩指教。」

這個大方略眾人皆稱善，並無異議，章逸便接著道：「至於執行的方案，在下和幾位前輩商量過後，已呈盟主過目，如何分派任務要請盟主下令。」

錢靜道：「如果這個大方針各位都贊成，錢靜便斗膽分派任務了。天尊、地尊、人尊三人交由我方傅翔、完顏道長及唐老爺子與之對決。我方另組成一個九人團隊，對應天竺三尊的七名弟子，由武當天虛道長率領，包括道清子、莫掌門、柳橫、章逸、姚護法、伍護法、范老爺子及朱泛，九人如何分工，便由天虛道長和諸位自行商定。

「少林寺無為方丈率領羅漢堂十八羅漢為第三組人馬，在旁監視敵人，除了支援我方之外，最重要的任務為萬一我方在前兩陣失利之時，少林高手要以羅漢陣困住三尊，爭取時間讓我方撤退，這是說最壞的情形。至於實際情況，我方前兩陣即使敗陣也不致覆沒，應仍有餘力可以轉進牽制對方。撤退之時，儘快退入蛇山下第一號山洞，咱們已事先在洞外重點布毒。最後，總舵由我錢靜坐鎮，請阿茹娜協助運籌，鄭芫護衛總舵。還有巧兒，巧兒要負責擔任我方毒戰方面的幕僚。」

錢靜照著章逸擬定的計畫，一口氣說到此處，停下來環目四顧，見眾人有的點首沉思，有的鼓掌稱善，沒有一個人有不同意見，不禁對章逸的規劃能力暗自讚佩。

終於，少林寺的首席羅漢無嗔大師開口問道：「上回中土與天竺在武當山爭盟主時，便是由完顏道長鬥地尊，傅翔戰天尊，結果咱們是一平一負。這次可否用不同的打法？」錢靜道：「願聞其詳。」無嗔道：「譬如說，由少林羅漢陣先與天尊鬥一鬥，要分勝負恐怕也不是幾百招內的事，這時就可集合完顏道長及傅翔兩人之力，全力先將地尊斃了，再回來剿天尊，如此可好？」

眾人之中立刻有人贊成叫好。錢靜微笑道：「這事咱們也想過，今午和完顏道長及傅翔商量了，認為行不通。至於原因，請章逸來說說。」

章逸道：「這都是幾位前輩先進的意見，俺只是綜合著說說。武林高手向來只重一對一對決，除非練熟了群戰的陣法如羅漢陣，一般而言兩個人合戰的戰力並不能加倍，多人戰一人，有時還會發生相互干擾的情形，除非有極佳的群戰默契。我請教過完顏道長：『若是天尊、地尊合力與您決戰，情況會如何？』完顏道長說：『貧道還是完顏不敗！』」

完顏道長在對桌提出修正：「章逸，我是說一千招內，我還是完顏不敗。」朱泛忍不住插口問道：「一千招以外呢？」完顏哈哈大笑道：「一千招一到，我老道抽個空便開溜了，天尊、地尊兩人的輕功能相加麼？」朱泛大喜拍手道：「走人不算敗，一千招外您老人家還是完顏不敗。」眾人都笑了。

無嗔大師數十年都浸淫於天下最複雜、最講究默契的陣法之中，從來沒有想過這層道理，聽了章逸和完顏道長的話後，猛然省悟：「十八羅漢陣即使發揮到極致，除了某些特殊狀況外，也沒有十八個高僧武功相加起來的威力。反過來說，十八羅漢陣同時打三尊，說不定比打一個天尊更見功效呢。」他想到這裡，喃喃地道：「聽章逸一席話，勝讀十年書啊。」

這時大漠金沙門的柳橫發言了，他對著武當天虛道長道：「道長，萬請將人尊的弟子交給我柳橫，我要為掌門人百堅兄報仇。」朱泛也發言道：「天虛道長，朱泛也要為沙九齡報仇雪恨。」

天虛道長點頭道：「咱們九人分為兩組，貧道、道清師弟、柳金鎗和紅孩兒一組，莫掌門、伍護法、章逸、姚護法及范老是另一組，分別以三個施毒比丘尼及四個天地尊弟子為對象，好好鬥他們一鬥。」

完顏老道忽然唱了一句戲詞：「萬事皆備，只欠東風。」唱的竟是陝西的秦腔，高亢震人心弦。

就在此時，唐鈞帶著巧兒走入大廳，後面還跟著巴根。唐鈞道：「完顏道長，你欠什麼東風啊？」眾人見到唐老爺子面帶微笑地進來，懸在半空中的心都放下了一些。

唐鈞先對錢靜施了一禮，然後道：「有勞諸位久候了。老夫苦思、苦究及苦試了多次，現在將一些所得向盟主報告，向諸君說明。第一，『人尊之毒』並非無解之毒……」他才說了一句，大廳中就爆出一陣掌聲及叫好聲。只因「人尊之毒」一出手，中土武林高手望風披靡，大家口中不說，其實心中都有極大的陰影，這時聽唐老爺子說「人尊之毒」並非無解之毒，便再也忍不住振奮起來。

唐鈞續道：「老夫已配製了相當安全的延緩劑，各位可帶在身上，如果不幸中了毒，不論是毒氣或是暗器，立刻將此劑內服或外敷，便能延遲『人尊之毒』的發作速度。這延緩劑本身也是毒物，不過中這延緩劑本身之毒，猶有十個時辰可服我獨門解藥，是以諸位可放心施用。有此劑在身，就不致如先前的幾位先進，一中毒便失去抵抗力。」

唐鈞見眾人點頭表示理解，便續道：「至於『人尊之毒』的最終解藥，則從巴根小友的一條異蛇身上找到了答案。」

此言一出，眾人又是大聲叫好。巴根站在阿茹娜身邊，笑嘻嘻地舉起右臂，手上盤著小花，咻咻地不停吐著長信，眾人看了，有的覺得可怕，有的覺得可愛，驚呼之聲此起彼落。巴根樂得臉漲緋紅，口中不斷向大家介紹：「牠名叫小花，牠便是小花！」

唐鈞道：「這小花的毒液中不僅含有可解『人尊之毒』的成分，小花之毒本身又是人尊培養出來的兩種怪異毒蛇的剋星。天生萬物，一物剋一物。人尊雖然人工培育出奇毒的毒蛇，料不到天網恢恢，蒙古野生的『大漠石花』竟然是其剋星。大家要感謝的是，巴根小友居然從小養了一條小花，親近得緊呢。」有人聽得有趣便笑出聲來。

唐鈞續道：「但咱們只有一條小花，要花些時間才能取得足夠的毒液，配製成解藥，讓大夥都能隨身攜帶。另外，各位飲水飲食請全取自此廳中，丐幫有兩位舵主全時監視廚房，確保安全。交戰時，對方如施毒霧，必定是兩種毒物當場混合，例如兩粒泥丸內分藏兩蛇之毒，到時突然爆開，兩者一混合後，立時產生『人尊之毒』的霧狀小液滴。各位如果及早擊毀或沒收其中一丸，便可保安全。

「最後，章逸的第三案，萬一咱們拚戰失利必須撤退，老夫已備了三種唐門的毒藥，布在蛇山一號洞前，要請對方也嚐嚐中土的毒物好吃不好吃。」眾人又是鼓掌叫好。唐鈞作了個揖，轉身對錢靜道：「至於人尊本人，盟主派得好，就由我唐鈞來和她一對一鬥鬥，瞧瞧誰最毒！」

這時，一個年紀不到二十的丐幫兄弟驚慌失措地奔進大廳，報告道：「咱們蛇山下的水井被兩個天竺人下毒了，一個是虬髯漢子，一個是比丘尼。他們在下毒時，丁舵主正好帶著黃兄弟還有我在巡察，一場拚鬥後，丁舵主及黃兄弟先後中了比丘尼的毒，然後被虬髯漢子打得吐血而亡。是丁舵主冒死護著我沒中毒，才能逃命來報訊……」說到這裡，便嚎啕大哭起來。

姚元達喝道：「小邱，你先不要哭，俺有話要問你。」那小邱慢慢平靜下來，姚元達問道：「他們下毒的是那兩口井？」小邱道：「便是蛇山一號洞外的那兩口井。」姚元達臉色大變道：「不好，這兩口井的地下水直通城裡，如果下了毒，城北城西至少有十幾口井都被毒了，少說上千人要遭殃！」

唐鈞聽了勃然大怒，沉聲喝道：「咱們用毒的頭一條天條便是不得毒殺無辜，他媽的這個人尊那是什麼尊，乃是人渣！」完顏道長火上加油道：「唐老兒，不對無辜者施毒是你唐家的天條，你管得著天竺來的毒王麼？」

錢靜道：「人尊毒殺無辜，必遭天譴，但咱們倒是要趕緊設法阻止。唐老爺子，他們下毒的兩口井要如何處理，請你示下，咱們弟兄全力去補救。」

唐鈞道：「雖不知人尊這些人在水井中下了何種毒，但用量既大，想必不會是最珍貴稀有之毒。老夫這邊帶有不少能解百毒的唐門秘方，除了特殊異品，應該皆能有效解毒。巧兒可以多備一些，隨丐幫兄弟去投入井中即可。」

天虛道長道：「難保敵人不會再找其他水井下毒，敢問這蛇山地區丐幫用的共有幾口井？」姚元達道：「共有五口，地點都在此圖上。」他拿出一張簡圖來，上面標示了幾個丐幫的秘洞及水井位置。天虛接過那張圖，道：「咱們這邊九人分成四組，即刻去巡察水井，遇敵格殺無論！」

錢靜下令道：「諸位，開打了！」

中土武林盟主的會客室就設在大廳旁一間木造小房裡，一個時辰後，姚元達拿著一封戰書遞給錢靜，道：「這封信是用一只銀質拜盒著人送來，以示信上無毒。但唐老爺子驗過之後，說不但信紙上有毒，用的墨汁也有毒，都是用銀試不出來的毒物，全讓唐老爺子給解了。現下已經沒事了，盟主可以放心拿著。」

錢靜看那戰書上寫著「天竺人尊求見四川唐鈞道兄論今日宇中誰家之毒為至尊」二十四個大字，文句半通不通，字體扭曲怪異，筆力卻有可觀，應是人尊親書。墨跡散出濃濃臭味，錢靜皺眉道：「這墨好臭。」姚元達笑道：「這墨跡原來散出杏仁香氣，好聞但有毒，是唐老爺子灑了一層解藥，毒解了但墨變臭了。」

錢靜正要再問，一個青年小伙子滿臉興奮地跑進來，行禮未了便急著報道：「三號洞外的甜水井前又發現天竺人在下毒，正好碰上大漠金鎗柳爺和咱們紅孩兒巡察水井，雙方一言未發就幹上了。俺躲在井邊那棵古樹後頭，看到柳爺持鎗猛刺一個天竺人，那廝武功極高，竟然空手和柳爺名震江湖的槍法戰個平手。這時那女尼便施毒了，四粒毒丸打向柳爺，柳爺挑飛其中兩枚，另兩枚在他頭頂爆開。柳爺叫一聲不好，吸入了毒霧，連忙服了一口唐爺給的延緩藥，退到井邊，這時不得了的事發生了……」

這小伙子講到這裡，居然停了下來，嚥了兩口口水還是沒有下文。姚文達怒道：「什麼事發生了？快講！不要賣關子。」那小伙子吸一口氣，不服氣地道：「俺那敢賣關子，實是……實是太興奮了……」姚元達正要再催，錢靜道：「姚護法，讓他歇口氣，你不見他急得面紅脖子粗？小伙子，你叫小王？」

那小伙子終於喘過氣來道：「俺是小王，謝謝幫主記得俺叫小王。這時咱們紅孩兒忽然也拋出兩粒小丸子打向天竺人，那兩人揮掌欲將小丸子送回來，豈料小丸子竟是紙包的綠色粉末。那兩人大叫一聲，向後躍開，那漢子叫道：『莎夏，是毒粉，我眼睛中了毒！』那女尼叫道：『我的眼睛也中了毒，沙格，快用藥水沖……』兩人一面倒退，一面急掏腰間葫蘆，內盛自備的藥水，那知藥水一入雙眼，兩人的眼睛都瞎了。」

錢靜和姚元達聽了頗覺不可思議，幾乎同時問道：「有沒有看錯？」那小王道：「當時我也傻了，卻聽得紅孩兒哈哈大笑道：『那是俺從唐爺的孫女處偷來的毒藥，本來沒大事，用水一洗便成劇毒了。有趣呵，也讓你們嚐嚐唐爺爺的毒，好吃麼？』我這才知端的。」

錢靜大喜，當時她和朱泛前去嘉陵江尋唐鈞，唐鈞原不願出馬，全賴巧兒和朱泛兩人一搭一唱地又激又脅，這才請動了唐鈞，一路上兩人很是談得來。只沒想到朱泛賊性不改，竟然連巧兒的私房毒藥也偷，但他偷了毒藥竟建奇功，一時之間有些哭笑不得。

姚元達聞言哈哈大笑，問道：「朱泛他們現在何處？」小王道：「已經回總舵了，柳爺要巧兒給他用延緩劑的解藥。」姚元達見小邱又來報，便招他進來，小邱低聲道：「人尊到了，剛進入大廳。」

大廳中央坐著唐鈞，身旁巧兒侍候著，巧兒身旁有一個少女，身著白衣白裙，卻束綁成一身勁裝，竟是個英氣勃勃的美女。巧兒原也生得姣好，但與鄭芫站在一起，就有點遜色了。

天竺人尊穿著一襲裸露右肩的黃色僧袍，生得慈眉善目，皮膚有些黝黑，看不出實際的年齡。她帶了兩個年輕比丘尼，身材瘦削的是在武當山和丘全聯手毒殺武當兩俠的阿凡，另一個婀娜多姿的名叫安密卡。她們進得廳來，眼睛便是一亮，想不到唐老爺子身邊的女子竟然一個美過一個，勁裝的鄭芫看上去身負武功，另一個女子文弱婉約，不似有武功在身的樣子。

巧兒為客人上了香茗，一開始阿凡及安密卡稱謝不飲，待人尊端起茶碗，就碗邊吹了兩口氣，然後一口氣喝了半碗熱茶，讚聲好茶，她們才跟著喝了茶。

唐鈞道：「接到人尊師太的挑戰書，老夫便在此廳恭候大駕，不知人尊不遠千里從天竺來中土，除了毒殺中土武林人物外，還有什麼指教？」

人尊道：「不敢，久聞中土四川有個唐門，乃是武林中玩毒的第一高手，我等既來到中土，自然想要和唐門高手切磋切磋。到了中土之後，才知道原來唐門已經凋零殆盡，只剩一個腦子已經糊塗的老兒。今日一見，原來唐老爺子還有兩個年輕貌美的妾侍，真是老福不淺，老當益壯啊。」說完她指著自己帶來的兩個女尼，道：「這兩人一個叫阿凡，一個叫安密卡，都是我的徒弟。妳們快見過唐老爺子。」接著道：「唐老爺，也把你的妾侍介紹給咱們認識一下吧。」

唐鈞按住怒氣道：「人尊誤會了，這一位巧兒乃是老夫的孫女兒，另一位是鍾靈女俠鄭芫，乃南京城裡第一女俠，連皇帝都聽她的。人尊，妳稱呼得唐突了。」

人尊連忙站起身來，對鄭芫合十行禮，口中道：「罪過，罪過，原諒不知者之過……」兩股勁風已隨她的行禮動作吹向鄭芫。唐鈞有意無意之間一抬雙袖，也發出一股袖風揮出，但他立刻輕咦了一聲，原來他已感覺出人尊發出的竟是兩股外柔內剛的罡氣，自己的袖風完全推之不動。

那兩股罡氣推向鄭芫直如撫面春風，軟綿綿地迎面而過，唐鈞暗叫一聲不好，果然鄭芫鼻中嗅到一陣極為好聞的檀香味，又有一些杏仁味，突然之間便眼花頭暈，幾乎就要倒在長桌上。她感到心跳突然加劇，片刻之間面紅體熱，汗出如漿，心中明白已中劇毒，雖不知是何種毒，為了保險，連忙喝了一口延緩劑。

唐鈞不料一個照面便讓人尊佔了上風，主要是因為人尊不僅毒功厲害，一身天竺武功也已到了登峰造極的境界，唐鈞數十年功力竟然無法撼動她隔空發出外和內韌的罡氣，以致一上手便輸了一陣。唐鈞強忍怒氣道：「人尊一見面便對完全不懂毒功之人施以偷襲，難道天竺毒門沒有一點規矩麼？」

人尊道：「是你方先偷襲，毒壞了我徒弟和地尊徒弟的眼睛，那地尊的徒弟可也是不懂毒功呀，難道四川唐門沒一點規矩麼？」

唐鈞沒料到人尊的口舌竟也如此犀利，一時被搶白得說不出話來。人尊微笑道：「唐老爺，咱們先做一筆買賣。你把你毒眼睛的解藥交給咱們，我就解了這個美女所中的毒，你說可好？」她一佔了上風，說話及語調都變得十分和善，實在感覺不出是個動輒施毒殺人的魔王。

唐鈞點頭道：「就這樣。巧兒，妳去拿解藥。人尊，妳先解這位姑娘中的毒。」人尊點頭卻無動作，直到巧兒拿了一個瓷壺出來，對人尊道：「用這壺裡的藥水洗眼，咱們的毒就解了。」人尊接過後一揮手，阿凡和安密卡上前掏出一條黑色的絲巾，在鄭芫面前迎空一抖，巾上似有極微細的粉末飄浮在鄭芫頭頂上。

說也奇怪，過了一會，人尊以為鄭芫早該醒過來，除了可能有點暈眩之外，應該別無異狀。但是鄭芫仍然軟趴趴地俯在桌上，一動也不動。唐鈞吃了一驚，道：「人尊，妳說話要算話……」人尊也覺奇怪，心想難道這姑娘中毒過深？便再一揮手，安密卡又掏出第二條黑絲巾，要在鄭芫頭上抖開。

說時遲那時快，鄭芫忽然跳起身來，伸手如閃電般扣住了安密卡的脈門。安密卡一聲尖叫，她身旁的阿凡正要搭救，鄭芫在拿住安密卡手腕脈門的同時，另一掌已出招偷襲阿凡的小腹，既不出聲示警，又無準備動作，等阿凡警覺時，無論如何已閃避不及了。

隔案的人尊見鄭芫一動手，便知被騙了，她雙掌推出，凌厲的掌風夾著一股冷冽的寒毒直襲鄭芫。唐鈞自第一步吃了大虧之後，便時時牢盯人尊的每一個細微動作，這時立即發難，他兩掌一上一下分打人尊的眉心和膻中穴，上下兩掌各夾一種不同的唐門毒藥，一粉一氣，只要沾著任何一種都會有性命之危。

人尊只好撤招，兩人施出的毒氣、毒粉在空中相遇混合，大廳的正中央呈現一圈黃色的霧氣，十分嚇人。人尊此時施出了天竺瑜伽神功，只見她明明被逼撤了招，不知如何單臂倒扭，瞬間又以正面再擊鄭芫，這一掌沒有夾毒，乃是紮紮實實的天竺神功，威力之強，令唐鈞暗中咋舌。

鄭芫一掌擊中阿凡，阿凡悶哼一聲坐倒在地，而此時人尊的天竺神功已經襲到，鄭芫無暇思索，直覺反應便放開安密卡，雙掌運起羅漢「大力神拳」，竟然隔著長桌和人尊硬碰硬地對了一招。

轟然一聲，鄭芫連退三步，化解了人尊掌中藏掌的餘力，卓然挺立；人尊完全沒料到這個小姑娘掌力之雄厚，已與自己相差不遠，她事前有些輕敵，事後又強挺住不退，竟然血氣為之翻騰，一時沒能壓制下去。

唐鈞既驚訝於鄭芫的功力，又敏感地察覺到人尊的心氣翻騰，四川唐門老爺子的經驗何等豐富，就在這一剎那間，乘虛發出三種致命的毒物，全是無嗅無色的粉塵，無聲無息地飄向人尊。這三種毒粉之中，有一種是唐門最厲害的神經毒，吸入之後初時無特別感覺，如果此時施救還有解藥，但等到感覺不適時，便無藥可救了，毒發之後，神經節節潰斷，慘痛而亡。

人尊識得厲害，心知這一下在用毒上已失先機，只好以守為攻，只見她猛然盤膝坐在地上，雙掌一上一下，立時全身發出一股熾熱罡風，唐鈞發出的毒塵緩緩落了下來，在人尊盤坐處的外圍形成了一個四尺為徑的灰白色圓圈，人尊坐在中間居然絲毫無損。

唐鈞怔了一下，拱手道：「好本事、好本事，快請回座，巧兒奉茶。」人尊哈哈一笑，從毒塵圈中升起，盤膝坐姿不變，直接落坐在桌邊的椅上，冷冷地對唐鈞道：「四川唐門不過如此，且看我天竺施毒的手段。」

她話聲方落，未見任何動作，唐鈞已經感覺出一股略帶甜味的清香從人尊身上散發出來，他連忙將藏在舌下的一顆蠟丸咬破，蠟丸中一小撮藥酒立刻浸淫化於滿口。他哈哈笑道：「不急，不急。人尊，妳且坐下喝杯茶，老夫有好東西給妳看。」

人尊見這一波毒竟然沒有毒倒對方，心中不由一緊。她這一回的施毒手法，乃是天竺毒經中十種施毒大法裡最為隱秘的一種，全身不用任何動作，全以內力將事先敷抹於皮膚上的毒藥從身上逼出，完全不動聲色便可將敵人毒倒；而所施毒藥也是從天竺雨林中三種毒草提煉出來、調配多年而成的劇毒。當然，她自己已先服了解藥。

唐鈞表面上輕而易舉地接了人尊這一波施毒攻勢，其實他已發覺自己含在口中的百毒解藥酒並不足以完全解毒，但他知道自己愈顯得若無其事，愈可能激起對方施出最厲害的絕殺——連續毒殺中土高手、所向無敵的「人尊之毒」。唐鈞就是等著這一招。

唐鈞的策略是在對方最厲害的絕招中求勝，只因對方不知他掌握了因應及破解此毒之道，這其中最大的貢獻來自方冀的捨身試藥。於是唐鈞一面吐出口中殘碎的石蠟，一面掏出另一粒蠟丸藏在舌底，這一回，蠟丸中封藏的是對抗「人尊之毒」的延緩劑。

果然，唐鈞輕鬆鎮靜地解了人尊的劇毒，令她感到甚大壓力，她忽然從座位上站起身來，雙手舉起一揮而下，天竺的三個用毒高手同時採取了行動。剎時之間，唐鈞、巧兒和鄭芫三人同時遭到「人尊之毒」的攻擊。

只見滿廳的空中一下射出了三批毒針，人尊、阿凡及安密卡在廳中各據一方，輪番對唐鈞、巧兒及鄭芫施出毒針，方位及時間配合得極其巧妙，顯然事先經過精心設計及演練。唐鈞等三人只覺得一呼吸之間，便從不同方位先後射來三把毒針，每一批的時間差只是一瞬，不禁大為震驚。

就在毒針出手後，立刻有九對毒丸飛臨三人頭頂，這一回施放的手法妙入毫巔，每一對毒丸疾如流星般飛臨敵人上方，隨即前後相撞，丸內的毒物立時混合成毒性十倍以上劇毒之霧，巧妙地布成了三張毒霧「密網」，罩在三人頭上有如泰山壓頂。

就在毒丸紛紛爆裂之際，人尊大喝一聲天竺語，三個天竺人就在「人尊之毒」布滿全廳之際，又從不同方位發出一批批淬毒暗器，這一回，三人施用的暗器便不再整齊劃一了，有鏢有箭，也有鐵菩提子、鐵蒺藜，還有毒針交叉射出，一時之間丐幫的大廳中成了天竺毒物的天羅地網。

三百多件天竺劇毒暗器，挾著致命的毒液及毒氣，從開始發射到施放結束，竟然不過十個呼吸的時間，而三個施毒者發射的方位及時間的配合更是密無間隙。天竺人尊施毒陣仗的霸氣，確實稱得上天下無雙。

唐鈞、巧兒和鄭芫身上或中毒針，或中暗器，或吸毒氣，或沾上毒汁，全是人尊獨門所製的「人尊之毒」。人尊雙臂下垂，見三人皆已中毒，不禁躊躇滿志。巧兒第一個不支，一個踉蹌幾乎跌倒，靠著身邊座椅的支撐才勉強穩住。人尊仰首又喊出一句天竺語，然後大剌剌地坐回原位，等候敵人毒發。

時間一點一滴地過去，唐鈞、巧兒及鄭芫這三個中了毒的敵人仍然閉目靜坐在椅子上，看不出有什麼變化，也看不出三人是否在運功抗毒，倒像是打坐入定，外界紛擾皆無動於衷了。

人尊、阿凡及安密卡仍然成品字形坐在長桌的兩邊，安密卡見對方三人中了劇毒已經很長時間了，居然紋風不動地坐在原位，毫無動靜，不禁有些沉不住氣，才開口叫道：「師尊……」人尊已揮手止住了她。她駭然發覺師父的臉色大變，原來慈眉善目的面容忽然呈現一層淡淡的黑色。

這時人尊忽地一躍而起，伸手摸了一下袈裟背身的下襬，手上感覺一陣潮濕，伸手看時，手掌已經發黑。她猛然想起，方才淬毒暗器發射完後，巧兒中毒不支幾乎跌倒，是她在自己的座椅上扶了一把才勉強撐住。人尊心中已經明白，巧兒藉此動作，已在她的座椅上施了劇毒，而自己全神注意唐鈞的一舉一動，卻不料著了巧兒的道兒。

巧兒的施毒手法顯然是在座椅上施了一層薄薄的毒液，人尊坐上去後緩緩從袈裟外滲入，不過半盞茶時光，已經滲入內衣，毒素從她的雙股侵入身體。

人尊猛提一口真氣，發覺除了身上多處皮膚一陣痲癢外，其他部位似乎無恙，她心中不但不敢放心，反而浮上一層陰影。身為用毒大師，她當然知道：許多厲害的毒初入身體是無感的，等到有感時便已無救了。

於是她換了一張座椅，撕去袈裟下襬，重新盤坐，打算用上乘的天竺內功將所中之毒逼出皮膚。

只見人尊以左掌壓在胸前，右掌伸出食指向天，閉目開始運功，阿凡和安密卡見狀大駭，她們知道師父顯然已經中了唐門之毒，正要以內力逼出體內之毒。她倆經歷過這番驚心動魄的施毒大戰，此時都噤聲膽顫，呆若木雞。

人尊不僅內力深厚，尤其在用毒、解毒上更是宗師級的人物。此刻她雖一時測不出自己所中之毒究竟屬何種類，但這逼毒出體的功夫卻是她的獨門心法。只見她運氣漸入佳境，右手伸直向天的食指上開始冒出一縷蒸氣，那縷蒸氣逐漸增強，過了半盞茶工夫，已成直直一道氣，沖出指尖半尺之高。此時伴隨著這道蒸氣，大廳中開始瀰漫著一股濃郁的檀香氣，開始時氣味甚是宜人，過了一會兒，香氣愈來愈濃，漸漸透出一種略為刺鼻、聞之令人頭昏的氣味。

人尊功力深厚，真氣愈來愈磅礴，從右手食指帶出毒素，她心中暗喜，如此運功半個時辰，體內所中之毒當可大致驅除。而三個時辰後，對方中了「人尊之毒」的三人應該已經無救了。

誰也沒注意到大廳側邊的小密室緊閉的門下有個小洞，這時鑽進了一條黃黑相間的異蛇，這蛇長不足四尺，蛇信倒有將近一尺。牠遊動得奇快，長信在空中狂吐亂閃，辨認檀香氣味最濃的方向，便朝著人尊的座位遊去。

大廳內幾個高手都在冥坐之中，沒有人注意到小花的動向，牠遊到人尊身旁，那檀香氣似乎使牠興奮得有點瘋狂，竟然一躍而起，騰空飛向檀香氣最濃之處——人尊的右手食指。

人尊正閉目運功中，雖然中毒後感覺較不敏銳，但小花躍起帶動的風聲仍立刻被她察覺，她看也不看就右手一把抓出，精準無比地將小花抓在手中，小花在她臂上飛快地盤繞，但更快的是已在人尊的右手食指上咬了一口！

人尊尖叫一聲，睜眼一看，食指上鮮血直流。小花嗜檀香味如狂，這手指發出的味道是牠一生從未嗅到過的美味，也激起牠前所未有的興奮，這一口咬得著實不輕。人尊指上一痛，立刻猛吸一口真氣，要將體內先後所中之毒繼續從右手食指逼出，但出她意料之外，食指上的鮮血開始凝結，含毒血液不但逼不出去，反而從蛇牙咬傷處一點一滴逆向凝結起來。人尊雖是毒學大師，尤其是玩蛇毒的高手，這時也發了慌，暗忖：「若是任這毒將血液一路凝結上來，到大血管中血液凝結時，便沒命了。」

她轉頭看那唐鈞，只見唐鈞仍然閉目冥坐，既無毒發現象，對周遭發生之事亦無反應，似乎正在全力抵抗「人尊之毒」。其實唐鈞、巧兒和鄭芫三人都在運功催動事先服下的延緩劑，努力延緩毒性發作。人尊見有機可乘，雖然自己中毒還未有解，心中又生歹意，暗道：「我若讓這怪蛇咬唐鈞一口，興許他有解藥。」

她將纏在臂上的小花一抖摔出，有如一條皮鞭抽向唐鈞頭頂。唐鈞猛一睜眼，就看見這條怪蛇飛向自己，他中毒後敏銳度稍有減退，不及細思，便揮出一掌向小花擊去，可憐小花那禁得起唐鈞這一掌之力，立時被擊出丈餘，撞在牆上落地，一陣扭動，眼見是活不成了。但是唐鈞的額頭上已留下了小花的毒牙之痕。

在一陣慌亂之中，中土和天竺兩地頂尖的用毒大師，竟然同時傷在小花的毒牙之下，真乃不可思議的巧合。

這時大廳之側的密室門打開，巴根衝了進來，叫道：「小花，小花，你跑到那裡去了？」突然間，巴根看見地板上小花的屍體，大叫道：「小花，小花，你怎麼了？」便要上前去抓起小花。一個白衣灰裙的美豔女子奔了過來，一把拉住巴根，道：「巴根，小花已死，但牠可能一身是毒，你切不可觸碰牠。」巴根大叫不依，喊道：「阿茹娜神仙姐姐，小花死了，我也要牠屍體。」那女子道：「這廳中全是毒，咱們快離開！」巴根從小就聽從阿茹娜的話，聞言雖然不捨小花，還是隨阿茹娜退出了大廳。

小花的毒在人尊和唐鈞的體內漸漸發作，凝血之外開始全身肌肉劇疼，又過了一會，兩人都出現視覺錯亂的現象，這蛇毒似乎將世上各種蛇毒的毒性集於一身。人尊終於猜到這小花的來歷，忽然低聲道：「唐老，這是蒙古的『大漠石花』？」唐鈞心中暗讚，口中喃喃道：「好見識，正是『大漠石花』。」人尊道：「解藥安在？」她以為這奇蛇必是唐鈞所飼，應有解藥在身，豈料唐鈞答道：「抱歉，蛇非我所養，沒有解藥。」

這一下人尊真的急了，「大漠石花」的毒逐漸增速發作，她全力讓自己平靜下來，要以幾十年的經驗與功力來跟這詭異的蛇毒相抗。唐鈞雙目緊閉，也在苦思對策。

這時巧兒不顧本身中毒未解，衝到大廳側邊的密室門口，只見阿茹娜和錢靜正在問巴根是否有解毒之方。巴根強忍著眼淚道：「小花最是溫馴，平日和丐幫弟兄一道戲耍也不見牠傷人，定是那女巫身上發出的檀香味太強烈了，牠才發狂的……牠小時候也咬過我，我難受了兩天差點死去，後來就好了，之後我天天跟牠在一起，牠不曾再咬過我……我可沒有什麼解藥。」

巧兒失望之極，陷入沉思。回首看爺爺閉目抗毒似乎全身顫抖，連忙趕回座位想要助他運氣，那知這一來回奔動，自己體內的毒也發作得更快了。

阿茹娜和錢靜面面相覷。阿茹娜道：「小花酷愛檀香味，這天竺人尊手指上發出的檀香味不僅強烈，其中定然還含有什麼毒質，被她用內力一道逼出來，小花嗅到了才會如瘋似狂，見人便咬。」錢靜道：「這兩個用毒高手現下都中了毒，咱們如何是好？」

阿茹娜陷入深思，然後搖頭道：「用毒解毒的事我一竅不通，但此刻大廳中有一個危機不可不防。」錢靜道：「妳是說另兩個天竺比丘尼？」阿茹娜道：「剛才我出去拉巴根回來時，見著咱們這邊三人都已中毒，而對手那兩個比丘尼似乎並無大礙。如果她們此時動手，不論用武或是用毒，咱們這邊誰能擋著？」

錢靜道：「武當天虛及道清兩位道長已趕到，此刻正在咱們對面的小房間待命，只要我一聲令下，便可入場動手。」阿茹娜道：「盟主，該入場了。」

人尊的弟子阿凡挨了鄭芫一掌，傷得不輕，她和師妹安密卡見到師父中毒於前，被毒蛇咬傷於後，更兼天生膽小，竟被這緊張氣氛給鎮住了。這時恢復了思考能力，眼見對方三人皆在閉目抗毒，正是最佳的出手機會。

她提了一口真氣，覺得傷勢尚可控制，便用天竺語低聲對安密卡道：「我去殺死那個什麼女俠，師妹妳去殺死那個巧兒。那唐老兒除了中咱們『人尊之毒』，又被毒蛇咬了一口，多半活不了，咱們且先不理會他。」安密卡低聲囁嚅地道：「師父也是既中唐門毒，又被毒蛇咬，難道也活不長了？」

阿凡怒道：「師父的武功及毒功皆冠絕天下，那會在乎那條怪蛇的毒？只消片刻，其毒自解，師妹不要想太多，快去取那巧兒的命。」安密卡點頭稱是，再無疑慮，大步向巧兒的座位走去。

阿凡到了鄭芫的座位旁，細看鄭芫時，卻見鄭芫忽地睜開一雙大眼，眼中射出的神光完全不似已中「人尊之毒」。阿凡不禁一陣孤疑，便停下身來。鄭芫自中毒後便將預藏口中的蠟丸咬破，吞下唐鈞精心配製的延緩劑，「人尊之毒」暫時緩和了下來，她隨即施出十成的少林內功催動那延緩劑到全身每一條經絡，全力阻止「人尊之毒」發作，實際上仍然保持相當警覺。阿凡一靠近她，她便立時反應，緩緩站起，同時手中多了一柄短劍。

阿凡心中狐疑更重了，忍不住懷疑：「她到底有沒有中毒？」鄭芫以短劍指著阿凡道：「我知道妳一定在想：『她到底有沒有中毒啊？』告訴妳，我中了一枚毒針，也不知是誰發出的，還有一顆毒蒺藜擦傷了我的手。但是我還要告訴妳，老巫婆製的『人尊之毒』已經讓唐老爺子破解了，不信妳來試兩招看看……」她揚起短劍，擺出挑戰的姿式。

阿凡見了這情形，暗道：「咱們這毒乃是毒中之王，中了毒的人立時便無法運氣施力，任你原來武功多高也只有任人宰割的分。這個什麼女俠胡說八道想要誆我，除非她有什麼防範的手段，根本就沒有中毒，我……我可要小心了。」

她心中一虛，便下意識地退了兩步，伸手入袋一摸，袋中只剩下兩枚毒丸，暗道：「這回我瞄準她，用十成內力打出，看她逃不逃得了！」她猛一提氣，忍住小腹的疼痛，用了十成的巧力，兩枚毒丸一前一後直打鄭芫的眉心要穴。

阿凡的施力十分巧妙，兩枚毒丸極快速飛來，到了鄭芫面前時，後面的一枚竟然追上前面的一枚，算準了就在鄭芫額頭之前相撞爆開。鄭芫正想疾閃，忽然兩條人影如迅雷般在鄭芫面前交叉而過，一人落在丈外的桌面上，一人落在鄭芫身後的牆角邊，兩人手戴鹿皮手套，掌中已各握了一枚毒丸。原來就在毒丸將要相撞爆裂的瞬間，這兩人竟然淩空飛步而過，每人伸手輕巧地接走了一枚，接著同時將毒丸一左一右拋出大廳的窗戶。兩枚毒丸落地破裂，相隔既遠，所生毒霧無法混合產生劇毒，兩者本身的毒性遠為遜色，沒有造成損害。

「八步趕蟬」！只有武當的八步趕蟬才能大步縮地成寸，輕鬆瀟灑地淩空跨過而塵埃不生。站在桌上的是五俠道清子，落在鄭芫身後的正是武當掌門天虛道長。

鄭芫躬身道：「道長的八步趕蟬，鄭芫開眼界了。」阿凡驚得說不出話來，暗道：「施毒不成，只好用瑜伽神功突圍了，不知安密卡……」抬眼看去，長桌另一邊的安密卡竟也沒有對巧兒施殺手，只因巧兒身邊站著身材高大的武林盟主，正是丐幫幫主錢靜。

阿凡無毒可施了，要憑武功殺出去著實沒有把握，她直挺挺立著，沒有任何預備動作，竟然倒縱到側門邊，反身一掌推開木門就要出去，但是她忽然尖叫一聲，呼的一下又縱了回來。只見門口一個青年獨臂道士，正是阿凡最怕的易大川。

阿凡心跳如擂鼓，暗道：「完了，完了，這個專門割人頭的道士也來了，這便如何是好？」易大川仗劍走了進來，一字一字地道：「天網恢恢，毒死三師叔、四師叔的尼姑，今日妳休想活命！」

阿凡見到易大川就已經沒了鬥志，拔腿便奔向師父，忽然一股勁力從後側攻到，她奮力反手一掌擊出，正是天竺的「御氣神針」，一股凝聚如鋼針般的內力猛然打出，在她的想像中，中土武林無人敢攖其鋒，她可順利擺脫糾纏。

豈料這招神龍擺尾的「御氣神針」一出，追來者竟然不肯閃躲，只是猛然向左側身，避開前胸要害，右手長劍借一側之勢如閃電般更向前方猛刺，只聽得阿凡一聲慘叫，一柄長劍已從她背上透胸穿過，當場倒斃在地；她以十成力道反手揮出的「御氣神針」也正中追擊者右胸，直打得他口噴鮮血，一跤跌坐在長桌上，這人正是報仇心切的易大川。

天虛道長大叫一聲：「大川！」上前一把抱住，免他從桌上跌下，另一掌按在他的背心上，將一股武當純陽內力浩浩蕩蕩地輸入他的心肺，以免片刻後心肺經脈即閉塞，再要施救就難了。

這邊鳶起兔落，似乎絲毫沒有驚擾到人尊和唐鈞的入定，這時兩人都開始感覺到「大漠石花」的奇毒已經擋不住了，兩人用盡天竺及唐門的解毒、滯毒、減毒的方法，似乎都無法抑制毒勢的寸寸逼侵。同此時間，兩人一面抗毒，一面苦思解毒之策，倒不是認為目下可以想出什麼立竿見影的解毒之道，而是兩人一生浸淫於毒學，遇到無藥可解的奇毒，便會不由自主地想要知道如何解破，這乃是一種克服難題、接受挑戰的精神使然。

漸漸兩人都要不支了，都要放棄抗毒了，就在此時，人尊忽然開口說話了，她聲如耳語卻清晰：「唐爺，我知道了……」唐鈞也用同樣耳語般的聲音答道：「人尊，我也知道了……是血……」人尊急著接口道：「不錯，是血，是咱們的血……老爺子，你也想到了！」

說到最後一句時，竟然透出興奮之情，那口氣已經不像是生死搏鬥的敵人。

唐鈞道：「這奇毒從入口處一路凝結我等之血，然而我等一寸寸抵抗它入侵，所憑的是什麼……唉，又開始……開始了……」他忽然牙齒咬得咔咔作響，原來周期性的劇痛又開始發作，他再也無法說話，只全力咬牙抗痛，錢靜上前為他點穴止痛也完全無效。

人尊知道他痛得不能說話，便接下去道：「咱們所以能夠運行真氣抵抗至今，乃是憑著咱們血液中自然產生了一些抗毒的東西，在我等一口真氣強行運作之下，才能減緩奇毒的入侵……是以……是以……解藥就在咱們的血裡……唉唷，又來了！」人尊的劇痛周期也開始發作，她咬牙切齒地抗痛，發話戛然而止。

錢靜聽了這兩人的對話，雖不完全明瞭，卻已聽出一些端倪，似乎這兩大用毒高手因本身中了奇毒，在抗毒過程中同時體會到一些前所未知的解毒之道。她見阿凡已被易大川一劍穿胸殺了，易大川受傷雖重，天虛道長以內力搶救，應不致喪命，另一天竺女尼安密卡有自己看守著，也不致出問題，便對巧兒道：「巧兒，妳聽見我說話麼？」巧兒睜眼站了起來。錢靜道：「巧兒，現在可以用解藥了麼？」錢靜指的當是唐鈞和巧兒用大漠石花之毒配製，可解「人尊之毒」的解藥。

巧兒道：「咱們先服了延緩劑，爺爺說這解藥須在延緩效力將退、『人尊之毒』即將快速作用之前的瞬間服用，效力最為彰顯。我自覺時間已到，應該可以服用了……鄭姑娘，妳感覺如何？」鄭芫站了起來，答道：「巧兒說得不錯，咱們服藥吧。」巧兒從囊中拿出三個小瓶子，拔開一瓶，將其中墨綠色的漿汁一飲而盡，鄭芫依樣服了。錢靜道：「唐老爺子呢？」巧兒道：「須待他劇痛停了才服用。」

過了一會，唐鈞發出低微的聲音，看來劇痛已過，巧兒連忙侍候他服了解藥，但此藥只能解「人尊之毒」，小花的毒卻無解。

唐鈞低聲道：「人尊，妳方才說的十分在理，可惜咱們運氣抵抗時，血中產生的抗毒之物量不夠多，敵不住毒液的入侵，如果有人……有人……」他又陷入精神渙散，耳邊響起人尊微弱的聲音：「唐爺，我有個辦法可以弄清……弄清咱們所想的是否正確……」唐鈞渙散的精神猛然為之一振，回道：「人尊請講……」人尊道：「此毒現在沿左右兩路攻心，毒過之處血液皆凝結，想像中血凝成塊之後血水猶在，那抗毒的東西應該便在血水之中……唐爺同意否？」

唐鈞道：「不能確知，但人尊的想像極為有理。」人尊似乎得到鼓勵，繼續道：「若我運功突然將這些血水從左抽向右邊，則右邊血中抗毒之物增加，當能……當能更為有效阻毒？」唐鈞想了許久才道：「不可，妳左邊將成空虛，毒素會將新血加速凝結，妳會更快死亡！」人尊聽了，回應的聲音中透出喜悅：「好啊，唐老爺，你也如是想，我便要做此試驗……」唐鈞急打斷道：「萬萬不可，太過危險，再說，將血水從左邊抽到右邊，妳如何能以運氣做到，不可能啊……唉唷……」他的劇痛又發作了，耳中卻聽到人尊的輕笑聲：「哈，這是我天竺瑜伽神功的拿手把戲，中土武林井底之蛙怎會懂得！我就要試驗了，唐老爺，你……你為我見證……」

接著便是一陣沉寂，然後是一陣急促的喘氣之聲，唐鈞一面極力抗痛，一面努力傾聽，忽聽得人尊的聲音道：「血水開始流轉了……」又過了一會，傳來人尊驚喜的聲音：「右邊抗毒效力大增……唐爺，我們對了……」接著便是一聲長長的嘆息，然後便寂靜無聲了。

唐鈞的劇痛終於暫停，他已奄奄一息，但心中卻滿溢著興奮之情，對這個人尊，他已分不出是敵是友，只知道他們兩人共同探討出一種前所未有的用毒道理。

他已虛弱到聲如蚊鳴，巧兒見他嘴唇在動，卻聽不到聲音，連忙將耳朵湊到唐鈞的嘴邊，終於聽到細微卻清晰的聲音：「……巧兒，妳記下了，蛇毒進入血中，血中產生抗毒之物，此物在血塊凝結後存於血水之中，若能取出收集足夠之量，當可製成解毒之劑……」巧兒從揹袋中拿出紙筆飛快地記下了，湊耳過去，又聽到爺爺的聲音：「……爺爺相信每種不同的蛇毒進入血中，人體內會與之對應，產生不同的解毒物……」說到這裡斷了聲音，巧兒連忙把爺爺的脈搏，似乎已無跳動，耳中卻又聽到一句不完整的話：「……用犬馬……犬馬血……」便再無聲息了。

巧兒記下了這殘缺不全的句子，心中暗道：「難道爺爺是要我用犬馬的血做試驗？」她收好紙筆，望著唐鈞安詳而帶著釋然的表情，但卻是張僵硬的臉，這才意識到爺爺真的死了，名震武林的唐門老爺子真的死了——死於蛇毒。

錢靜目睹全部過程，天下最厲害的兩位用毒大師居然同時死於同一條毒蛇，他們死前從殊死戰變為探求毒學新知的夥伴，錢靜既覺不可思議，又深受感動。她望著兩大宗師的屍體，巧兒和安密卡各自跪倒在兩人的膝前痛泣，心中有無限感慨：「良醫之子多死於病，良巫之子多死於鬼，信哉！」

天虛道長也長嘆一聲道：「大名鼎鼎的四川唐門，就只剩下巧兒是唯一傳人了……」他轉念想到唐門的舊規矩：傳子不傳女，不禁覺得老天爺的安排真是諷刺。

錢靜對安密卡道：「人尊已經往生，咱們也不為難妳，妳帶著她的遺體走吧。」安密卡合十表示感謝，又望了望地板上阿凡的屍身，錢靜道：「咱們會將她火化葬了，妳放心去吧。」

安密卡抱起人尊走了，經過天虛道長面前時，天虛道長道：「人尊率五個弟子來中土，只妳一人活著回去，盼妳從此不再施毒濫殺無辜，否則仍將遭報，不得好死。」安密卡默然不語，快步走出大廳，頭也不回地去了。

鄭芫運氣幾個周天，感覺到體內之毒已解，站起身來，從倒在地上的阿凡身上拔出武當佩劍，交還給易大川。易大川在掌門師伯及五師叔聯手輸入內力搶救之下，已經暫時穩定住了。鄭芫道：「天竺御氣神針造成的內傷頗不易痊癒，方師父也曾被天尊傷過，他從自己療傷的過程中找出一套有效恢復功力的辦法，這法子傅翔手上有，待會可以請他為易道長治療。」易大川點頭謝了。鄭芫忍不住多看了他一眼，暗道：「好一條硬漢！」

錢靜命丐幫弟子來清理大廳的「戰場」，她感嘆道：「這人尊率五個女弟子來到中土，加上點蒼丘全、峨嵋百梅共七名用毒好手，一路從崑崙和華山殺到武當，最後到了武昌。咱們中土一流高手被殺了八人，其中包括四大掌門、方軍師及唐老爺子；但人尊方面也有八人喪命，包括人尊本人，除了一個女弟子倖免，幾乎全軍覆沒，雙方犧牲可謂空前浩大。中土方面，如果沒有唐老爺子舉世無雙的毒學及方軍師的以身試毒，聯手配出延緩劑及解藥，恐怕死傷絕不止此數。唉，人尊施毒以攻為主，唐鈞施毒卻以解救為主，這雙方的戰況真慘烈啊！」

她抬眼見到巴根坐在地上，前面盤著小花的屍身，還在垂淚，阿茹娜在旁低聲安慰，說的是蒙古語。錢靜聽不懂，但她走到小花的屍體前作了一揖，低聲祝道：「小花，你吐毒液供唐爺製造『人尊之毒』的解藥，救活多位武林高手的性命，也將人尊及唐鈞兩位天下最高明的弄毒高手咬傷致死。他們死前悟出前無古人的新解毒原理，未來如能實現，將是莫大的貢獻，而冥冥之中，似乎注定由你這條毒蛇和兩大毒學高手共同來解此奧秘，你也死得其所了。」

阿茹娜嘆了一口氣道：「就希望小花之死，不要造成大漠石花的滅種。」

巴根流露出十分憐愛的神色，正要把小花仔細地用塊布包了揣在懷中，那小花忽然扭動了一下，唰的一下跳起來捲在巴根臂上，昂首吐信，神色自若。巴根驚喜道：「小花，你裝死，連我都被騙了。」眾人見了嘖嘖稱奇，無不高興。巴根對阿茹娜道：「阿茹娜姐姐，巴根要去蒙古再尋一條大漠石花。」阿茹娜道：「巴根好志氣，這回要替小花尋個伴兒，一公一母，將來才能生小小花。」

鄭芫拍手道：「正該如此，如果小花絕了後，將來『人尊之毒』就沒有解藥了。」巧兒忽然對巴根道：「巴根弟弟……」她見巴根管阿茹娜叫「阿茹娜姐姐」，便稱巴根弟弟：「方才你曾說小花小時候曾咬過你，你卻撐過去沒事了？」巴根道：「不錯，那時小花還是一條幼蛇，想是知我和牠要好，是要陪牠玩耍，便咬得輕些。」鄭芫不禁笑了出來，巧兒聽了卻不笑，臉上現出十分嚴肅之色，喃喃地道：「如果人尊和爺爺的想法是對的，那麼巴根的血中豈不已帶有『大漠石花』的解藥？……」

就在這時，丐幫的小邱飛快地跑了進來，對錢靜行了一禮道：「天尊和地尊都到了！」短短一句話，卻像一記重木敲在巨鐘上，大廳中每個人都覺一震。雖然早就預知這兩位尊者會出現在武昌，但當確定這兩人已經到達時，仍然感到一種莫名的壓力襲上心頭。只因這二位尊者的武功實在太強，已達超凡入聖的境界了。

錢靜急忙問道：「天尊現在何處？」小邱喘息未平，答道：「天尊在蛇山東脊和少林寺無為大師幹上了！」錢靜大吃一驚，道：「咱們快去蛇山。對了，地尊也在現場麼？」小邱道：「地尊就在那附近的林子裡，和完顏道長……完顏道長……」卻說不下去。錢靜追問道：「完顏道長和地尊也打起來了？」小邱抓了抓頭道：「倒是沒有，據弟兄們來報，地尊和完顏道長在林子裡吵架，已經吵了半個時辰。」

此言一出，大夥聽得傻了，雙方大敵當前，決戰在即，這兩人已躋身世上武功最強高手之列，居然在吵架。鄭芫不禁又好氣又好笑，便道：「我要去看他們在吵什麼。」

章逸定的大戰略是把地尊交給完顏，天尊交給傅翔，現在天尊和少林方丈打起來，局面似乎有些亂了。這時阿茹娜插口問道：「小邱，你知道傅翔去了那裡？」小邱的回答更奇了，他說：「傅翔不見了。」

阿茹娜暗道：「傅翔不是跟完顏道長在一起麼？怎麼會不見了？」看樣子問小邱也問不出所以然，便對錢靜道：「盟主，咱們分成兩組，一組去蛇山東脊，一組留此善後。」

錢靜點頭道：「天虛道長、鄭芫和我前去蛇山東脊，咱們這兩地一在山腰一在山巔，相距不遠。道清道長、巧兒和阿茹娜留此善後，小邱負責傳遞消息。」

錢靜、天虛道長及鄭芫心急如焚，施出十成輕功往蛇山的山巔奔去。一個是丐幫幫主，一個是武當掌門，在兩人全力施為之下，鄭芫居然絲毫沒有落後，兩位武林前輩對這個後起之秀不禁刮目相看。

三人一路疾奔，甫入山巔下的松樹林，老遠便聽到完顏道長的聲音：「……地尊呀，你這一躲便是好幾年，方才和你以口舌代手腳鬥了半個多時辰，覺著你確有些長進，只是長進之處在於你的武功中融入了不少來自中土的新東西，天竺那一套減少了，你的武功才有長進。我瞧你索性把天竺武功全都丟掉，興許還有機會變成武林第一高手。」林子中立刻傳來地尊那特殊的聲音：「完顏老道，你這說法裡只有一樁有點道理，其餘都是放屁。」

完顏道長道：「我好心說與你聽的全是至理，你卻當做放屁，難怪……唉，難怪……」地尊發怒道：「難怪怎的？」

錢靜、天虛道長、鄭芫三人面面相覷，天虛道長悄聲道：「原來這兩個老人家在以口舌代手腳論武，小邱卻以為他們在吵架。」鄭芫忍住笑，說道：「小邱也沒全錯，他倆論一會武便歇下來鬥一會嘴。」錢靜為之莞然。

卻聽到完顏道長的聲音道：「難怪你永遠只能當天尊的老二，可惜呵可惜。」完顏這話挑撥離間的意圖太過明顯，手法也太拙劣，地尊呵呵大笑道：「道長啊，我老實告訴你，天尊、地尊和你老人家，咱們三人的武學都到了極點，但都遇到了瓶頸。天尊的天竺武學雖究天人，畢竟還有那麼一點點沒法子突破。我地尊的天竺武學未必能勝過天尊，但我卻突破了，至於你……」

完顏打斷他道：「至於我老道，卻是沒有什麼瓶頸需要突破的。我老道不求勝但求不敗，『完顏不敗』躊躇滿志，不求勝出，怎會有什麼瓶頸？」地尊的聲音忽然變得冷峻，但聽他說道：「後發先至、但求不敗的武學沒有瓶頸，但天下攻勢第一的全真武功卻變成沒有用武之地。要融會突破，成為真正的攻守第一，難道沒有瓶頸？」這話正中完顏要害，完顏為之默然。

這時錢靜三人已經走出松林，只見東西兩方石台上坐著兩個老人，完顏在東，地尊在西，都是又高又瘦，坐在石上似比常人站著還高。

完顏沉默了一會，嘆道：「到底咱們曾經紮實交過幾次手，地尊知我也。」他停了一下，又接著道：「你說的好，咱們三人各有各的瓶頸，你說你已突破了，那我要恭喜你。你是如何突破的，我老道不知，但還有一個人，他一路走到頂，大步就將所有的武學瓶頸拋到身後了！」地尊雙目精光暴射，疾聲道：「你是說……」完顏點頭道：「我是說傅翔。他從來不用『突破』來達到至高境界，他是直接創造了一個新的至高境界。」

天虛道長見地尊臉上流露出一種異樣的嚮往神情，悄悄在錢靜耳邊道：「盟主，貧道不敢相信，這地尊好似變成另一個人了，神色言語處處透出平靜、和諧，流露出一種悠悠自如的得道風範。」鄭芫卻絲毫不奇怪，她曾被地尊「脅迫」練功，當時便已察覺到地尊的改變。那次臨別時，地尊說在回天竺之前，他還要渡化一位「貴人」，當時鄭芫心中有數，那位「貴人」便是完顏道長。

地尊帶著稱羨的神色搖了搖頭，喃喃道：「從來不用『突破』……是『創造』那至高境界……」完顏道長道：「待會免不了還是要打一場的，到時天尊可就要倒大霉了，他會碰到一個完全不同的傅翔。地尊呀，算你走運，你還是和我這老道士過招，倒要瞧瞧你的『突破』能不能讓我敗下陣來。」

鄭芫跑上前去，叫道：「地尊，瞧瞧誰來了？」

地尊道：「早就瞧見妳這女娃又來了，妳有如陰魂不散哩。」完顏道長道：「我老道也知妳來了，方才在一個洞口瞧見那小叫花，便知妳也來了。那小叫花和天尊的徒弟在遊鬥，他的身手比以前更為賊滑了，那天尊的徒弟功力雖高，我卻不替小叫花擔心。」

鄭芫道：「地尊，我要你瞧誰來了，不是要瞧我，是咱們盟主來了，這表示你們想毒殺盟主的計謀已被識破。」地尊道：「什麼毒殺錢幫主？誰去毒殺錢幫主？」看來地尊對這一切根本不知，錢靜和天虛大感不解。鄭芫卻相信地尊來此全為「渡化」完顏，其他的事一概不管，因他心意早決，渡了「貴人」便要回天竺去，做個慈悲為懷、助人為樂的善士了。

這時山脊上傳來一聲聲低沉有力的喝聲，鄭芫低聲道：「無為方丈使出『金剛拳』開山十八式了，上頭戰況緊急。」錢靜道：「咱們快上去！」她一馬當先直奔上山，心中又焦急又覺奇怪：「這節骨眼上，傅翔去那裡了？」

∞

就在不遠處丐幫的第二洞中，安放著方冀的遺體，他面目安詳地盤膝而坐，看上去依然栩栩如生。在他遺體前，有兩個人正在肅穆跪拜，右邊一人是章逸，左邊一人正是傅翔。章逸匆匆趕到武昌，一聽到方冀已經死了，有如五雷轟頂，定要立刻拜見遺體，但因受命規劃大局，到此時才由傅翔陪他過來。

章逸還未下拜已經淚如雨下，他想到從年幼時在明教教主家中識得軍師方冀，後來被送到錦衣衛臥底，隨毛驤上神農架，眼睜睜看著明教高手遭到毒殺而自己無力阻止……策劃刺殺朱元璋……輔助建文……護建文逃亡……種種往事，尤其是和方冀共同幹過的英雄事蹟，一一浮現眼前。章逸的心都要碎了，直到傅翔將一個金絲布包交到他手上，低聲道：「這是師父彌留時交給我的，當時他已經無法說話了，但他的嘴唇微動，我讀得出來，那是『章逸』兩字。」

章逸打開布包，只見包的是一部陳舊的羊皮書，封皮上橫寫外國文字，下方則有「摩尼寧萬經」五個漢字。傅翔道：「師父曾告訴我，這是六百多年前，祖師爺從波斯帶到中土的第一部摩尼經典，他要我將此經交給章叔，其意甚明了。」

章逸接過那部經典，想到方冀生前，時時刻刻念著恢復明教的大業，曾叮囑自己挑起教主大任，自己深知此責重大，一旦承諾，這一生便將投入再無反顧，是以一直不能下定決心。這時在方冀的遺體之前，手捧著六百多年前傳入中土的第一部摩尼寶典，章逸忽然一陣衝動，跪在方冀遺體前泣道：「章逸誓以餘生致力於明教復興，完成軍師遺願，望軍師在天之靈佑我成功。」

章逸說完這句話，已經清楚意識到這項任務的艱鉅，但他是個意志堅定、足智多謀的人，一旦承諾了，便覺天下無難事，再沒有什麼能難倒他了。傅翔從章逸的眼神中讀到這分決心和信心，想到恩師生前念茲在茲的願望，也激動地對章逸道：「章叔放心，我傅翔既入了明教，明教的事便有我一份，你做教主，我定助你。傅翔水裡火裡，但憑你一句話！」

兩人的右手緊緊交握，直到傅翔道：「今日我和天尊仍有一戰，章叔，你且隨我去蛇山上觀戰吧。」

8

蛇山東脊上，少林寺住持無為大師正以數十年的修為和天尊苦戰。無為大師和少林諸位高僧在前次天竺武林大舉進攻少林寺時，得到中土武林——尤其是丐幫、明教諸俠的義助，此事之後，少林諸僧曾深入辯論，最後大多數高僧認為少林寺過去獨善其身的態度應該修正，並檢討是否過於自恃少林武功，使武林對少林寺有高高在上之感。是以這次武林盟主一紙相召，無為大師竟然率領羅漢堂十八高僧全體前來武昌，此乃少林寺前所未有的大動作。

本來在錢靜和章逸的戰略中，少林寺負責支援主戰場的任務，只有在主戰場敗陣了，羅漢陣才出場牽制天尊、地尊，讓中土武林及丐幫弟兄從容撤退。但沒想到少林諸僧一上來便與天尊本人狹路相逢，而天尊藐視少林的狂態及惡言，令少林諸僧不能忍受。無為方丈嚴正要求天尊不可無禮，天尊卻大笑道：「少林寺在中土可以自稱武學重鎮，但以天竺武學看來，全是不入流的二等貨。想來達摩當年不曾悟得真正天竺武學的精髓，再不然就是歷代的少林和尚不爭氣，沒有學到達摩武術的精髓。」

無為方丈道：「既然少林武學如此不堪，你為何要想方設法，甚至派人臥底十多年來偷取少林藏經？」天尊強悍地道：「我蒐集中土武林各家的武功秘笈，乃是願以我天尊不世出之才智，指正中土各家武學中謬誤之處，以免這些次等武功一代接一代地誤導後學，實是為中土武林做一件百年善事。」接著又開始批評起少林武功。少林諸僧忍無可忍，無為方丈便合十道：「阿彌陀佛，天尊既要挑釁，老衲便陪你試試少林武功是不是次級貨。」

無為和天尊之戰，其實未戰勝負已定，無為大師雖有數十年少林武學的功力，但天尊的修為已臻另一境界。然則何以無為大師要主動應戰？

兩百招後，才漸漸看出無為大師的盤算，只見他由攻轉守，一步一退，漸漸將天尊引到羅漢陣旁。天尊是何等眼力，豈有不知無為打算之理，但他暗忖道：「少林寺的羅漢陣雖有幾分門道，但幾年前便曾被我破了，何況我此刻的功力更勝以往，已非這些凡僧俗子所能想像，小小一個羅漢陣又要在我手下再出一次醜麼？」

羅漢陣十八僧早已各就其位，這時緩緩啟動，隔空走了十幾步之後，天尊「咦」了一聲，原來他已發覺羅漢陣的步伐變化竟與無為方丈的攻守進退密切配合，宛如一體。他還沒想清楚這件事的後果，暗忖：「不管你們這些和尚搞什麼鬼，我將為首的斃了，你還有個屁陣？」他提一口氣，便要施出絕殺一舉擊斃無為，但又心念一轉：「這十八個和尚隔空的陣式變化動得漂亮，說不定有些新花樣，我且試他一試。」

這是天尊因托大犯下的錯，他一瞬之前沒有施出絕殺除去無為，一瞬之後羅漢陣忽然和無為方丈合而為一了。

天尊大叫一聲：「來得好啊！」便欺身入陣，待要出手，羅漢陣忽然退卻整陣，而無為的大力金剛掌正好拍到面前。他對無為揮掌以攻為守，十八人的陣式卻如水銀瀉地，立時全面捲了回來。天尊不禁又「咦」了一聲，這時他已意識到，今日他面對的是一個完全不同的羅漢陣。

這個羅漢陣有兩位陣頭，無嗔大師在陣內指揮，無為大師在陣外帶動，內外的互動配合得天衣無縫，陣內十八僧之間的聯合及分進更是協調得如臂使指、靈活自如。尤其當無為在陣外發動攻勢時，陣式滾滾隨他而圍；當他潛入陣中時，陣式一開一合，他就變成誘敵入陣的先鋒，待陣式合圍來敵時，他又已到了陣外。

天尊對這改革過的羅漢陣十分感興趣，不斷橫攻直闖，想要體驗陣式的全貌，這一來已翻翻滾滾對戰了數百招。無為和羅漢陣愈來愈契合，天尊仍不著急，他心知肚明，只要自己施出十成絕殺，無為方丈就要橫屍在地，這陣式也就破了。

忽然一個破嗓子的大笑聲來自左側林子邊，只見完顏道長和地尊不知何時已在觀戰，完顏道長道：「幾百年來不是都說羅漢陣是十八個羅漢麼？怎麼說變就變成十九個羅漢了？我瞧天下和尚多會騙人，還是道士比較老實。天尊呀，你要小心了。」

天尊見這個老道士又來了，心中甚是不喜，待見地尊出現在完顏身旁，兩人之間似乎並無劍拔弩張之勢，不禁大為不解。他一面出招一面思索，略一分神就被無為方丈引到羅漢陣中，四股極為強勁的拳風襲向他的頭臉和兩脅，力道之強，搭配之妙，絕非一人之力可以抵擋。然而天尊就在這一剎那間演出似進實退、似實卻虛的瑜伽大戲，沒有人看清是怎麼一回事，他已從陣中走出來，哈哈長笑道：「我說是二流武學，沒有錯吧？」

站在一旁的地尊忽然道：「要是無為方丈先半步出陣，在你施出瑜伽迷蹤步之前，從背後補上一記少林擒龍手，專抓你背上『心俞』和『三焦俞』兩穴，屆時你四面就正好被卡住。這是二流武學麼？」天尊吃了一驚，道：「少林無此一招。」

地尊道：「笑話，我在嵩山達摩洞就看到這招。」他話鋒一轉，又道：「其實剛才還有一招。也是無為方丈誘你入陣，他卻巧妙地和你擦身而出，你正力敵陣中來自五個方向的內力，你是雙拳敵五，他可是兩手空空，如果順勢施出大力羅漢掌攻你左肋，你就麻煩了。這也是達摩洞壁上少林陣法原理中就有的，又算第幾流？」

無為聽得清楚，暗道：「說得好，但是那擦身而過的瞬間，我正全力運氣才能閃出，如果勉力出招攻擊，力道必然不足，難有實際效果，奈何！」

天尊聽得心驚，繼而大怒喝道：「地尊，你沒出息躲到達摩洞去偷學少林武功，幾年不見好像變了個人，還不快將你身旁的老道士給我擒下！」

地尊道：「天尊，你說錯了，我在達摩洞學到的是達摩祖師所創的武學，你怎能說是次等武學？不過你說得也對，我自從參悟武學至高之道，的確整個人變了。」天尊怒道：「你胡說些什麼，我這些年來可沒閒著，終於突破天竺神功的瓶頸，達到十成的至高境界。此時我若真正施展出來，這十九個和尚如何能擋我之威！」

他話才說完，忽然大袖飛揚，整個人化為模糊的人影，在羅漢陣四面穿入穿出，只聽得十八羅漢驚呼駭叫之聲此起彼落，夾著無為及無嗔兩個陣頭指揮的叱喝聲。大地捲起一陣狂風沙，天尊的身子一面旋轉一面上升，如陀螺般飛上天空，直達數丈之高。隨即地面上風沙陡息，天尊落下時，只見羅漢陣陣式未散，但已有三個羅漢受傷在地，陣式未破，但陣外五步少林方丈無為大師盤膝坐在地上，面如金紙，嘴角帶血，胸前沾有一片他吐出的血跡。

天尊單足立地，雙手一掌向天、一掌向地，竟是一副普天之下唯我獨尊的氣勢，雙目流露出無與倫比的霸氣，令人見了不由自主地為之折服。

他淡淡地對地尊道：「地尊，這不是咱們夢寐以求的至高境界麼？十成的天竺神功，不打一分折扣，我天尊突破了十成十的天竺神功，數百年來第一人！」接著他聲音轉厲：「地尊，你突破了什麼？學了幾招少林武學就叫突破了？快不要胡鬧了，聽師兄吩咐，辦完此地的事，我將突破之道與你共享。」

地尊道：「天尊，你是突破了，我看你氣如龍，勢如虎，目光如電，氣色如日中天，確是達到咱們以前夢寐以求的境界。可惜你以暴力強行突破，雖可達而不可久。天尊呀，我猜你每日均須強力修練方能維持不墜，你可千萬要小心啊！」

天尊道：「你說得在理，但我天尊學究天人，雖以強力突破，一旦到了那最高境地，我自有辦法持久不墜，你且不必替我擔心。」

地尊不再多說，身形一晃，轉眼到了場中，只見他在無為大師身上飛快地連點了十八下，雙掌抵住無為前胸，只七個呼吸間竟然兩人頭頂都冒出蒸氣，接著他雙掌一撤，喝聲：「成了！」無為大師被天尊打傷的經絡已經全部打通，他便可以自身數十年的少林內功自行療傷，不需借助外力。

地尊這一手簡直匪夷所思，不說少林諸僧沒見過，便是完顏和傅翔都覺得自己做不到，不禁佩服之至。而這其中最吃驚的卻是天尊和無為，只有他們兩人自己知道，天尊在打傷無為時用了極高明的暗勁，絕非中土任何一門內力能夠化解，除非尋到對症的靈藥，基本上無為的武功可以說是已經廢了。地尊能在如此短的時間內替無為大師打通經絡，無為本人是又驚又感，而天尊卻是又驚又羨，他不得不確信，地尊的瓶頸也已突破了。

地尊走入羅漢陣，又為三個受內傷的羅漢僧療傷，然後合十道：「老夫之所以突破瓶頸而得窺超凡入聖的境界，實因練通了達摩《洗髓經》，今日為諸位少林高僧療傷，便當作是對少林寺的回報吧。」

天尊的驚羨之情化為憤怒，冷笑道：「地尊，你拿人的手軟，要對少林賣好麼？依我看來，你的突破不過是一種拼湊的局面，勉強以《洗髓經》串連而已。要真正修得正果，還是必須回到我天竺神功！」

完顏道長忽然插口道：「天尊說的不無道理，只是拼湊各種武功固然難登絕頂，就算用《洗髓經》將種種絕學融為一體，仍差了那麼一點點。我瞧地尊多半已經超越了這一切，我老人家一向相信這老兒對武學的敏銳天下無雙。但是若有人自創新境，不必在原路上力求突破，那就真正是一步登天了！」

天尊道：「完顏道長說的好笑話，世上焉有此事？誰人能在離登峰造極一步之遙的高度，捨原徑而另創新境？此乃痴人說夢罷了。」完顏道長聽了並不回答。天尊問道：「地尊，你信這老道的痴人夢話麼？」地尊也不回答。天尊不禁一怔，暗忖：「難道……」

完顏道長指著左方三丈之外正在說話的三個人，原來後到場的章逸和傅翔正在和鄭芫說話。完顏大聲道：「天尊，世上確有其人其事，今日教你見見。這人就是你的老對手傅翔。」

天尊哈哈大笑道：「姓傅的小子又來啦？上次在武當山一戰的手下敗將，難不成今日成了完顏老道口中的不世奇蹟？完顏老道，你惛憒了。」

地尊立刻道：「完顏老道是否惛憒，待會便知，我和他還有一戰。但傅翔的功力已不在你我之下，天尊，你不可再稱他『姓傅的小子』。在武當山時，我不就跟你說過麼？」天尊怒極而笑道：「不錯，你講的對，我不該叫他小子。」

這時鄭芫忽然上前，衝著完顏道長道：「道長的眼光是一流的，您瞧傅翔如果和天尊再戰一場，誰的勝面大啊？」完顏道長對她眨眨眼道：「幾年前在武當山上這兩人一戰，天尊是勝了一籌。如今五年過去了，傅翔長了五歲，天尊老了五歲。芫兒呀，妳用點腦筋，今日再戰誰是勝面？」鄭芫點頭道：「此長彼消，照說是傅翔要佔上風了，但……但人家天尊說有不得了的突破啊，說得是石破天驚呢。」

完顏道長忽然笑出聲來，似乎按捺不住滿心的欣喜道：「說到石破天驚，咱們傅翔倒是真正的石破天驚了，他自創了一套劍法，天下無敵啊！」

鄭芫本來是要拋個引子，讓完顏氣氣天尊，最好把他氣得心浮氣躁，和傅翔動起手來便易出錯，這種高手決戰，一個小錯就足以一敗塗地。不料完顏卻不配合，反而談起傅翔的劍法，這不是洩露己方軍情麼？她又氣又急，但戲還是要唱下去，口頭只好將就著問道：「什麼劍法？」

完顏笑咪咪地道：「傅翔自創了『王道劍』，從此真正的天下無敵了。什麼天尊、什麼突破，都給比下去了。」他雖然笑容可掬，但大家都聽得出他十分認真，是非常嚴肅地說出這一句任誰也擔當不起的話——天下無敵。

果然一直默然不語的傅翔開口道：「道長言重，那有……」他話未說完，完顏道長便揮手止住他說下去，反而用他那破鑼嗓子繼續大聲道：「我說得對不對，待會兒便要驗證。天尊和傅翔總是還要打一架的，大家都能見識到『王道劍』，親眼見證什麼是『石破天驚』。」

不但鄭芫聞言不敢相信，連錢靜也為之存疑。鄭芫忍不住道：「真有那麼厲害？」完顏正色道：「當然那麼厲害，芫兒，妳看我像在開玩笑麼？」他接著問鄭芫：「好，鄭芫，我老道問妳，妳要從實回答。」鄭芫道：「一定實話回答。」完顏道：「妳憑良心說，我老道厲害不厲害？」鄭芫道：「您當然厲害。」完顏緊接著問：「我老道有沒有天尊厲害？」鄭芫道：「你們二人沒有正式比過。」完顏道：「好，我問你，地尊厲害不厲害？」鄭芫道：「地尊和您老人家打平手，當然厲害。」完顏道：「那就對了，我告訴妳這女娃兒，傅翔的『王道劍』比我老道還要厲害。懂了吧？」

這時背後忽然傳來朱泛的聲音：「哈，您不是『完顏不敗』麼？怎麼會敗給傅翔了？」鄭芫回頭一看，只見朱泛和衡山掌門莫君青站在一起，聽完顏和鄭芫的對話有趣，忍不住插口。完顏道長倒是來者不拒，任誰提問他都歡迎，聞得朱泛的問題，便點頭嘉許道：「這個問題問得好啊，『完顏不敗』自然是不會敗的，但我打不過『王道劍』。」朱泛道：「你打不過又不敗，那就是『以下風持平手』。」

完顏道長哈哈笑道：「朱泛好本事，居然想得出『以下風持平手』這樣的屁話。但是你全錯了，老道和傅翔的『王道劍』試過招不知多少次，老道深知與『王道劍』拚戰的最終結果，不是佔上風還是下風的問題，而是『不敗而自倒』，最後是被自己累死。」

這時武林盟主這邊的各派高手紛紛趕來，大家聽到完顏口中「不敗而自倒」這幾個字，都覺得玄之又玄，武學造詣高者已然若有所悟，雖抓不定這五個字的確實意義，但似乎描述了一種武學的新境界，大夥兒都興起了極大的興趣，渴望一睹「王道劍」的廬山真面目。

傅翔是「王道劍」的創始人，完顏道長從頭到尾全程目睹其成形的過程，偏他又多嘴多舌，這時倒像是成了「王道劍」的代言人，藉著和鄭芫及朱泛的一番對答，把「王道劍」

形容得虛虛實實，玄虛之中又有些啟人深思的道理。全場的武學高手都被他老人家挑得心癢難搔，完全達到了「未演先轟動」的宣傳效果。

傅翔起先覺得有些好笑，後來聽到「不敗而自倒」五個字，心頭竟是一陣無比的震動，他與完顏道長試招無數次，卻從來沒有想過，如果以「王道劍」與完顏道長鬥到最後分際，會是什麼樣的結局？「不敗而自倒」五字竟是最精準的描述。

場中還有兩個人，完全瞭解完顏道長在講什麼，那就是天尊和地尊。此二位尊者的武學均已達到登峰造極之境，對完顏道長所言完全能夠理解及想像，兩人都體會到，完顏口中的「王道劍」不是一套劍法，而是一種新武學、一個新境界。至於那個武學的新境界，與兩人不久前雙雙突破瓶頸而進入的至高境界，是否異途同歸？或是孰高孰低？不見傅翔親自施展出來，就無從得知了。

【第二十八回】王道無敵

眾高手想要看清楚「王道劍」現世第一招的細節，
但傅翔使出的招式分明就是江湖上極普通常見的「摘星換月」，
竟已將阿蘇巴劍尖的點點星光一舉「摘」掉，
奇的是傅翔只擺了個招式的架子，並未真正出招。

天尊和地尊都陷入了長考，這時一句天竺語打破了兩人的沉思，只見天尊身後走來了兩個全身浴血的天竺漢子，一個是絕塵僧，另一個是阿蘇巴。

天尊、地尊聽見那句天竺語都是一驚，天尊凌厲而憤怒的眼光立刻投向錢靜。

錢靜索性上前兩步，對全場武林高手宣布道：「天竺武林入侵我中土，武昌決戰到目前為止，鬥毒之戰已經結束，一共十六名高手死於劇毒，雙方各犧牲了八人。天竺人尊及四川唐鈞老爺子，兩位世上最強的用毒高人均中毒往生。至於在蛇山各處進行的非毒之戰也告一段落，沒死沒傷的全在這山脊上站著了。」

天尊、地尊方才聽到的那句天竺語正是相同的內容，天竺高手除了天尊、地尊，就只剩下絕塵僧和阿蘇巴了。絕塵僧是地尊的弟子，阿蘇巴是天尊的弟子，一個工心計，一個性憨直，兩人的武功雖然了得，但在天尊地尊的眾弟子中都不是最強的，卻不知何以在這場惡戰中成了唯二倖存的天竺弟子。天尊道：「錢靜，咱天尊、地尊還在呢，這場大戰才打了半場。」

他轉向地尊道：「地尊，咱們要大開殺戒了。」忽然一晃身衝進少林群僧中，羅漢陣原已缺了三人，這時天尊又突施襲擊，陣式完全無法啟動。只看到天尊化為一片灰影，滾過之處，指東打西，眾僧一連串慘叫之聲，凡中了天尊拳掌的，立刻倒地，瞬間便倒下四人，其中兩人當場噴血昏死過去。

無嗔大師見羅漢堂眾僧在天尊攻擊之下，連出招都來不及便已倒下，心中驚駭已極，這才見到天尊施出全力的手段，與五年前武當山之戰時的天尊相較，簡直判若兩人。那時的天尊已是中土無敵，而這時的天尊更是神鬼莫測了。

就這一瞬間，天尊已如鬼魅般出現在無嗔大師的面前，無嗔奮起一甲子的羅漢堂苦修，一記「力士舉天」對著面前一片快速飄移的模糊人影擊出，招未出，力未吐，天尊已到了他的背後。無嗔大喝一聲，反手揮出「金剛卸甲」的絕招，天尊卻一借他掌力，已經繞到左側，伸手將左邊一個少林僧擊得吐血。無嗔大師駭然驚叫，天尊的掌力已經到了他胸前，他只得奮力再出一招「力士舉天」，轟然一聲，天尊長笑聲中化為一道弧線，向三丈外的中土高手群中尋人便打，無嗔接了他隨手一掌，竟然連退三步，胸肺一陣血氣翻騰。

三丈之外站著兩個人，女的是鄭芫，男的是章逸。天尊指向章逸，掌卻落在鄭芫當頭，鄭芫從未見過如此快的打法，完全沒有任何時間回應，只能硬碰硬地施出全力，一記「舉缽納天」向上推出。她才一推出，立覺天尊那股巨大無比的力道突然從頭頂移到了胸腹，她的掌力卻被一股黏力引向章逸。章逸一口氣攻出四招，前兩招出自昔年明教右護法岳天山的「寒冰九式」，後兩招順勢換成了西天王白抑強的「獅吼神拳」和教主的「追神指」，四招全是威力剛猛的武林絕技，原本南轅北轍，章逸使出卻如行雲流水，一氣呵成。

天尊吃了一驚，笑喝道：「奇了，奇了，這女娃兒的少林功夫比那幾個羅漢強，這姓章的倒似和傅翔是一路的。」談笑之間如風而過，鄭芫退了三步才站穩，已受輕傷。章逸胸口一窒，強忍住翻騰的血氣，沒有吐出來。

天尊施出真功夫來，直如一縷輕煙在山脊上滾動，指東打西，逢他非死即傷，中土各高手一時被打得不知所措。大夥兒雖都是一流高手，但實在無法想像人間竟有如此武功，簡直不知如何應付。天尊大展神威之餘，厲聲喝道：「地尊，你還不動手，人尊都被他們殺了，你還在等什麼？」

就在此時，無往不利、無堅不摧的天尊忽然唰的一下定住了身形，從流星亂飛般到陡然立下一動也不動，前後動作差距之大、變化之快，駭人又詭異。全場屏息，不知何以致此，亦不知他下一個動作為何……

天尊仍然屹立，沒有絲毫動作，從極動陡然變成極靜，只因在他左前方三丈外有一人手持一柄木劍，隨手擺出了一個姿勢，看上去像是最普通的「仙人指路」，臉上神色極為凝重。

那持木劍的正是傅翔。這招「仙人指路」難道就是「王道劍」的起手式？

山脊上中土武林高手都不知如何止住天尊鬼魅般的攻擊，傅翔輕鬆地擺出一招人人皆會的「仙人指路」竟把天尊定住了，這對各派高手來說是無法想像的。

但對天尊來說，自從突破了天竺神功的最後瓶頸，他全身的感受較以前更為敏銳，從三丈外就感到一股隱隱然的浩大能量，潛藏在傅翔全身和那柄木劍中，那是一種從未感受過的壓力，卻無以確定究竟是什麼。於是他緩緩走近傅翔所立之地，一步一步走到距離兩丈之地就停了下來，因為他這時感覺到，每走近一丈，那無名的壓力似乎增強不只三倍。

他腦中忽然閃過一個念頭，於是又繼續向前走了半丈，竟然察覺到那股無形的壓力又再增強了三倍，這時他不得不再次停了下來。

地尊面上露出極為駭然的表情，自從突破瓶頸後，他感覺的敏銳度也陡然大增，雖然此刻他站得較遠，仍能感受到傅翔劍招中釋放出來的壓力。他可以體會天尊的感覺必然十倍於己，這表示傅翔站在那裡動也不動，其身軀所潛藏的力量顯然已讓天尊心生懼意。為此，地尊感到駭然。

全場高手的心思也隨著天尊的腳步停了下來，大家都在猜想天尊應該採取行動了，然而……

令人不敢置信的事發生了，天尊忽然對阿蘇巴下令道：「阿蘇巴，你去把傅翔的木劍奪下來，不讓他裝模作樣！」這分明是要阿蘇巴向傅翔試招的意思。片刻之前，天尊大展他突破瓶頸後的功力，令中土武林心驚膽戰；此時他卻顯得十分小心謹慎，難道有些怯戰？這怎麼可能？

天尊雖然言行狂妄，其實心計極深。完顏道長事前大肆宣揚傅翔的「王道劍」，對他老人家來說，是目睹並參與了「王道劍」的產生過程，深深為這一武學新境界的出現而感動萬分，是以「王道劍」在天下武林高手前正式露臉之時，忍不住要預告一番。但聽在天尊耳中，卻已對這「王道劍」產生了一些想像，傅翔擺出的招式本身不重要，重要的是他全身綻放出來的那股氣，已讓天尊感受到，甚至印證了他對「王道劍」的部分想像。天尊暗忖：「這王道劍非同小可！」謹慎之心一起，他便立刻下令阿蘇巴試招。天尊向來只求勝利，不強顧形象面子。

阿蘇巴身材高大，心思憨直，一身天竺功夫十分紮實，他動手時招式實在而無花巧，最能試出對方虛實，至於以下駟對上駟的風險，天尊已盤算過：「傅翔的劍法名為『王道劍』，阿蘇巴頂多落敗，多半不致喪命。就算喪命，也可為我探出虛實。」

錢靜見天尊派出阿蘇巴來戰傅翔，便對身旁丐幫兄弟使了個眼色，伍宗光及朱泛幾乎同時跨步上前，要把阿蘇巴接下來，卻見斜對面的完顏道長連番搖手，止住兩人。

阿蘇巴已經走到傅翔面前，抱拳道：「聽那老道將什麼『王道劍』說得十分神奇，我阿蘇巴倒要請教。傅翔，你賜招吧。」

傅翔微微一笑，抱木劍還了一禮道：「好說，傅翔自創了『王道劍』，要請方家指正。」眾人無不引頸期盼「王道劍」與天尊的大戰，想不到「王道劍」第一次展現卻是與阿蘇巴過招，不禁有些失望。

阿蘇巴右手扣在腰間，忽地一抖，手中多了一把緬鋼製成的軟劍，寒光一閃，劍尖的點點寒星已經遞到傅翔面前，每一點寒星背後都是天竺神秘詭異的內力。傅翔舉起木劍，一圈一捺，阿蘇巴忽然大叫一聲，無端倒退了三步。他提氣將一柄百鍊柔鋼的緬劍舞成一道藍汪汪的光圈，傅翔卻沒有追擊，只是木劍向天，抱元守一。

眾高手想要看清楚「王道劍」現世第一招的細節，但傅翔使出的招式分明就是江湖上極普通常見的「摘星換月」，竟已將阿蘇巴劍尖的點點星光一舉「摘」掉，奇的是傅翔只擺了個招式的架子，並未真正出招。

阿蘇巴在緬劍上貫入了柔中見剛的天竺內功，踏中宮，攻出連環三招，正是天尊的得意之作。這三招首尾相顧，攻中帶守，對手勢必被迫避開劍勢，而阿蘇巴真正的殺手是隱藏在下面的「御氣神針」。

天尊、地尊及完顏道長都極注意這一連環招，待看傅翔如何應對，卻見傅翔輕鬆地將木劍一橫一豎揮出，阿蘇巴又是大叫一聲，向後翻滾退了一丈，跌落在地上。眾人看那「王道劍」時，傅翔木劍一橫一豎之後向外推出，擺出的招式竟是江湖中人人熟識的拳招「推窗望月」，只是這一推不是雙掌，而是一掌一劍。

到了此時，全場高手都發現原來「王道劍」沒有創出任何厲害的劍招，全是傅翔信手拈來的普通招式，但何以阿蘇巴的天竺武功未觸即退，大家就看不懂了。

天尊卻看懂了，而且愈看愈驚。阿蘇巴的招式再厲害，動作再快，力量再強，那柄木劍的劍尖總是在特定的時間放在特定的位置，如果阿蘇巴招式落實了，他自己的命脈要穴必先將撞上木劍，施力愈大，自己傷得愈重，是以只好臨時急變，收招倒退，狀甚狼狽，而傅翔的木劍看起來只是擺出江湖上最普通的一招。

如要問阿蘇巴本人，他更是有苦說不出，只因對方那支木劍的一舉一動後面都有深不可測的內蘊，那些內蘊隱隱約約透出極為懾人的機鋒，令人未交手而生怯意。耳邊聽到師父的傳音，要他以快打快，讓對手不能從容地以緩打疾，逼對手也以快應戰，然後施出天竺霹靂劍逼對手以內力回應，最後由緬劍尖端發出御氣神針的功夫，一舉破敵。

阿蘇巴依囑盤算好了，大喝一聲，展開天竺的「龐格拉」快劍，緬劍化為一圈暗藍色的狂飈，瞬間將傅翔捲入劍氣之中，連場外觀戰的魔劍伍宗光都忍不住讚道：「好快劍！」然而傅翔卻依然好整以暇地用普通劍招應對，十招過後，阿蘇巴又被傅翔的一般招式逼得束手束腳，施展不開。三十招後，傅翔還是不徐不疾、輕描淡寫地揮動木劍，而阿蘇巴則陷入完全的被動，不但厲害的招式遞不出去，厲害的內力也施不上手，只能勉力跟著那支木劍所指上下狂躍，前後飛轉，氣息漸漸粗了。

眾人中有的覺得打得不精彩，傅翔招式平凡，全無殺著，威力還不及五年前他大戰天尊時，那時他各種明教絕學層出不窮。但眾人中武功愈高者愈是驚駭不已，他們已經看出，「王道劍」每一招溫和平庸的劍式，都有各種極為厲害的武功做為後盾，伺機會、視變化，依敵人招式，隨時將內涵中最針對、最犀利的武功藏於己招背後，隱而不發，讓對手感受到厲害，只得知難而退。倘若不退，則機鋒盡現，逼對手非退則傷，但始終不見殺著，直到對手力竭而敗。是以敵手武功相差得再多，王道劍還是一招一式逼他棄守投降，不會三招兩式便將對手解決。

衡山莫君青悄悄走到完顏道長身旁，低聲道：「道長……」完顏道長瞧著傅翔初演王道劍，老臉上流露出十分甜美的幸福表情，聞得衡山掌門的聲音，便道：「莫衡山瞧出門道了麼？」莫君青道：「我是瞧出王道劍的厲害了，嗯呀，但是對武功差自己一截的對手，這種鬥法要鬥到何時？」

完顏道長睜大了雙眼看著莫君青，似乎難以相信世上怎會有如此蠢的問題，他哈了一聲道：「第一，『王道劍』是天下至高的武學，但沒有人規定你遇到任何人都用『王道劍』啊！傅翔此時乃是要展示給大家看，他若碰上武功差一大截的對手，可以用其他武功來解決呀！第二，你嫌太慢，問要鬥到何時，請看……」他伸手指向場中，只見就這幾句話的時間，場中勝負已定。

傅翔的「王道劍」招招中庸之道，木劍上的暗力卻逐漸加強，阿蘇巴被逼躍得更高，轉得愈快，緬劍揮得愈疾，身形圍著傅翔上下左右急竄，氣急敗壞至極，終於倒躍退出戰圈，歪歪斜斜退走兩步，倒坐在地上了。

完顏道長道：「看到了吧，莫掌門人，快得很呵。」莫君青駭然說不出話來，只「嗯啊」了一聲。全場武林高手的目光全部集中在傅翔身上，說也湊巧，傅翔收劍前的招式還是開始時那招「仙人指路」，他氣定神閒，好像啥事也沒發生。

全場鴉雀無聲，大夥都看到這場奇景，傅翔用又俗又淺的招式輕輕鬆鬆打倒了阿蘇巴，兩人沒有接觸，木劍和緬劍也沒有相碰。這乃是世上自有武術以來，第一次出現的景象，在場眾武林高手頗有眼福，在近距離之下開了眼界。

完顏道長哈哈笑道：「諸位，老道說的『不敗而自倒』，諸位都看到了吧！」

全場突然響起了如雷的掌聲，完顏道長欣然掀髯受之，倒像他才是王道劍的創始人，不過他也不算過分掠美，這掌聲中至少有一半是讚賞「不敗而自倒」這句警句的創意。

傅翔仍無語，只神色自若地瞧著天尊和地尊兩人。

地尊面色嚴肅，沉思之中不時點頭，不知在想什麼。天尊卻是滿臉緋紅，雙目精光暴射，整個人像是充滿了無與倫比的精力。他走到阿蘇巴面前，只問了一句：「受傷了麼？」阿蘇巴坐在地上已回過氣來，他深吸一口氣，搖了搖頭道：「沒有，全身完好。」他右手在緬劍上一施內力，借緬劍的彈力，唰的一下已站在天尊面前。天尊似乎十分在意這問題，再次問道：「確無受到內傷？」阿蘇巴恭聲答道：「確無受傷，只是……只是脫力了！」

聽聞阿蘇巴沒有受傷，天尊並無喜色，臉色反而更加難看。原來他從阿蘇巴戰到脫力卻絲毫沒有受傷這件事上，驗證了自己對「王道劍」的一個觀察，一個攸關是否能擊敗「王道劍」的關鍵，那便是「王道劍」究竟有沒有殺傷力？對天尊而言，他要弄清楚傅翔的「王道劍」是否真正能完全放棄霸道，完全不用殺著？從阿蘇巴的情形看來，顯然「王道劍」確實不用殺著。

傅翔回過眼來，望了完顏道長一眼，完顏道長對他微微點了點頭。傅翔深深知道「王道劍」大功告成與否的指標，便是與天尊一戰，於是他朗聲對天尊道：「『王道劍』未經天尊指教過，焉能登峰造極？」

天尊暗忖道：「傅翔，你這王道劍不過是用溫和的招式包藏厲害的殺招，阿蘇巴功力不夠，你才能談笑用兵，表面上不使殺著，卻用隱藏的殺著施壓，逼得阿蘇巴脫力。但你若與我為敵，我以至高無上的天竺神功攻向你，你的厲害殺手還能隱藏不出麼？我倒要瞧瞧，在我的全力攻擊之下，你要怎麼繼續裝神弄鬼，搞什麼王道？」

於是他走到場中，淡淡地道：「傅翔，你年紀輕輕便自創武學，其志可嘉。方才瞧你施展出王道劍，也確有些創新的意思。但是，不過創新一套劍法，便想登上武學極峰，恐怕是想太多了。我奉勸你不要被那個完顏老騙子一陣胡吹瞎捧，搞得忘了自己的斤兩，還不如跟我天尊地尊到天竺去，咱們三人好好切磋，十年後你的王道劍還有可能大成氣候。那時你便取代人尊的地位，咱們天竺中土武林合璧，同參武學極樂，豈不是好？」

在場所有武林高手沒人想到天尊會說出這番話來，只有地尊不感驚訝，他這個師兄是個極為複雜的怪傑，一方面才氣縱橫，狂薄雲天，另一方面又能屈能伸。眼見天竺武林第二代已在中土幾次戰役中犧牲殆盡，「人尊」一門一入中土就與中土毒門拚得兩敗俱傷，人尊已死，只差沒有全軍覆沒，於是便突然想要拉攏如日上升的傅翔。不過地尊暗忖道：「天尊有此想法，乃是因為他仍信心滿滿，以為突破瓶頸後的他是無敵的，傅翔再厲害，仍要遜他一籌，但以我看來……難說……難說……」

完顏道長聽了，哈哈大笑道：「天尊呀，只你一句傅翔不要『新創一套劍法，便想登上武學極峰』，便知你還沒有瞭解到什麼是『王道劍』。多說無益，你要搞什麼天竺中土合璧的鬼主意，先勝了『王道劍』再說吧。」

傅翔暗道：「今日你要是贏了我，完顏道長即使和地尊戰成平手，中土再也無人能阻止天尊了。我那日在武當山曾說，十年後天尊將不是我對手，想不到才過了五年，咱們又要決一勝負了。」他結束了心中所有的思緒，吸一口氣，全神進入「王道」的境界，朗聲道：「天尊，你出招罷！」

天尊冷哼了一聲，提一口氣，面上一道緋光閃過，他全身的生理和心理進入了十成天竺神功的狀態，這時，他摘葉可殺人，飛花也可殺人，感覺天下再無任何力量可以阻擋自己的威力了。

他一面走向傅翔，一面對地尊道：「完顏老道交給你了，你還在等什麼？難道真讓中土武林給同化了？」地尊哈哈笑道：「不要擔心，我為少林寺和尚們療傷，乃是報答我在達摩洞中得窺武學至高境界的福緣。我和完顏道長還有另外一場較量。倒是你多擔心一下自己，不要被中土武學打敗，傅翔王道劍裡似有好些東西，咱們不易搞懂呢。」

天尊道：「地尊，不要長他人的威風，你既有巨大突破，就給我打敗這個多嘴多舌的道士，咱們今日同展神威的日子到了！」他一面說，一面對傅翔發出了第一招……

天尊的第一招出乎所有人意料之外，竟然是搶入傅翔五尺之內，一出手便以最上乘的天竺神功和傅翔展開近身搏鬥。天下武功最高者的決鬥，竟然盡棄各種隔空的上乘內力及氣功，而採取了武林後輩的打法，著實令人大吃一驚。

傅翔顯然也大出意外，一瞬之間，天尊已到了面前，傅翔感到他雙掌飛動，力道如排山倒海，然而在他手上卻是舉重若輕，宛如掌上帶著兩塊千斤重石，猶能做極為細膩精巧的變化，普天之下除了天尊，不知還有誰能臻此。

傅翔手中木劍連連出招，變招奇快，一瞬間出了二十四個半招，沒有一招是完整使出的，那些招式全是瞬息間在天尊的壓力之下隨性而發，大多都是武林中常見的招式，有的是前半招，有的是後半招，也有兩三招是臨時「應景」杜撰的。但不可思議的是，這些毫不起眼的劍式在傅翔的木劍揮動之下，竟然每一個細微的動作都產生了極大的凜然氣勢，足以與天尊施出的石破天驚攻擊力相抗衡，絲毫不顯遜色。

天尊出人意表地一上手便採近身相搏，取得了先聲奪人的優勢，但在傅翔木劍二十四個半招舞出之後，王道劍便將局面穩定了下來。

完顏道長極惹天尊之厭，在旁看得興高采烈，一陣大笑過後，就開始評論道：「天尊的天竺神功的確有突破了，是否達到頂峰我是不知，但他若來攻我，我是只有守、沒有回攻之力了。可是以天竺之『極利』攻傅翔之『至鈍』，以『極巧』攻傅翔之『至拙』，卻始終攻之不下，何哉？天尊之威出自霸道，傅翔之重出自王道，威霸攻之不下便不可久，王道卻是生生不息，細水長流……」

他愈說愈自得，說的也確有些道理，連天尊聽了都覺心驚，但他只冷笑以對，打斷道：「道士休得胡言，爾等還沒有見到十成天竺神功的真功夫。地尊，你還在等什麼？」他猛提一口氣，身子突然化為一片模糊的灰影，掌風拳風如狂風怒號，場中形勢大變。

地尊見天尊已經無法忍受完顏道長的場邊評論，便躍身而起，對完顏道：「老道長，咱倆這就不等天尊和傅翔之戰的結局了，開打吧。」

他猛然躍起，起手出招，似佛非佛，似道非道，完顏感受到的仍是天竺神功，卻與過去所經驗過的迥然不同，和天尊對傅翔所施的純正天竺神功也不盡同。完顏吃了一驚，暗道：「這地尊五年不見，確實悟了一些新道行了。」

完顏和地尊二人有緣，這些年來，兩人已經大戰過兩次。第一次是在漢水之濱，完顏雖未敗得難看，卻鬥得有些狼狽，但這一戰促使完顏將「後發先至」的武學改善到無所不適；第二次在武當山選武林盟主時的大戰，戰成平手，得到「完顏不敗」的尊號。

這五年來，地尊在達摩洞中獲得奇緣，終於得到大突破，而完顏這五年來始終期望能更上層樓，將「後發先至」固若金湯的守勢武學與全真派的攻勢武學相結合，成為真正攻守隨心轉換的第一高手，但是這個願望始終差了一點而難以實現。不過，五年來和傅翔一同探討全新的王道武學，完顏從中也得到了許多前所未有的啟發，即使他的最高期望沒有達到，但「後發先至」的功力已更上層樓。因此他也不怕地尊，正想試試突破瓶頸後的地尊能破得了「完顏不敗」麼？

完顏道長立刻感覺到面對地尊的出招，要使出「後發先至」可有困難了。原來地尊的每一招中既有天竺神功的威猛精髓，又有達摩神功的變化深沉，再加上太極功以慢打快，以逸待勞，他出手之際飄忽不定，隨時可以從三種截然不同的絕學中任取一種，予以落實。完顏要使出「後發先至」，便要同時顧及三種可能，難度大增。

然而完顏道長是何等功力，他試了一招後便知問題所在，只見他全神貫注於地尊的來勢，大喝一聲，居然也使出飄忽不定的一式，此式中含有三種可能的變化，全是針對地尊招式中三種可能的攻擊，每一動依然可以後發而先至，剎時便迫使地尊變招換式。

地尊讚歎一聲：「好老道，真有你的！」

完顏在口舌上絕不後人，立刻也讚歎道：「好地尊，你三家絕頂武學融會貫通後而有創新，我瞧天尊不是你對手了。」末了還不忘挑撥一句。

地尊招出如風，心想：「我只須不斷加壓，老道士以一顧三，時間長了，終會顧此失彼。」口中卻答道：「老道不要挑撥，我與天尊已有五年不曾切磋，連我都不知天尊是不是對手，你又知道了？」完顏道：「一點不錯，偏我知道。我老道恐怕是天下最懂得地尊底細之人吧？對吧？」

地尊連環三招，一招疾過一招，口中答道：「不錯，咱們交手已是第三次。」完顏全力以赴，也是連環三招，化解了地尊的攻勢，口中道：「是以我只需三招，就知你地尊已有大大突破，武學境界已跨越天竺、少林及太極。反觀天尊，死抱住天竺神功，一寸一分地搶攻絕頂，長進是有些長進，但是碰到五年前的手下敗將傅翔，竟似罩不住他的王道劍呢。我老道說他恐怕非你對手，可不是亂講的。」

天尊在數丈之外聽到地尊與完顏的對話，發現自己在和傅翔決鬥，傅翔本人一聲不響，反倒場邊的評論人似乎已由一人變成兩人了，不由怒氣往上衝。但傅翔手上木劍一招接一招遞來不起眼的招式，中庸而平和，但招式後面的機鋒潛力深不可測，從木劍上發出來的劍氣便可窺見，而且隱藏的厲害武功極具針對性，全是瞄準自己的攻勢而備，自己的攻勢一變，木劍後面的潛式也立刻跟著改變，只木劍本身仍是一招普普通通的招式。天尊雖然怒極，但是不得不強自忍下，專心思考如何破掉這把木劍。

天尊從已交手的一百多招中，漸漸摸到了王道劍的門道，他心中暗道：「待我使出瑜伽神功的頂級功夫，看你如何施展王道。」

只見天尊雙袖揮舞，大步逼近傅翔，傅翔立刻發現一件奇事，天尊雙袖舞動有如捧了千斤巨石，但這兩股巨大之力忽然不再隨天尊身體的移轉而移轉，而是鎖定傅翔左右要害飛快地攻擊。原來天尊的四肢在瑜伽神功運行之下，竟然已無前後左右之分，雙臂及雙腿可以任何時間從任何方向發招發力，即使背對傅翔，雙臂雙袖的揮舞出招，也如正面對著傅翔一無二般，好像四肢關節忽然之間不再存在，是以雙袖所帶動的巨大力道，便無休無止地輪番攻擊傅翔全身要穴，完全不因天尊身軀移動而稍歇。這種攻擊之勢，武林中聞所未聞，全場武林高手見所未見，全都鼓譟起來。

傅翔知道自己一柄木劍難以跟進這連續不停的千鈞重擊，但是只要自己使出任何一招明教十大高手的武功加以反擊，這王道劍便算破了，接下來便要和天尊鬥內力。以霸對霸，五年前自己就輸了一籌，如今天尊天竺神功的威猛更上層樓，自己可能比五年前敗得更慘。他一面揮木劍強擋了四十九招，到第五十招時，傅翔長嘯一聲，戰情又是一變。

數丈之外，戰況竟和這邊頗為相似，地尊也是以極具優勢的力道不斷加壓，每一招內含三種可能的變化，每種變化落實了都是力逾千鈞，勢如萬馬。他要讓完顏的「後發先至」以一防三，疲於奔命，終於露出破綻，那時地尊便要使出殺著。完顏道長當然瞭解地尊的打算，但他除了拚力守住局面，也別無選擇。

他開始苦思要如何脫困，因為他知道照這樣打下去，頂多再有一、兩百招，自己就有可能發生閃失，那時完顏不敗的佳話便破滅了。

場外各派高手中已有人看出這種危機，錢靜尤其憂心，她悄聲對站在身旁的伍宗光道：「這地尊較五年前厲害太多了，不知完顏道長的『後發先至』頂不頂得住？他若敗了，咱們要如何應對？」伍宗光道：「俺去問一下章逸……」豈料章逸和朱泛正悄悄移步過來，對錢靜道：「倘若完顏道長落敗，咱們這邊兩人一組，雙進雙退，打不過就撤。范青跟著盟主，伍姚兩護法一組，朱泛加上鄭芫一組，武當二俠一組，莫掌門和俺一組……如此可好？」錢靜當機立斷道：「就照這樣，快傳知各人知曉！」

但錢靜立刻又為傅翔耽憂起來，因為傅翔和天尊之戰又是另一番光景。只見天尊使出了天竺武學最高層的神功，數百年來在天竺從未有人到達過這個境界，甚至連創此武學的前輩祖師是否曾臻此境，也是一個疑問，而此刻的天尊強行苦修，終於突破所有的瓶頸，已經達到其力如山、其巧如水的最高境界。但這時他全力施為，竟然沒能逼出王道劍的破綻，因為王道劍本身無定招，木劍仗著它後面「埋伏」的武功絕學支撐，只是隨勢而為，在天尊發出的驚濤駭浪中隨波逐流，表面看來是以柔敵剛，以慢制快，其實傅翔是在苦撐待變。

天尊自覺已經掌握了王道劍的精髓，判斷幾百招下來又將發生如五年前在武當山一戰的相同情況，逼得傅翔和自己以力相拚，勝負即將立判。

然而天尊所不懂的是，傅翔在等，他在等一個時機來到，王道劍就要發揮最後一個秘密絕殺——借力。他要借天尊之力打倒天尊，因為世上沒有其他力道能打倒此刻的天尊。傅翔苦撐著，等待那一剎那的到臨。

場中還有一個人也在等候，那就是地尊。地尊對完顏的施壓是經過精心的規劃，他一招一式逐漸加強，完顏忽然發現一件奇事，地尊的施壓竟是順著自己脊椎的經絡由上而下逐穴而攻，然後再由下而上，竟有周而復始的趨勢。完顏十分不解，只覺地尊的施招力道愈來愈威猛，自己若不能以「後發先至」同時對應三種完全不同性質的內力攻擊，勢必被迫棄守改攻，然後就要面對地尊無休無止的「御氣神針」攻擊，完顏的「後發先至」便要被破掉了。

然則地尊在等什麼？他一招一式愈來愈強，按著完顏脊椎兩邊的要穴攻擊下去，除了讓對手可以預知下一攻擊點的所在，而有較多應變時間之外，又有什麼目的？難道是要讓完顏習慣攻擊的順序後，突然改變攻擊點，教完顏來不及應變而被一舉擊倒？

完顏暗道：「地尊有了如此寶貴的武學突破後，難道要跟我老道玩這種幼稚的陰謀？」但覺那地尊的攻擊到了第二周時，自己的脊髓附近開始有些感應，起初極其輕微，一旦清楚感受到之後，便發覺地尊似乎是要利用完顏因應壓力的反應，累積一些能量，完顏暗忖道：「但是……但是即使累積了能量，這些能量乃存在我身，地尊如何能利用？」

完顏道長不解，而拚鬥中的壓力逼他全力以赴，也無暇深入細想，他暗忖：「這地尊確如芫兒所言變了許多，但此人從前就有點腦子不夠使，有時還有點瘋瘋癲癲，莫不是在達摩洞中亂練各種上乘武功，把腦子進一步練壞了，竟使出世所罕見的上乘武功，拿我老道的脊髓開玩笑，這情形不妙得緊，但我如何才能脫身？」他老人家不禁愈來愈擔心。

傅翔也在擔心，他擔心的是待會和天尊鬥到分際，對手肯定故計重施，便要當場把傅翔困住，他則使出絕頂十成的瑜伽神功，和自己硬拚。上一回在武當，自己擋到第六招上敗下陣來，這次天尊突破了「一點點」，功力倒似強了一倍不止，「王道劍」借不借得動他的力？這事一點把握都沒有，要看天尊使出硬拚的第一招，才知端倪。

天尊忽然感受到傅翔的木劍慢了下來，他的瑜伽神功立刻欺近，天尊暗忖道：「是時候了！」他猛然推出一招，直襲傅翔胸前，隨即木劍跳動三下，三股極為凌厲招式的潛勢迎向天尊，那天尊完全不再理會任何後果，逕自以十成的天竺神功硬打傅翔，傅翔抱劍長嘯，斜跨一步，然後溜溜的在原地轉了個圈。

天尊忽然感到傅翔木劍上發出一種真氣，竟然對自己推出的力道產生極大吸力，而且愈靠近傅翔，那吸力就倍增，在他強勁的神功距傅翔不到一尺的距離時，天竺神功的力道突然被吸到傅翔左側，緊接著，隨著傅翔一個飛快的大轉身，那股神功的力道全落到了傅翔的木劍上，傅翔開聲吐氣，送出自己的內力，一併指向天尊，竟把天尊的巨力吸得轉了一圈，加上傅翔的巧力一併還給了天尊。

這是「王道劍」最後的秘密，借力。第一招使出，成功借到了天尊無堅不摧的巨大力道。傅翔心中放下一塊大石頭，天尊卻驚得不知所措，突然回想到鏖戰之前，傅翔擺出一招「仙人指路」的架勢，發出一種奇特之氣，靠近一丈其氣增強三倍，難道就是那股奇氣化為近戰時的巨大吸引力？

只在電光石火之間，天尊怒發第二招，出招時同時也使出天竺神功中以力加力的功夫，在出手的瞬間飛快地加上了一把巧勁，催動這第二招，使之力道更加駭人，以千軍萬馬之勢直撲傅翔。

傅翔有了第一招的經驗，心中篤定下來，他知他已等到時機了，他再次發出王道劍中借力的功夫，一步斜斜跨出，接著一個大轉身，天尊發出的力道竟然轟然轉了個彎，隨著那支木劍的疾刺，又回攻天尊。

這一下，場外的各派武林高手也都注意到了，全都睜大了雙眼，張口卻無聲息，被眼前發生的事震懾住了……

這是超越武學原理之事！

武林高手借力打力，原也不算稀奇，天竺神功中也有類似功夫，運用之巧妙似乎猶在中土之上，但所有借力打力的武功都是將對方正面攻來之力轉移一個角度，讓對方落空，或是牽引力道，斜攻第三者，像眼下傅翔將天尊巨大無比的力道反轉回打天尊，這是聞所未聞、見所未見的武學奇觀。

天尊的武學是何等精湛，他已體會到王道劍借力的奧秘了，傅翔練成了一種內斂的真力，施展之時在他四周布成一圈吸引力場，上下左右前後無一不在，愈靠近其力倍增。來襲的外力一旦靠近傅翔這個內力的場子，便受到強大吸力，拉著來襲之力以傅翔為中心而轉彎，傅翔奮力一個大轉身，便將來襲之力送了回去。天尊瞭解了這些，卻不懂這內斂的吸力來自《洗髓經》與明教內功的結合，傅翔又從中悟出了以它為核心來借力的心法。

但是鏖戰之中無法停手，在天尊驕傲的狂氣裡，停手就是認輸，他只能以更大的力道連續發招，只盼自己天下無雙的威猛十式連發時，王道劍的借力終有借不住的時候，那也便是自己一舉殺了傅翔的時候！

但是天尊這個如意算盤很快便幻滅了，他感受到傅翔的借力似乎愈來愈輕鬆，也愈來愈精準，電光石火之間，他已發出九記強大無比的掌力，傅翔飛快地轉了九圈，送回了九記同樣的威力，甚至有時還加上了傅翔本身一碼的力道。表面上看來天尊攻、傅翔守，而且攻勢一招強似一招，每一招發出的風雷之聲愈來愈嚇人，但是天尊自己清楚，己方這九記招式送出愈來愈吃力，雖然自己已臻天竺神功十層十的頂尖，但這時也感到有些力不從心了；反觀傅翔的王道劍，愈使愈輕鬆自如，似乎愈來愈能掌握其中細微之處的奧妙，一派得心應手的模樣。天尊心中不禁升起一個疑問：「這第十招究竟能否一舉成功？是否還要豁出去力拚？」

天尊是個極度精明的智者，但另一方面他也是一個野心勃勃的梟雄，以他的智慧來考慮，他似應就此停手，留下最後一手蓄而不發，與傅翔的王道劍打成平手；但是以他的野心來衡量，這是他擊潰中土武林的最佳機會，打殺了傅翔，中土再無「傅翔」了。這兩種相反的想法，在他腦中同時出現，一閃而過。

然而天尊還有第三面的特質：他是個自恃甚高、狂氣干雲的武林人。

在這一剎那的思量中，是武林人的傲氣使天尊義無反顧地發出了第十招。

如果說天尊在達到天竺神功十層的頂端後，所使出的天竺十式是霸道武學的極致，那麼這第十式便是天下霸氣凝聚於一招的代表之作，霸道中的霸道之作！

天尊這些考慮其實只在一瞬之間，繼第九招之後，他長吸一口真氣，將第十招的巨大力量用「御氣神針」的心法凝成一束力道，其力如一支利箭般射出，「箭頭」的力道經此凝聚又增了數倍，天尊不相信世上有任何人、任何武功能擋住這一擊！

傅翔上次與天尊過招，在第六招上落敗，是以從未見識過這第十招的厲害，只感到一道射線破空而來，所經空氣均發出爆裂之聲，綻出一串火光，那聲勢駭人之極，場外高手發出驚呼，傅翔暗道：「成敗在此一招。」他以全身功力凝聚於木劍之尖，斜斜揮出一招，同時向左斜跨半步，十成真氣傾身而出！

天尊武學雖究天人，但這回卻犯了錯誤，他不瞭解此時在傅翔所布下的吸力場域內，強度已達到極致，外來直線攻擊的力道愈是凝聚，愈是易受吸引而轉彎。對傅翔而言，天尊發出的這一束巨力直穿到距己半尺之內，其受到的吸力也比前九招多了數倍，竟然更為有效地將那第十招的力道牽引轉彎，他回劍轉身，反指天尊。然而終因強大無比的力道貼身而過，傅翔的頭髮竟被削去一半，額上如遭火灼傷，被捲去了一層皮膚，全身衣服被撕成數條，身上疼痛有如刀割，最駭人的是他的木劍竟然無火自燃，噼啪之聲不絕於耳。

但是這強極天下的第十招，回轉向著天尊射去時，天尊的臉上閃過一道金光，臉色緋紅有如醉酒，雙眼中射出可怕的光芒，終於搖晃了一下，然後坐倒在地上。那一股巨大無比的暴烈之力，經過這一掉頭回轉，凝聚之力散成一陣強大的狂飆，掃過天尊，捲起漫天的飛沙走石。

傅翔舉著火燄漸熄的木劍，維持那風雲變色的一轉之姿，立在原地，沒有移動，他單足為軸牢牢釘在地上，雙肩微隆，身軀微向前傾，單掌與單劍左右相顧，攻守相持，力道內斂不發，那姿勢顯得漂亮之極，卻是人人熟悉的「白鶴亮翅」，只是右手多了一支半毀的木劍！

只有傅翔知道，天尊用力過度，又遭他自己的第十招擊倒，主脈已斷，一口真氣再也凝聚不起來。他趺坐地上，萬念俱灰，稱霸天下武林的夢完全破碎了。他被自己的第十層天竺神功打敗了。

傅翔默默閉上雙眼，用只有自己聽得見的聲音喃喃道：「王道劍，總算成了。」

阿茹娜奔上前去，緊握住傅翔的手，急問道：「你受傷了？」傅翔搖頭道：「皮肉之傷，沒事。」

天尊倒下，周遭的各派高手歡聲雷動，但旋即靜了下來，因為他們的目光又全部被場中另一場決鬥緊緊地吸引住了。

完顏道長和地尊的決鬥這時也到了最後關頭。地尊的武功成功突破了最後一道瓶頸，他的攻勢壓著完顏打，逼得完顏的「後發先至」只能勉強跟上拍節，雖然確保不敗，但漸漸失去自主，然而完顏卻從地尊沿著他脊髓的經絡施壓中，逐漸感覺出自己運氣、換氣之間出現了一種異樣。

完顏感覺到即使在施展「後發先至」功夫之時，他已經不自覺地遞出了一些攻擊招式，居然沒有對自己的運氣造成任何不順，也沒有減低自己守勢武學的厚度，換言之，他的「後發先至」仍然全面有效地阻止地尊的御氣神針；地尊只能以優勢的掌力，持續在完顏的背脊經絡上下施壓。

完顏忽然興起了一個不可思議的念頭：「難道地尊在利用交戰的機會傳遞什麼東西給

我？」這個念頭太過瘋狂，但他愈想愈覺有此可能：「否則對方何以周而復始地將壓力施於我脊髓的經絡穴道上？倒像是要隔空藉我自身的反應來打通什麼？」

這時他腦海中忽然閃過一幕往事：武當山傅翔和天尊決鬥結束時，傅翔在天尊暴力攻擊中敗下陣來，他全身內力均已激發到十成來抵抗天尊，但是敗陣時，居然仍有蘊藏的餘力從天尊天羅地網的神功中全身而退，似乎他體內有一股力量，能在瞬間將散在全身每一處的零散功力整合集中起來。地尊當場追問傅翔那是什麼功夫，傅翔老實地告訴地尊那是少林『洗髓功』。此時完顏雖覺這想法不可思議，但他仍然忍不住在想：「難道地尊現在要傳遞給我的，就是他在達摩洞中練成的『洗髓功』麼？難道地尊在教我如何於施展『後發先至』的同時，可以無須中斷，而有餘力發動攻擊？」

此念既起，他一面以「後發先至」的上乘功夫抵制地尊的攻擊，一面仔細體驗加諸脊椎兩邊經脈上的壓力究竟對他有何影響。這時候他就感受出來了，一股極為纖細的熱流開始在他的脊髓中遊動，而且是配合著地尊的攻擊由上而下，然後再由下而上地遊走。一周天後，那股熱流漸漸明顯，他甚至清楚感受到這股藏在脊髓中的熱流與他全力貫注的「後發先至」毫無干係，自成體系。

從他開始感受到熱流算起，此熱流遊走到第七個周期時，地尊所施壓力愈來愈強，發招也愈來愈快。眾人看不到兩人內在的變化，只從外表上看到兩個又瘦又高的老人都變得鬚髮俱張，頂上蒸氣沖天，出招接招都有風雷之聲。此時完顏的「脊中」、「至陽」、「神道」……諸穴，兩側壓力強到幾乎承受不了，而脊髓中的熱流更加發燒，一路燙了上來，到了「陶道」、「大椎」之間。地尊忽然舌綻焦雷，大喝一聲：「完顏不敗，此時不攻，更待何時！」

完顏道長只覺那股髓中熱流已經控制不住了，也大喝一聲：「地尊，看招！」

完顏道長在全面守勢之中，使出了一招全真派重陽祖師手創的攻擊絕招「魂歸道山」。眾人只見完顏道長併指如戟，竟然以指代劍，使出了武林公認最犀利的劍招，指尖茲茲作響，雖無劍在手，卻令眾人感到劍氣縱橫，實在不可思議。但是對完顏本人來說，最不可思議的乃是自己從完美的守勢武學中，終於發出了至為犀利的攻勢，而完全無損「後發先至」的運氣及造勢。換言之，完顏道長維持最高境界的守勢不變，同時也發出了全真派最犀利的攻勢武功——完顏終於突破了他的瓶頸。

這一招「魂歸道山」威力驚人，又是突然暴發而出，地尊雖有準備，仍然沒有料到完顏攻出的是如此威力無與倫比的全真絕招。他一個倒翻，人如飛鳶乘風而去，一溜煙飄上了背後四丈高的古樟之上，堪堪避開了完顏這一擊，暗忖道：「好狠的道士，我若心中沒有準備，這一招就要傷在你手下。」他卻不知這一剎那、這一招，完顏只有在夢寐之中得之，他思之已久，只是夢中攻擊的對象乃是天尊。

地尊站在樹枝上，猶自上下晃動，哈哈大笑道：「好一個攻守天下第一的道士，地尊領教了，咱倆還是持平收手了吧。」完顏得地尊之助，走出了完美守勢武學的限制，如果此時再與地尊決鬥，己方如虎添翼，肯定又是一番局面。但他想到地尊花了九牛二虎之力，助己實現多年來過不了關的瓶頸，用意只有一個，便是在絕頂的武學境界中，地尊希望看到更多的高人能以不同的路徑進入此境，這裡面既無分敵我，亦無關勝負，發揚的是武學頂尖世界的真誠、善意及美感。完顏道長感動無語。

地尊站在樹頂，轉向絕塵僧道：「你師伯受創已深，你快快扶他離開中土吧。回到天竺，你知何處可以找到我，我要以餘生善渡天竺受難之人，包括天尊。」說完又對傅翔道：「傅翔，你自創的新境界可以繼續長進，生生不息，永無止境，實乃前無古人之武學，佩服，佩服。」一說罷，便從樹上一跨數丈，落在另一棵樹頂，三五個起落，瘦長的身影便消失在山區的霧靄中。

絕塵僧扶起天尊，將他揹在背上，也不理會眾人，施展輕功去了。傅翔沒有說話，各派眾高手並無人出手相攔，大夥兒搶上前，向傅翔和完顏道長道喜，眾人相互拱手稱慶。這時，完顏道長忽然緩緩地彎下身來，盤膝坐在原地，雙掌向天，不再言語。

眾人大吃一驚，最靠近的天虛道長和傅翔雙雙趕到完顏道長膝前，一人握住一手，互望了一眼，便要將內力輸入救人。卻見完顏道長面帶微笑，雙眼微張，搖首制止兩人施救，低聲道：「汝等放手，我心滿意足地去也。」過了片刻，他嘴唇微張，傅翔貼耳傾聽，聽到完顏極微弱的聲音：「朝聞道，夕死可矣。」就緩緩閉上了眼。

傅翔和天虛道長一把其脈，已知道長雖然在和地尊的決戰中全採守勢，但他的「後發先至」耗費心力實不亞於攻擊者，更兼年齡已近九十，他同時應付地尊的攻擊及地尊強行助練《洗髓經》的壓力，到最後奮力攻出一招驚天動地的「魂歸道山」，在這一瞬間，他的武學達到了絕頂境界，但他的體力已經油盡燈枯。

傅翔跪在地上，忽然嚎啕大哭，大家都嚇了一大跳。他們大多不懂，傅翔這一哭，哭的是他和完顏之間親密又奇特的忘年之交，有祖孫的孺慕之情，有傳授絕學的師徒之情，有切磋武學的夥伴之情，也有說不盡的相互依賴；還有方冀驟逝的打擊，最後加上背負著中土武林期望的壓力，那壓力來自和天尊這絕世高手用決戰來驗證自己和完顏心血所聚的「王道劍」，雖然通過了所有的考驗，但決戰終結後的心情不是狂喜，而是一種莫名的悲傷和空虛……這一切的一切都在完顏的遺體前發洩了，化為滿襟的熱淚。

眾人見傅翔的王道劍大顯神威，打敗了不可一世的天尊，這時卻哭得像個孩子，都覺不解。鄭芫卻能體會，她很想上前去抱住傅翔安慰他，但她立刻打消了此意，因為這時一個白衣灰裙的女子上前握住了傅翔的手，拍拍傅翔寬闊的肩背，柔聲道：「傅翔，阿茹娜陪你一道送道長回白雲觀吧。」

天虛道長一抬頭，看到了隨阿茹娜一同出現的易大川，還有從臉上神色看來已經解了「人尊之毒」的天行道長，他心中一塊大石終於放下，在完顏道長遺體前三拜後，一把拉住傅翔道：「傅翔，中土自有武學以來，其最高精義非釋即道，你竟能從儒教之中，循『王道』而創出生生不息、永無止境的上乘武學，其出招與運氣，中庸之道足可與慈悲為懷之佛家及天人合一之道家相通，實乃我武林數百年來第一大新猷，可喜可賀啊！」

傅翔忙謙遜道：「天下武林各門各派，各有所長，傅翔閉門造車，偶有所得，萬不敢當道長之過獎，還望今後有機會，多向諸位請教。」

錢靜滿心欣喜，朗聲宣布：「今日天色已晚，諸位定要留下，吃一頓丐幫的慶功宴。我先宣布，叫花子的菜雖普通，自釀的好酒是有的。」眾人轟然叫好聲中，錢靜悄悄交代姚元達及伍宗光，要幾位舵主、副舵主帶領弟兄們，將戰死的敵方高手火化了收葬，己方的遺體則先妥予收殮，翌日大夥兒奠祭完畢，再擇吉日下葬。

章逸對傅翔和鄭芫道：「年底前，咱們在福建晉江明教的摩尼草庵相會，俺還要去通知董堂主、陸鎮等人，咱們重新開庵復教。」

鄭芫悄悄道：「我還要去一趟南京。」朱泛湊到她身旁，問道：「去南京作啥？」鄭芫道：「我答應了大師父，要去南京代他祭拜徐輝祖，還有靖難慘死的方孝孺和鐵鉉。」朱泛沒有回應，過了半晌才道：「徐都督、方學士、鐵尚書忠臣死士，大師父自己每日焚香祭拜就好，要妳一個女兒家去拜什麼？」鄭芫道：「我已答應大師父了。」朱泛道：「那我陪妳去吧。」

日薄西山，一場空前的中土、天竺武林大戰就此結束。

∞

南京鍾山的靈谷寺。這是鄭芫成長過程中記憶所繫之地，少年時在靈谷寺的點點滴滴深印在她的心頭，在這裡，她先後接受潔庵及天慈兩位身懷少林絕技的高僧調教，如今她已是武林中公認少林寺之外武功最高的少林高手。

她和朱泛出現在靈谷寺的觀景台時，知客僧及小沙彌已經認出了鄭芫，小沙彌明宏更高聲叫道：「鍾靈女俠回來了，鍾靈女俠回來了！」

那個小沙彌和鄭芫最是要好，當時六七歲的小沙彌如今也長成了少年。鄭芫見面頭一件事便問道：「明宏，我那黑毛呢？牠還好吧？」明宏笑道：「黑毛好著呢，現在住持方丈在附近走動都以牠代步，可神氣呢。」鄭芫暗喜，她知道寺裡的火工頭陀及司役和尚對牲畜最是刻薄勢利，黑毛既有幸成了方丈慧明謙的坐騎，牠的待遇便不會差了。

兩人見過方丈，簡報了武昌之戰的情形。慧明謙雖非武林中人，但熟知武林大事，聽了結局大感欣慰，讚歎道：「自洪武年間，天竺武林開始滲透中土武林各派，甚至潛入錦衣衛及燕王府，最遠的臥底可追溯自二十年前。這一回雙方算總帳，徹底了結，是我中土武林之福也。」

鄭芫道：「可惜方師父竟死於『人尊之毒』下，中土各派掌門人中就有四人送命，犧牲也是空前慘重。」她話鋒一轉道：「方丈大師，聽說靈谷寺裡供有靖難之役的忠骨及牌位，芫兒想要祭拜一下；還有徐都督輝祖的墓，聽說也在鍾山？」慧明謙方丈點頭道：「不錯，靈谷寺收了忠骨，也奉了方學士、鐵尚書、黃太常寺卿等人的牌位，待會便著知客僧帶二位去祭拜。徐都督的墓葬在魏國公祠附近，也在鍾山上，你們可以去奠祭，咱們請一位師父一同去做些法事。」鄭芫問了心慧法師及一些寺中老僧的安好，便告辭了。

她請知客僧帶她去看黑毛，黑毛居然老遠便認出鄭芫，高嘶表示歡喜。鄭芫見小黑毛已經長成一頭壯年的健驢，但雙眼中流露出來的精明依然不變，便抱著牠，一人一驢著實親熱了一陣子，二人才去祭拜建文忠臣。

傍晚時分，兩人走下鍾山，在山下城垣邊見到了南京丐幫的舵主石世駒。

鄭芫、朱泛來南京前，武昌的阿呆就先飛鴿傳書來京，約好石世駒在山下相見。石世駒問了武昌之戰的詳情，對兩人道：「我這邊也收到了一封福建來的傳書。」鄭芫趕忙問道：「大師父那邊如何？」石世駒道：「支提寺正在大興土木，準備興建新的大雄寶殿，由欽差周覺成太監監工。看來支提寺不但『窩藏欽犯』的嫌疑已釋，而且大獲朱棣的青睞，大師父夾雜於數百上千名僧侶之中，再也無人注意他的身分，著實安全了。」

鄭芫輕嘆了一口氣，是一種輕鬆，也是無限感慨；「大師父，你平安順意，佛法精進，忘了芫兒吧。」她黯然祝禱。

石世駒轉對朱泛道：「有一事報告紅孩兒。」朱泛見他面色嚴肅，問道：「何事？」石世駒道：「紅孩兒還記得南京分舵有個弟兄叫黑皮的？」朱泛道：「怎麼不記得，便是幫忙跑腿及收接信鴿的黑皮。」他和鄭芫對望了一眼，鄭芫暗忖道：「就是那個洩漏丐幫迎鴿舞步給楊冰的嫌犯黑皮。」朱泛則暗忖：「就是那個盟主說暫不打草驚蛇，只需暗中留意看管的黑皮。」

石世駒正色道：「前幾日，我下令著親信處置了黑皮。」朱泛和鄭芫吃了一驚，齊聲問道：「處置了？為了何事？」

石世駒道：「上回出了少林寺來信和咱們飛鴿失蹤的事，阿鵬就懷疑黑皮有問題，直到『常遇春』出了事，阿鵬幾乎確定咱們的內奸就是黑皮。幫主卻命咱們啥事也別做，只要注意看著黑皮就好。老實說，我也由衷希望黑皮從此不再犯，那就永遠是我好弟兄。豈料隱身在黑皮身後的是新任錦衣衛頭頭紀綱，此人狡詐兇殘，不知抓住黑皮什麼把柄，還是許以厚利，總之黑皮又開始打主意，要協助錦衣衛截取福建來的鴿信。這一來立刻將要危及大師父的安全，絕不能再有任何猶豫或姑息，咱們便搶先做掉黑皮，一了百了。這事飛鴿傳報了幫主，但語焉不詳，幫主如果問起來，煩請紅孩兒代為稟報詳情。」

朱泛和鄭芫聽了面面相覷，想不到幫主的睿智和寬厚，仍然救不了黑皮。朱泛道：「世駒放心，幫主說過，如果黑皮不再犯，咱們就不動手。若是危及大師父的安全這等大事要發生了，你當機立斷的處置正合幫主抓大放小的深意呢。」石世駒又談了不少幫中的事，便告辭了。

朱泛和鄭芫沿著秦淮河慢慢走到青溪的入口，再往前走就漸漸離開了秦淮河的華燈金迷和波光瀲灩。夕陽已經沉下，「鄭家好酒」不知何時變為一家賣傘賣扇的小店，兩人經過時想進去探望一下，見夥計正在打烊關門，便作罷了。曾幾何時，人事全非，只那幾棵石榴樹還開得火紅。

朱泛與鄭芫默然無語，兩個話多的人居然變得沉默寡言，也是異事。朱泛終於忍不住了，忽然問道：「芫兒，妳和傅翔在一起時，會笑口常開麼？」鄭芫想了想，道：「小時候會，長大後不知。」朱泛說：「我瞧不會，傅翔武功愈高，人愈像個悶葫蘆。」鄭芫道：「不許你隨便說人家是悶葫蘆。」朱泛笑了笑，忽然又問道：「芫兒，妳和大師父在一起時，會常常開心麼？」鄭芫暗道：「他……他什麼都知道了。」一股熱血上湧，俏臉漲得緋紅，但她立刻就冷靜下來，因為她心中的答案是：「不，不但不開心，恐怕常常傷感呢。」於是她搖了搖頭，建文那落落寡歡、白皙斯文的臉又在她眼前浮現。

耳邊聽到朱泛開心的聲音：「芫兒，妳是天生的開心仙子，妳要每天笑口常開，只有朱泛能讓妳天天大笑三次，我瞧妳還是和我朱泛在一起吧。」鄭芫輕打了他一拳，噗嗤笑了出來，不知為何眼角卻噙著一滴淚珠。

∞

永樂二十一年，距離中土武林與天竺三尊的武昌大戰，匆匆已過了十多年，江湖上總算大致平靜了一段時間。

這期間，從大戰中受創的門派多在生聚教訓，重新培植新血，恢復實力。當年領導群雄戰勝天竺三尊的武林盟主錢靜，已從丐幫幫主退位，她的義子紅孩兒朱泛並沒有如武林中許多人的預期繼承幫主之位，反而是由左護法伍宗光接了位。朱泛做了丐幫中來去自如的護法，不理幫務，和鄭芫成了一對行俠天下的神仙伴侶。

武林中唯一興起的是明教。章逸成了明教的新教主，他的武功卓絕，行事足智多謀而有魄力，再加上傅翔做為首席護法，董碧娥和陸鎮擔任長老，阿茹娜成為軍師，短短幾年之間，明教的聲勢就大有起色。鄭芫也加入明教，以報答方師父的恩澤；她雖不參與教務，但鍾靈女俠的武功和名聲在江湖上如日中天，自然對復興明教有極大的助益。傅翔已是武林第一高手，但是與阿茹娜不改初衷，在明教中以醫術救助窮病之人，用為富人治病所得接濟困苦之人；他倆曾想效法「鄭義門」生生不息的公益之道，但不易成功。

秋已深，北京郊外房山東北的嶺上紅葉如火，谷中芒花似海，一個年約四五旬的文士，騎著一頭毛驢，沿著小黃泥路緩緩走到一座氣勢不凡的石墓前，那墓剛建沒多久，碑上刻字的金色依然未褪。那文士趨前俯身認了認，喃喃道：「是這裡了，道衍大師身前何其榮耀，身後墓前何其冷清也。」

他跨下驢背，先在墳前拜了三拜，默祝道：「道衍大師，你圓寂已經五年，胡濙到今日才有機會來你墓上一拜，非敢緩也，蓋無奈也，你老當可鑒諒。」他行完了禮，才從驢背的皮囊中拿出香燭紙錢，一一照規矩奠祭一番，最後他抱了一小罎白酒，自己喝了一口，將一罎酒灑在墳前。

天色還早，胡濙坐在道衍和尚姚廣孝的墳前，思念這個神秘的故人，二十多年的陳年舊事一一浮上心頭。那些往事淡淡地起伏揚抑，又淡淡地消去，就像眼前遍山遍谷的芒花，在風中搖曳波動，卻無聲息。

胡濙初識朱棣時，朱棣還是燕王，是道衍和尚帶他進燕京城來面見燕王；朱棣攻進南京城時，胡濙只是個七品的戶科都給事中，十五年前朱棣給了他一項艱鉅的秘密任務：明著是奉御命尋找張三丰活神仙為國祈福，暗底真正的大事是到全國各地巡查建文帝的下落。

胡濙對這艱難的任務倒是甘之如飴，他並不熱中名利，酷愛名山、大川、珍奇藥材，還有活人命的偏方，因此這樁雲遊天下的差事倒也不錯。但是八、九年過去了，既沒有找到建文，日復一日相同的日子也過得有些厭煩了，期間父喪想歸鄉丁憂，卻不為朱棣所准，令胡濙十分沮喪，直到六年前，他跑遍了大江南北、黃河兩岸，五嶽尋「仙」不可得，這才回京覆命。

建文的影子也沒有找到，但胡濙帶回一箱的詩稿，數十付各種偏方，三麻布袋的珍奇藥草，和腦海中永難遺忘的錦繡河山。

找不著建文，對朱棣來說，不知是喜訊還是惡訊。經過了十幾年，建文可能死了？至少他沒有在領導作亂？朱棣的心理十分矛盾。胡濙這些年來的苦勞還是要獎賞的；雖然這九年時間他每天都在外旅行，回到京城，卻從原來的戶科都給事中，步步高升為禮部左侍郎，滿朝文武全傻了眼，但不少明白人心裡還是有數，胡濙辛苦地全國奔波，其任務是不足為外人道的。

然而歇不了兩、三年，皇帝的毛病又發了，再次請胡濙夜裡到宮中密談，胡濙最怕去皇宮裡那間秘密的偏殿，每次提心吊膽地進去，出來時都拖著沉重的步履。果然，朱棣要他再次「出巡」，這次指定要在湖、湘、江、浙一帶，一村一鎮地查訪，一寺一廟地打探。

三年來，胡濙再次行遍了江浙湖湘，行到湖北神農架附近時，他忽然憶起二十年前在嵩山一處密谷中，遇到受重傷的傅翔和蒙古女醫阿茹娜母女的往事。那時他有緣讀到了傅翔懷中的《方冀藥典》，對方冀的醫道藥理佩服得五體投地，其中尤具創意的是記述產於神農架的一種異種木槿「三疊白」，其初生之花除有療傷去瘀之用外，還有異常長效的麻醉之效，方冀甚至研發了用方劑量，他至今仍牢牢記住。

前年在三疊白開花前到了神農架，他騎著這頭毛驢漫山尋找，終於找到了地方，便依方冀之法，採集了一大包「三疊白」，下得山來，依照方冀的處方配置成藥，幾經減量測試，確有神奇的長期麻醉之效，也是此次雲遊的一大收穫。

然而就在不久前，他又接到朱棣的命令，要他立刻北上，有新的任務要交付。他趕到北京時，朱棣正要率大軍第四次征北，這回是打韃靼的西部。他密召了胡濙，下達新詔令；據錦衣衛新頭目的密報，明軍剿滅浙東閩北一帶寺廟中的僧兵時，遭俘的武僧招供，有個似建文的神秘僧人潛隱在浙東閩北沿海一帶，只是四處雲遊，行蹤不定。

原來自從前兵部侍郎廖平及刑部侍郎金焦在各地寺廟中暗地訓練僧兵及武僧以來，確實培養了相當的軍事力量，暗藏於沿海各寺之中，但也引起了朝廷的注意，幾年前便開始派軍密查剿滅。此次從被俘武僧口中探得「神秘僧人」的消息，十分可疑，朱棣因此下令：「胡濙，你火速帶領錦衣衛新升任的兩位副都指揮，前往浙東閩北一帶查捕建文到案，不得有誤。」皇帝交代完畢，次日便要率大軍北上去了。

胡濙見朱棣以皇帝之尊，年過花甲，仍要親自披掛上陣，與蒙古軍隊交戰，實在是史所罕見。他看到皇帝體態雖仍威猛，行動之間畢竟現了老態，腦中浮現燕王府初次見面時朱棣的英姿，待要以「布衣故人」的口吻勸朱棣一句話，終究還是忍住了，沒有說出口，只諾諾退出皇宮。

其時，八月晴空，兩年前才遷到北京的皇城，在藍天白雲下處處均見巧思與氣魄，巍巍然有千年之都的氣勢，細微處可見太平盛世的富裕精緻，胡濙猛然想起另一個故人——五年前作古的道衍大師。

此刻他坐在道衍的墓前，從舊思潮湧之中逐漸回到現實：下一步該怎麼走？

那隻毛驢正在悠閒地啃著半枯的野草，胡濙暗忖道：「明日便要南下，真要尋建文，我第一站便該到浙江浦江去找鄭洽……不，我不能把鄭洽給牽扯進來。我要刻意避開浦江鄭義門，先去幾座大廟看看，然後下福建……」

他心中十分清楚，其實真正的問題不在先去何處、後去那裡，而是這一次錦衣衛和兵部的情報似乎相當有把握，因為他們查出了那個神秘僧人的法號叫「應文」，跟隨他的從人法號叫「應能」，言之鑿鑿。因此問題是，萬一真找到了，要怎麼辦？

這才是胡浟心中真正的問題，他無可迴避的問題。

還有一個問題立刻就要面對，便是皇帝派了兩名錦衣衛的武功高手同行，雖說全由胡浟指揮，焉知他們是不是也負有監視之責？

想到錦衣衛，胡浟心中便是一寒。自從魯烈死後，朱棣改以自己的親信來主持錦衣衛，更積極地增強全國各地錦衣衛的兵力，也擴大它的權限，三年前又成立了東廠，一時之間，錦衣衛似乎又要恢復洪武時期那種氣燄，讓文武百官聞之色變。

這期間朱棣的第一個親信，就是剛登基時搞出「瓜蔓抄」的殺手紀綱。他主持錦衣衛後，由於「功」高權大，開始胡作非為。七年前，他以殘酷的手法將主編《永樂大典》的才子解縉凍殺於雪地，又和大臣搶奪一個妙齡美貌的尼姑，公開在大內用撾打死大臣。表面上看起來朱棣還在容忍他，其實朱棣正在找機會、找藉口除掉他；所謂藉口，其實也還是老把戲，「謀反」兩字最好用，於是殺了千人不手軟的紀綱，被朱棣以謀反為名，千刀萬剮，凌遲處死了。

胡浟其實滿慶幸自己這些年來長年遊走名山大川之間，不必面對京城裡不時而起的腥風血雨，如今他卻必須面對兩位錦衣衛的武功高手，不禁苦惱如何指揮他們辦事？

天色漸漸向晚，那頭毛驢吃了一肚子難吃的枯草，立在黃泥路邊發呆，胡浟看牠半盞茶時間也不曾動一下，倒像是一座塑像，孤立在蒼茫的芒花海前。遠處嶺上的紅葉漸漸辨不出顏色了，整座山谷頓時剩下黑與白，還有極大的一片灰色。

那隻毛驢忽然回頭來望了胡潑一眼，胡潑心中似乎也抓到了一些什麼，他站起身來，對著墳墓拜別了，然後對毛驢道：「驢兒，咱們走咧。」

∞

冬天將至，雪峰寺外，嶺上嶺下已是一片枯黃，從方丈禪房的窗口看出去，只有側院中數十棵老松仍然長青，但也沒有夏日那種綠油油的盎然生氣了。室內矮桌前，潔庵禪師和應文大師父正在對奕。

棋盤上黑白子錯落，看似清楚簡單，愈看愈是暗藏殺機及險著，應文長考了一盞茶時間，雖有應手，但其後之棋局愈趨於詭譎難測，他思之再三仍難落子，長吁了一口氣道：「這後半局棋不知怎麼下呢。」

潔庵撫著白髯，瞅著應文，若有所思。這十幾年來，他鬚眉盡白，原先頷下一圈短鬍，此時長成了一部花白長髯。

忽然之間，應文推几，將手中黑子放下道：「留著這盤殘局罷，待那天我想清楚了下半局怎麼走再下。」潔庵微笑道：「大師父說得好，人無遠慮，必有近憂。」

應文頷下也留了短鬚，氣色紅潤，雙目有神，十多年來勤練鄭芫和潔庵傳他的少林心法，倒是極有心得，精神體力都趨成熟，算一算，也是四十六歲的中年人了。他望著潔庵道：「光陰似箭，這回到雪峰寺來叨擾大師，一晃就是三個月了。寒冬歲暮將至，是我賦歸支提山之時了。」

潔庵注視著應文，應文起身時，衣袖角將他適才放下的一枚黑子拂落地上，兩人都彎腰去撿，兩隻手臂相交，一觸而收，應文將黑棋子放回桌上一隻盛黑子的石盂之中，潔庵卻微笑道：「大師父，您功夫可沒放下啊，怕不有十幾二十年的少林心法呢。」

應文這才想起適才撿拾棋子時，雙臂相交，兩人的少林內力很自然地一發即收，自己無從感覺出潔庵的功夫底細，而潔庵法師的功力深厚，已將應文的內功摸了底。應文笑道：「十多年來，應文修習少林心法，未曾有一日間斷，自覺也有些進境。下回再來時，要向大師求教。」潔庵道：「大師父天生有練武的好資質，更兼你只修內功心法，不練武功招式，反而更能專心精進呢。」

應文道：「然則應文這種情形算不算得是少林弟子呢？」潔庵道：「少林武學從來不限於嵩山少林寺內，不僅許多其他寺廟高僧曾習少林武功，便是練了少林功夫的俗家弟子也不在少數。大師父的少林心法得自鄭芫，芫兒的功夫得自老衲及天慈，而天慈一身藏經閣的功夫，老衲一身羅漢堂的功夫，是以大師父也算得上少林弟子了。」

應文點頭不語，潔庵繼續道：「說起這個，咱們那芫兒的功夫可是一日千里，已經是武林中公認寺外天下第一少林高手。據說她的功力，在羅漢堂中只有無嗔大師差可相比，而據無嗔自己謙說，芫兒已經遠遠超越了他，是少林羅漢堂中數十年來第一高手呢。」

提到了鄭芫，應文尚能心如止水，一提到了「芫兒」，她的巧笑、美目，甚至身上的氣息就回到了應文的感覺中，揮之不去，又何忍揮去？

應文之神遊天外，在潔庵感覺中只是片刻，因為應文過了一會，便回答道：「鄭芫是我師父，我這弟子與有榮焉。」在應文的感覺中，這一下子的靈魂出竅卻似漫漫然永無止盡。潔庵接著道：「明日大師父返回支提寺去，老衲也要離開了……」

應文嚇了一跳，連忙定下心神，問道：「大師要去那裡？」潔庵舉杯啜了一口冷茶，一面喚小沙彌來添熱水，一面緩緩地道：「大師父可曾聽說，朱棣將溥洽放出來了？」應文點頭道：「廖魁從南京傳來消息，說是道衍和尚臨死前央求朱棣放了溥洽，石世駒也去天禧寺探望過溥洽。」

潔庵道：「不錯，聽說自從朱棣進了南京城，不聽道衍苦勸，反而大肆濫殺讀書人及無辜家屬親友，道衍便如變了個人似的，既不要爵位，也不要富貴，朱棣送他的金銀珠寶美女奴婢，他一律原封退還，只在臨終前向朱棣提了唯一的請求，便是釋放溥洽。溥洽回到南京天禧寺，正值天禧寺歷經大火，朱棣花鉅款重修，建為『大報恩寺』，此乃佛門百年大事，溥洽師兄來詩催我去南京。」他說著掏出一紙，上面疏疏寫了四行，字跡開闊灑脫，應文識得正是他昔日主錄僧溥洽的筆跡：

「大師不作楚囚痴　為愛達摩學新知　且捺滿腹滄桑事　話我幽居聽雨時」

底下寫了「月泉速歸」四個小字。

潔庵道：「月泉是我別號，瞧他居然連大師父修練少林心法之事都知道，著實厲害呢。後兩句便是催我去南京了。」應文黯然道：「溥洽師父被朱棣囚禁超過十年，這期間定然受盡各種苦刑，他卻無一字一語洩漏我的行蹤，這分恩情今生是難以報答了。所幸那道衍和尚臨終前以一片善心說服朱棣放了溥洽，是不幸中之大幸也。」

潔庵道：「大師父之心我知，待我見了溥洽，定當妥為轉達。」應文合十稱謝，心中卻暗忖：「此恩浩蕩，我感謝之心豈能以言語轉達？」他接著道：「師父此去何時可歸？」潔庵道：「參贊修寺之事，很難預測歸期，我若一時不得回來，便會央請丐幫或明教派人來探望大師父。」

這時應能和尚踱了進來，向潔庵合十為禮後，對應文道：「諸事皆已準備妥善，大師父，咱們明日可以上路，回支提山華嚴寺了。」正說間，小沙彌進來請示：「齋飯已好了，是否送到禪房來用？」

∞

在浙東查過三所大寺、十幾間小廟、五六座村鎮後，胡濙對同行的兩個錦衣衛道：「明日咱們去福建看看吧。」

朱棣派給胡濙的兩個錦衣衛年紀都不大，一個使劍的英俊漢子喚作「流沙」白飛，是點蒼派前掌門丘全的小師弟，丘全被武當派後起之秀易大川斬殺之後，點蒼派群龍無首，這個點蒼諸子中武功最強的白飛便投向錦衣衛另謀發展，他常藉著辦案找武林各派弟子的麻煩，武林中傳說他的點蒼劍法還在丘全之上。

另一個錦衣衛卻是個高大黝黑的天竺人，就是天尊的弟子阿蘇巴。阿蘇巴原來就隨絕塵僧加入錦衣衛，做了魯烈的手下。那年武昌會戰，三尊或敗或走之後，阿蘇巴倖存了下來，他熱愛中土的花花世界，不想回天竺去當僧人，便回到錦衣衛來當差。雖說魯烈之後錦衣衛當家的都是朱棣的心腹官員，但因官員自身武功低微，像阿蘇巴這樣武功高強、服從性高的部下，卻比魯烈當家之時更受倚重。

一路行來，胡濙已經摸透了這兩個夥伴，兩人但知此行是要查捕「應文和尚」，卻不知建文的事。此乃因朱棣也不希望有太多人知曉建文未死的內情。他沿途儘挑好酒好食好宿，大把銀子花完了，便憑一紙聖敕，地方官衙立刻送上白花花的銀子，胡濙隨手打張不負責任的收條便算了事，兩個錦衣衛看得一愣一愣，心生無比的敬意。

進入福建，三人到了霞浦，稍作休憩。霞浦縣開發甚早，城裡店肆及客棧設施均佳，胡濙選一家最大的客棧，開了三間上房，命小二好生招呼兩匹駿馬和一頭健驢，儼然是個闊佬帶了兩個隨從，其中一個英俊斯文，像是侍衛兼師爺，另一個竟是外國人，想來必是做大買賣需備的傳譯。

霞浦生產品質最佳的海產，紫菜和海帶尤其有名，但晚餐桌上最佳的一樣菜餚卻是清蒸大黃魚。那店主見胡濙出手大方，瞧那氣派既像是朝廷大官，又像是商場大賈，便巴結著捧了一隻白玉般的瓷瓶出來，倒了三杯淺黃色晶瑩透光的好酒，讓三人品嚐。胡濙走遍天下，那裡的佳釀沒嚐過，但他聞了聞那酒香，竟是一種從未嚐過的異香，酒中似有一種竹子的清香，沁人心脾，卻與一般的「竹葉青酒」大不相同。

三人喝了讚不絕口，主人這才說明此乃建甌一帶的珍釀，將當地產的上好白酒灌入一種特殊的嫩竹之中繼續酵釀而成，由於產量少，當地人自釀自飲猶不足，是外地不易得到的珍貴好酒。

酒醉飯飽之餘，又品了武夷的大紅袍茗茶，那兩個錦衣衛對胡濙的欽佩已經到了無以復加的地步。胡濙過去十幾年獨自在天涯海角流浪，日子過得很是清苦，即使到了大城鎮，也還替公家節省公帑，總是選些中級或中下級的客棧飯店打尖。這次重出再辦欽差，一方面由於回到京城後，見到朝廷大官的鋪張排場，一方面年紀大了，覺得為朝廷省錢，刻苦自己辦差，倒也無此必要，既是辦欽差，官銀不花白不花。但最主要的，還是要耍足派頭，讓這兩個錦衣衛對自己心服口服，這樣才會言從計行。

離開霞浦，三人來到寧德，傍晚時分抵達支提山。支提山上，木葉盡脫。秋收之後，山邊田野空無一人，秋山霜白下遠遠看見有人在揮鋤，三人走近了，見是幾個農村的漢子正在一個山洞前鋤草植菊。胡濙暗道：「此地村人倒有雅興。」便上前拱手作禮道：「諸位老鄉請了，敢問為何在此山腰種植菊花？」

一個年紀較長的漢子放下手中鋤頭，答道：「客官請了，此處喚作『百佛洞』，洞中乃是歷代高僧肉身成佛之地，咱們禮敬得道的和尚，一年四季在洞口種些時節的花兒。」那白飛不信，道：「世上真有肉身成佛的事？」天竺人阿蘇巴卻道：「那還有假的麼？我家鄉一個僧人便肉身成了金佛，現在還供奉在寺裡呢。」

說話之間，胡濙和眾莊稼漢中一個中年人對上了眼，那中年人年約五旬多，短鬚短髮，粗布衣褲卻掩不住一股斯文氣。胡濙仔細辨認，此人的面目似曾相識，而奇的是那人和自己對上眼時，似乎流露出一剎那的驚異神情，但立刻就恢復了平常。胡濙暗中苦思此人是誰，其他人的對話都沒有聽入耳，忽然一道靈光閃過，低聲驚叫道：「你是鄭洽！」

那人微微搖了搖頭，鎮定如常地道：「客官認錯人了。」他旁邊一個年輕漢子道：「鄭官人姓鄭倒是沒有錯，他卻不是什麼鄭洽，是鄭岐。」那鄭岐接口道：「我名鄭岐，客官認錯人了。」胡濙的心思恢復了靈敏，暗忖道：「洽是水之合，岐是山之離，分明是用了反義的假名，這等文字遊戲豈能瞞過我，你的真名就是鄭洽。」

胡濙和鄭洽已有二十多年不見，這期間兩人的形貌都有極大的變化，尤其是鄭洽，流離失所，一度曾削髮，現在又農耕自作，那裡還是當年翰林院那個鄭公子？胡濙也變了不少，二十年來風塵僕僕，近兩年來又開始中年發福，看他挺著一個小腹，也不復當年京師中那年輕胡進士的瀟灑了。

那鄭岐試探著問道：「敢問三位客官大名？今日已向晚，何不待我等栽完這幾棵寒菊後，隨我去舍下歇一宿，煮酒話桑麻。」胡濙暗笑：「鄭洽呀，你一開口便露馬腳了，鄉下莊稼漢邀客煮酒話桑麻，雅得離譜了吧？」他看了看天色，便道：「小弟胡濙，這兩位是白飛和阿蘇巴。難得鄭老兄好客，咱們就打擾一宿。言明在先，飯錢房錢還是要略表意思的，鄭老兄不可推辭。」

鄭岐聽了胡濙之名，面無驚色，他似乎急著要邀三人去他家，便笑道：「便依客官。」說著便指揮幾個漢子繼續栽菊。那老漢道：「鄭夫子啊，您的孩兒陪他娘去了外婆家，你一下子多了三個客人，老漢看，不如我家婆娘弄些風雞醃魚果蔬送來你家，客人將就著吃了，你就免費神啦。」鄭岐笑道：「生受大嫂子的了，明日客官的賞賜便都歸大嫂的啦。」

眾人嘻嘻哈哈，一會兒便將幾十株寒菊栽好了，汲些山泉澆了，大夥洗了手，圍著那一叢叢的菊花，黃中偶夾雪白，襯著深綠的葉叢，煞是好看。胡濙忍不住讚道：「滿園菊花鬱金香，中有孤叢色如霜。手植美色有如天成，此地人傑地靈，不輸南山東籬呢。」大夥兒不知他在說些啥，鄭岐卻是含笑不語。

是夕，胡濙和兩個錦衣衛便借宿於鄭岐家。胡濙進門便見牆上掛了一幅沒有上下款的行草橫幅，上書「孝義傳家」，那熟悉的字跡，胡濙一看便呆了，眼眶也濕了，那是建文帝的親筆呢。胡濙暗忖道：「鄭洽，你引我來看到這四個字，這就是表明身分了。」

飯後胡濙和鄭岐聊開了，胡濙沒頭沒尾地大談五湖四海的見聞，隱約談起尋「仙人」

不遇，鄭岐心中有數，暗道：「胡濙是告知於我，他二十年來負有搜尋建文之責，但聽不出他來意是敵是友，另外兩個隨從定是錦衣衛無疑了。」

鄭岐談了些支提山華嚴寺的事，他談到昔時天冠菩薩以此為道場，有千人大法會的盛事。永樂皇帝即位後，這座古寺突然之間又紅了起來。永樂五年，徐皇后遺命派三寶太監鄭和送來一千尊鐵佛，爾後永樂帝又撥了大把銀子，派了姓周的太監來修大雄寶殿，現在支提寺香火鼎盛，寺運昌隆。

胡濙暗忖：「鄭洽是要告訴我支提寺聖眷正隆，建文不會藏在這裡。但此寺承蒙皇恩愈多，應文法師潛藏這裡就愈是安全。應文若不是藏在這裡，鄭洽幹麼要躲在這裡娶妻生子、種田蒔花，難道真要做陶淵明麼？這須騙不了我。」

兩人拉拉扯扯地談，又夾雜打些暗語，許多話兩個錦衣衛不甚明瞭，便覺有些氣悶，白飛道：「兩位再聊一會，咱們出去走走。」胡濙知這兩人一則聽得無聊，一則要去野外方便。他等兩人離去後，便低聲道：「鄭洽兄，別來無恙。」鄭洽一把抓住胡濙的右手，顫聲道：「胡老弟，你要來捉拿建文？」

胡濙沒有回答，只是嚴肅地盯著鄭洽，他左手反握住鄭洽的手道：「鄭洽，你要信得過我。上頭已經知道有個應文法師在這一帶各寺之間遊走，小弟有一計可以一勞永逸，但現在還不能明告。」鄭洽道：「你若能藉故拖延一番，我明日先上山，要應文離開避難。」胡濙搖頭道：「應文的名字也洩漏了，躲得了一時，躲不了長久。小弟明日上支提寺見機行事……何況，這時拖延不立刻上山，兩個錦衣衛也要起疑。」

鄭洽道：「見什麼機，行什麼事……」屋外已傳來兩個錦衣衛的腳步聲。鄭洽止聲，胡濙打了個哈欠道：「山中無時辰，咱們也該歇下了，好讓主人休息。」鄭岐道：「舍下兩間客房，胡兄睡一間，就委屈兩位壯士擠另一間吧。」白飛和阿蘇巴忙道：「正該如此。」

翌晨胡濙三人辭別主人，鄭岐發覺胡濙房間的桌上留下了一錠大銀，還有一個布包，打開一看，只見布包中有封信，顯然是胡濙夜裡寫了留給他的。展信讀了一半，他的臉色已經漲得通紅，大寒的早晨，額頭竟冒出了汗珠。

胡濙率領兩個錦衣衛走向支提寺，一大片樹林落葉殆盡，枝幹向天交錯，別有一番蒼勁之美。支提寺的主體就在這一大片樹林之後，但是寺牆外植了上百棵蒼松翠柏，襯著磚紅的牆色，十分典雅奪目。

一到寺門口就有知客僧迎出，胡濙上前拱手道：「師父請了，咱們三人來自北京，有極重要的事要尋應文法師，煩請師父引見。」一面拿出一封銀錠，陪笑道：「公事在身，不克先參菩薩，這是香油錢五十兩，就煩師父代交給司帳師父。」那知客僧見胡濙一出手就是五十兩，也不過就是引見一個廟裡僧人罷了，不禁喜孜孜地接過銀封道：「施主放心，小僧立刻便去代繳，香油簿上怎麼個稱呼啊？」胡濙道：「就寫信男弟子胡濙、白飛、阿蘇巴敬獻。」

那知客僧弄清楚了三人名字的寫法，便道：「好極，也是施主的運氣，應文法師乃是本寺備受尊敬的法師，平日宏法講經，極得眾弟子愛戴，昨日才從外頭雲遊回寺，且隨小僧帶路去見……」說到一半，猛然想起這應文法師身分似乎特別，方丈曾叮囑過不可隨便帶陌生人去見他，自己一大早接了五十兩白花花的銀子，一時失察，竟將方丈的叮囑忘了。但話已說出口，一時不知如何轉圜。

總算那知客僧還有一些機智，當下也不驚慌，悶著頭竟把胡濙三人一直帶到了方丈的禪室外，輕敲門報道：「住持方丈，當值知客僧清文有事稟告。」胡濙等三人以為這知客僧帶他們去見應文，不料卻被帶到方丈室來，不禁暗罵這小和尚狡猾。門裡一個清亮的聲音道：「進來說話。」清文進入禪室稟告：「有三位施主說有要緊事，要求見應文法師。」方丈似乎吃了一驚，回答道：「就說應文出去雲遊未歸。」

胡濙已一步跨入，道：「知客師父已告知我等，應文法師昨日回到寺中了。」那方丈回過頭來，狠狠瞪了清文一眼，再回目打量胡濙三人，合十道：「老衲曉云，三位施主何事要尋應文？」胡濙見那方丈曉云禪師一個國字臉，滿面正氣，倒像是個方面官員的氣度，便報了三人名字，也不多話，只從袖中拿出一張敕令，遞給了曉云方丈。曉云看了，臉色微變，便起身道：「既如此，請隨老衲來。」

三人隨方丈走完一條長廊，左側有一間精舍，曉云敲門道：「應文師弟，北京胡濙官人等三人有急事要見師弟。」房內「啊」了一聲，卻不見回話，亦不見應門。

白飛心急，一掌推開禪房之門，不料門裡迎面就立著一個大和尚，似乎正在思考，他一把抓住和尚的手腕，待要細看，忽然掌中受到一股溫和而強大的力道一彈，和尚的手腕已經掙脫白飛的掌握。

白飛吃了一驚，喝聲：「少林內功！和尚，你是少林寺的？」曉云方丈立刻搶著道：「不錯，應文法師是少林寺長期駐錫本寺的高僧，和京師的事向無瓜葛，施主們莫非找錯了人？」曉云方丈起了這個頭，好讓應文順水推舟接下去，但應文並未搭腔，只是雙眼盯著胡潑看，喃喃地道：「胡潑，你是胡潑？」

胡潑朗聲道：「你是應文法師，咱們奉了欽命，要請大駕到北京走一趟。」他話聲才了，白飛和阿蘇巴對望一眼，兩人一左一右同時出招。

應文方才掙開白飛那一抓時，展現了高深的少林內功，是以這兩人同時動手，都施出了十成功力，要想一招得手，將應文拿下。不料這時忽然一人撲在應文身上，大叫道：「不要傷我應文師弟！」白飛和阿蘇巴一人一掌都結結實實打在來人背上，兩大高手全力施為，那人慘叫一聲，翻身倒在地上，七竅流血，顯然活不成了，正是應能。

應文俯身抱住應能，應能已說不出話來，只聽他喉嚨中呵呵發了數聲，便歪頭去了。曉云方丈怒叱道：「佛門淨地，施主在我禪室之中公然殺人，還有天理國法麼？」那白飛只是想一招制住應文，也沒想到是這樣的結果，但聽方丈怒叱，便強硬以對：「什麼國法？咱們手上的敕令便是國法！」曉云道：「汝等不要仗著什麼敕令便耍橫，我支提華嚴寺的寺匾也是永樂帝親書的，你那敕令上只說要帶應文和尚到案，可沒有說支提寺，難道天下和尚成千上萬，別處便沒有法號也叫應文的麼？」

說話之間，阿蘇巴忽施一指點向應文，應文除了內力驚人外，其實不懂武功，他不知如何閃躲，應聲而倒。阿蘇巴這一招內力直貫應文「中樞」穴，三個時辰內雖能行動，但全身功力皆失。阿蘇巴倒沒有想到自己偷襲一招，竟然完全未遇抵抗便已得手，不禁大惑不解，反而退了一步，嚴陣以待。

應文緩緩爬起身來，提了一口真氣，體內卻是一片荒蕪，完全無法凝聚內力，見胡濙坐在矮几對面，他這時反而鎮定下來，便也坐下，昂首直瞪著胡濙，一字一字地道：「你就是胡濙？你就是胡進士？」

胡濙對著應文的目光，竟然感到一陣心虛，暗忖道：「直到目前為止，所有的對話中並未出現『建文』兩字，咱們就心照不宣地把事情鎖定在『應文』兩字上。」他暗思再三，這時已到攤牌的時候了，於是他再度掏出那紙欽命放在桌上，道：「欽命難違。應文法師，你便隨我走一趟北京吧。」

曉云方丈插口道：「胡施主，你弄錯了對象，快去別處尋應文吧，汝等在支提寺行凶之事曉云願意善了，不報官，不追究。」那阿蘇巴是個直性子，粗聲道：「什麼善了不善了，咱得的命令是應文這和尚活要見人，死要見屍，咱先擒了這個應文，別處若是還有叫應文的和尚，就算十個八個咱們都要去擒了。」

曉云方丈轉移目標之計顯然行不通了，胡濙心中又暗暗掙扎了一下，終於下了決心道：

「應文法師，咱們這就啟程吧，莫要連累了支提寺諸多無辜的和尚。」

應文冷靜地思考，冷峻地望著胡濙，搖頭道：「貧僧長駐支提寺近二十年，生為支提之僧，死為支提之鬼，北京城烏煙瘴氣，貧僧是寧死不去的了。」

胡濙聞言並不吃驚，只見他不慌不忙地從袋中拿出一個小瓷碗及一只白瓷瓶，拔開瓷瓶的木塞，倒了一小碗雪白如玉的漿汁，對應文道：「好啊，活要見人，死要見屍，應文既然寧死不去北京，便將這杯白花露喝了吧。」這白漿一出瓶，滿室都是濃郁的清香，氣味高雅沁神，色澤又晶瑩透亮，有如瓊漿玉液，渾不像是毒藥。

應文瞪著胡濙道：「貧僧記得不錯的話，你是建文二年庚辰殿試金榜的進士，江蘇武進的舉子？」胡濙一怔，想不到應文竟還記得自己這些細節，心中激動，險些要熱淚盈眶，但他強自忍住了，嚥了一口口水，啞聲道：「應文，你喝是不喝，不要東拉西扯那許多。」

應文忽地站起身來道：「好，你們稍待片刻……」說完轉身走入內室，白飛立刻跟了過去，防他內室另有出路可以逃離。胡濙只聽到內室悉悉窣窣一陣輕響，然後看到白飛的臉上呈現一種不可思議的驚駭神色，然後，應文從內室走了出來……

只見他頭戴僧冠，身上披了一件金碧輝煌的袈裟，踏著大步走了出來，那件紫衣袈裟上有九條金線織成的金龍，龍張五爪，面料上用真金線構織，其間各種佛法造型、法輪、寶傘、蓮花、瓷瓶，應有盡有。這件袈裟一出場，可真是滿室生輝，尤其是那只有皇室能用的五爪金龍披在應文身上栩栩如生，更顯富麗堂皇。

眾人目眩神搖之下，應文厲聲喝道：「胡濙，你見了太祖高皇帝的袈裟，還不跪下！」胡濙凜然下跪，餘人皆懾其威。應文走到矮几前盤膝坐下，對著胡濙道：「胡進士相逼何太急也？」胡濙支吾不能答，良久才勉力回答一句：「君令如山，不得不從。」應文道：「敢問是那一個君？」胡濙長嘆道：「天無二日，世有貳臣。」

應文聽了便不再理會胡濙，轉身對曉云方丈合十頂禮再三，然後朗聲道：「朱棣啊，你一生包藏禍心、窺竊神器，你能殺遍天下讀書人，卻禁不了世代悠悠之口！」他暗中狂呼：「四叔啊四叔……」然後嘶聲道：「你可以毒殺應文，永遠還是改變不了方孝孺送你的四個字：『燕賊篡位』！」

應文說罷，抓起矮几上的小瓷碗，深深吸了一口幽蘭之香，仰頭將那碗雪白的毒漿喝了下去。他盤膝閉目，心海一片平靜，滿口滿鼻的芬芳，漸漸聽不到外界的聲音了。

一個時辰過了，白飛和阿蘇巴量測了應文的脈搏及呼吸，確認應文已死，兩人對望一眼，對胡濙道：「這和尚死了。」

胡濙命這兩個錦衣衛到門外守住，不准任何人進入，然後湊近曉云方丈，用耳語告訴他：「方丈，應文服下的乃是長效麻醉藥，他『死』後六七日便會甦醒，你用應能的屍體冒充他火化了吧。第七日凌晨，應文的老友鄭岐會在百佛洞口等著接他。」

他說完也不顧曉云方丈驚駭緊張得臉色發青，便逕自跪在應文的屍體前，默默祝禱了一盞茶時間，又在應能的屍體前拜了三拜。

然後他小心翼翼地將應文身上的袈裟脫了下來，又從他的僧袍中取出一張發黃的紙，正是應文和尚的度牒，發牒的是雪峰寺方丈潔庵法師。

曉云方丈低聲道：「你要帶走這袈裟和度牒？」胡濙輕聲道：「應文已死，這些便是證物。」曉云點頭道：「不錯，太祖高皇的五爪金龍袈裟都落入你手，這是應文已死的物證；兩個錦衣衛是人證。」他盤膝坐在應文的對面，開始誦經，誦聲中漸漸透出無比的慈悲之情，令人聞之感動。

大約過了一個時辰，胡濙喚兩個錦衣衛再入室內，冷冷地道：「生要見人，死要見屍。咱們三個是人也見到了，屍也見著了。」他舉起手中那件袈裟及那張度牒，繼續道：「憑這些，咱們回京去交差吧。」

白飛和阿蘇巴點頭稱是，但還是有點不放心，又雙雙上前試了試應文的鼻息，又把了把應文的脈搏，感覺上應文的身體好像已經開始涼了，兩人對望一眼道：「這和尚死透了。」

七日後的凌晨，支提山麓的百佛洞前，鄭洽焦急地踱來踱去，不時向那條通往支提寺的小路張望，四周黑壓壓的，萬籟無聲。

忽然他聽到了腳步聲，只見小路轉彎的盡頭處出現了兩個人影，黑暗中看不清楚面貌。走得近了，鄭洽一陣狂喜，來的兩個僧人，左邊是支提寺方丈曉云大師，右邊竟是應文大師父。

兩人走到百佛洞前，見了鄭洽點了點頭，卻並不說話。兩人相互拜了三拜，方丈道：「應文呀，此去雲遊些日子，待一切平靜了，還是回支提來。此地最安全，因為世上再無應文了。」應文心中暗道：「我離開皇城時，世上便無建文了；今日離開此山，世上便無應文了。」他口中謝道：「方丈師兄說得好，世上再無應文，此後便是『滄海』了。」

滄海法師轉身對鄭岐道：「鄭施主，咱們走吧。」

∞

永樂二十一年十一月，朱棣第四次北征班師回京，在離京師不到四百里的宣府重鎮，大軍歇息過夜。黑夜中朔風呼嘯，軍營森嚴，除了刁斗報時之聲，偌大一片營地幾乎是鴉雀無聲。

這時一個校尉帶了一個年約四五旬的文士，走近營地中最大的一座帳篷，帳前兩個軍官侍衛執戈攔住，低聲喝道：「站住，重地不得進入！」那校尉道：「這位胡大人從南方來，有要事急稟皇上。」那兩個侍衛道：「皇上已就寢，有事明日再報吧。」胡濙道：「皇上有命在先，凡我的報告不分時辰，隨到隨傳。」其中一個位階較高的侍衛重新打量胡濙一眼，行了一禮道：「來的可是禮部的胡侍郎？」胡濙道：「正是在下。」那軍官道：「請稍待，俺來通報。」

朱棣的大帳前有兩層帳幕，是以內部隔音甚佳，必須進入第一層帷幕內通報，裡面才聽得見。此時朱棣已經就寢，聞得胡濙求見，立刻著衣召入，命侍衛深閉帳門，所有軍士全部退到帳外，嚴禁任何人靠近。

胡濙呈上太祖朱元璋的五爪金龍袈裟和應文的度牒，朱棣仔細詢問細節，胡濙的回答令他滿意。胡濙辭出時，營地正響四鼓，朱棣安心入睡了，睡得香甜。

胡濙上馬出宮，也是滿心的輕鬆，抬頭看了看北國四更天的星空，想到自己為尋建文這件事，付出了十六年寶貴的青春，思之著實辛酸，但總算得到意料之外的圓滿結局。他暗忖道：「從此朱棣可以抱著他奪來的江山高枕無憂，而建文可以自由自在地擁抱真實的錦繡河山和大好人間。」

適才與朱棣細談時不覺汗流浹背，這時朔風吹來，不禁打了個寒噤，他勒馬從馬背行囊中掏出一件羔羊皮襖加在身上，然後縱馬南行。這時他心中感慨萬千，建文在燕軍包圍之下離宮出亡，在朱棣偵騎四出、海內外搜尋之下，二十年來居然安然無恙。他不禁想：「常言道紙包不住火，這件天下最大的秘密靠著知曉其事的十多人的絕對忠誠，居然能嚴守二十年，從今以後將成為永久的秘密。」不禁喟然讚歎。

其實，胡濙所知有限，建文的秘密知道內情的共有三十九人，這三十九人以忠誠捍衛此密，直到他們離開人世時，將這秘密也一道帶離人間。

尾聲

一百多年過去了，大明朝已傳到第十三個皇帝萬曆。萬曆帝朱翊鈞十歲登基，國政落在首輔大臣張居正的肩上。

萬曆八年，首輔張居正在廷上和初親政的皇帝一同處理完政事，朱翊鈞把張居正留下說話。張居正道：「皇上天縱英明，自幼飽讀聖賢之書，如今親政，天下臣民無不仰頸期盼一個盛榮清明的『萬曆之治』。以老臣觀之，皇上必可不負皇太后及全天下百姓的厚望。」

朱翊鈞微笑道：「多年來承首輔悉心處理國事，十年無一日休息，真可謂鞠躬盡瘁，而處理政事之餘還要做帝師，朕與太后著實感激不盡呢。今日留下首輔，是朕夜讀我朝史料，有一事甚覺不明，要向首輔請教。」

對萬曆而言，張居正既是兩朝老臣，也是宮中師傅，他權傾天下，對萬曆的課業亦極為嚴格，主要是仗著李太后對他信任有加。皇帝自幼對他即是敬畏參半，如今小皇帝親政了，君臣之間的互動關係進入了全新的階段，考驗才剛開始呢。

張居正躬身道：「皇上讀我朝歷史有疑問，正言解說乃是臣之職責，就請皇上提問吧。」

朱翊鈞問道：「朕讀到『靖難之役』這一段，對建文忠臣的下場甚感憐惜。當時的大臣頗有一些人刀斧臨頸，鼎鑊當前，不屈就是不屈，甚至遭凌遲滅族也義無反顧，且不論百多年前的是非對錯，只這史實已顯示大臣們展現何等的忠義氣節。這種忠臣，如今我朝還有麼？」

張居正暗中吃驚，他回想這個小皇帝登基的那一年，便曾問過建文忠臣的後人如何除罪的問題，那時是他和李太后仔細商量之後，決定修建一間祠堂，祭祀建文朝的忠臣，並逐年赦免或撫卹這些忠烈的後人；一方面是展現新皇的仁心大度，另一方面靖難之役畢竟已過了一百多年，做些平反的事較不再有爭議，而弘揚忠君義節，卻是對亂世的治理大有匡益。不料事過數年，萬曆初次親政，居然又重提舊事，看來朱翊鈞對建文帝有很大的同情。老謀深算的張居正暗道：「在這件事上頭，老夫說話可要小心些才好。」

他起身拜道：「萬曆元年，皇上那時才十歲，竟然提及建文朝的忠臣應予撫卹，委實令老臣驚歎皇上的智慧。從那時候起，咱們上體聖心，在全國各地的戍邊之鎮、刑獄典籍及寺廟中，查明當年因效忠建文而被充軍、罪罰或被迫出家之人的後代，甚至到勾欄妓戶中去查那些人的女眷後代，逐年讓彼等返回原籍，那些罪人及其親友們都盛讚聖上的仁政呢。這些事蹟對激勵忠義之氣，應該有些用處的。」

他又暗忖：「當年皇上只十歲，他問這問題或許是出於童稚的同情心，如今皇上已經親政，他又舊事重提，那便不是單純的慈悲心了。皇上定是深感世道不古，今不如昔，臣子中忠義之士日漸凋零，年輕一代的佼佼者不是汲汲於名利，便是熱中於玩弄權勢。皇上關心的不只是建文忠臣後人的平反，他要的是突顯那個時代的真相和歷史正義，以激勵忠臣義士為國效力啊！」

果然萬曆續問道：「那麼黃子澄、齊泰、方孝孺他們的後人都撫卹了麼？」張居正答道：「啟稟皇上，這幾位全族被殺，甚至九族遭滅，其後人過了百多年實不易尋得，但在名義上都平反了，至少也除罪恢復了庶人的身分。」

萬曆沉吟了一會，緩緩地道：「然則建文在位的四年竟然不存在於我朝正統之中，建文的四年改為洪武紀元的延續，此事首輔覺得妥當麼？試想，建文之事雖然發生於百多年前，至今民間稗官野史、戲本說部之中無不津津樂道，甚至以訛傳訛，豈是朝廷可以永遠一手遮天的？數百年後，讀史者讀到我洪武太祖殯天已四年，朝廷仍在洪武紀年之中，豈不荒謬可笑？」

張居正臉色一變，他以半帶喝止的口吻道：「皇上慎之，此事涉及祖宗法統，皇上千萬慎之！雖然皇上所言極有道理，惟如此大事，欲做任何改變，須謀定而理順，與後宮中太后、朝廷中重臣有共識後動之，方能水到渠成。此刻皇上方始親政，萬萬不可造次。」

萬曆又想了想，輕嘆了一口氣道：「照首輔的說法，所有建文忠臣之後都已獲得照顧平反了，朕卻覺得只有一人沒有平反。」張居正知他之意，卻不敢接口。萬曆見他不答，便自己接著道：「就是建文帝本人。」

張居正再拜卻不敢言，但等於對此語默認了。萬曆緩步走到書桌後一個檀木方櫃前，掏出一把銅鑰，親自將鎖打開，一面道：「目前既然不能恢復建文的年號，朕還有一法，可以為建文帝平反……」說著從櫃中拿出一方摺疊得整整齊齊的雲錦，對滿面驚訝的張居正道：「這是我高祖洪武帝遺賜建文帝的雲錦袈裟，便是建文為我大明正統的證物。首輔，你著人將這件東西送回福建寧德支提山的華嚴寺，建文便獲得平反了。」

他雙手執著那方雲錦，一抖開，只見一件金光燦爛的袈裟呈現在張居正的眼前，袈裟上的金龍探出五爪，像在祥雲中遨遊。（全書完）

二〇一三年歲次癸巳十月廿三日午夜

後記

二〇〇八年，福建寧德上金貝發現了一座古墓，由於其格局特殊，座基採明十三陵中明長陵（明成祖永樂帝陵）的相同座向，雕飾多仿明皇陵規格，因此有學者及文史工作者認為，此古墓是建文皇帝的陵墓。

該古墓無碑文，墓前有舍利塔一尊，塔上刻有「御賜金襴佛日圓明大師第三代滄海珠禪師之塔」二十個字。如果照文史工作者的解讀，「佛日圓明大師」是指明太祖朱元璋，「第三代」是皇孫，「珠禪師」是朱姓禪師的諧音，那麼這個塔文應該是指：墓中的主人乃是有明太祖御賜金龍袈裟的皇孫，法名叫「滄海」的朱姓禪師。而建文帝削髮為僧最終的法名，就是滄海法師。（見彩圖頁Ⅱ～頁Ⅲ）

二〇一〇年三月二十三日，浙江浦江縣鄭宅鎮鄭義門村舉行盛大的祭典，迎接失蹤了六百年的族人鄭洽及其後裔認祖歸宗。鄭洽是鄭義門第八代世孫，一四〇二年「靖難之變」後就失去蹤跡；而在福建寧德「鄭岐村」的祖宗鄭岐，卻經學者考證，認定就是建文朝中的翰林侍詔鄭洽。

鄭洽失蹤後的數百年間，「鄭義門」二十六族祭祖時只敲二十五響，外加半聲輕響，因為鄭洽這一支家人從缺；二〇一〇年這一次祭祖大典中，鄭義門村的祠堂終於敲滿了二十六響，宏亮的鐘聲彌補了「鄭義門」六百年的遺憾。

浙江浦江「鄭義門」有明太祖朱元璋頒賜「江南第一家」之匾，以表揚鄭氏家族「九世同居」的忠孝仁義。相傳靖難之變後，建文帝曾潛藏於此，現仍有「大明建文老佛神位」、「老佛爺」神像等遺跡，並有一口「建文井」，相傳是建文逃亡躲藏追兵時藏身的枯井。有趣的是，鄭氏村人至今仍保有「一步一磕頭」的舞龍燈風俗。（見彩圖頁IV～頁VII）

而福建寧德「鄭岐村」就坐落於支提山華嚴寺的附近。全村的建築風格與閩東迥異，村中供奉「老佛爺」，與浦江「鄭義門」如出一轍；其古宅木柱上刻有對聯，語句多似出自浦江鄭義門《鄭氏規範》之家訓，亦有「九世同居孝義家」之嘉言；村前的「鄭宅井」似與鄭義門「建文井」一脈相傳；鄭岐村的鄭氏族譜取名為《白麟譜》，是不是鄭岐（即鄭洽）心懷故鄉鄭義門的「白麟溪」？（見彩圖頁VIII）

附近的支提華嚴寺與明永樂五年發生的三件事有關：其一，寺中有永樂五年明成祖朱棣親書「華藏寺」匾額；其二，欽差太監周覺成送匾來後，就留在支提寺監修寺中的大雄寶殿；其三，寺中藏有明代木刻「支提寺全圖」，此木刻在文革期間被當作豬圈板使用，以致多所損壞，現今拓片中仍可見「仁孝皇太后體坤德以資化恩隆三寶」、「聖像鑄千尊」、「鄭和」等字樣，被認為是明成祖永樂五年徐皇后鑄千尊菩薩命鄭和運送到支提寺的證據。

那一千尊鐵鑄的天冠菩薩，至今仍有九百四十七尊存於支提寺內。（見彩圖頁IX～頁XI）

寧德支提寺中珍藏著另一件明代的寶物，便是一件雲錦袈裟。這件珍貴的雲錦袈裟的正上方及中央，分別有九條及五條「五爪」金龍，被認為暗藏「九五之尊」的意涵，據說明朝時只有皇帝、皇后才能用「五爪」龍飾。《支提寺圖志》記載此一袈裟為明萬曆帝所賜，但是當代專家學者考證，認為此雲錦大量用金、緙絲技術和本色暗花之色彩，是明初南京雲錦技術的特徵。（見彩圖頁XII）

那麼，它究竟是明初洪武年間或是明晚期萬曆年間的產品呢？也就是說，這件雲錦袈裟究竟是不是朱元璋遺留給建文的那件袈裟呢？本書的〈尾聲〉提供了一個答案。

國家圖書館出版品預行編目資料

王道劍／上官鼎著 .-- 初版 .-- 臺北市：遠流 , 2014.04-2014.05
面； 公分 .–
ISBN 978-957-32-7364-6（第 1 冊：平裝）--
ISBN 978-957-32-7365-3（第 2 冊：平裝）--
ISBN 978-957-32-7366-0（第 3 冊：平裝）--
ISBN 978-957-32-7367-7（第 4 冊：平裝）--
ISBN 978-957-32-7368-4（第 5 冊：平裝）--
ISBN 978-957-32-7369-1（全套：平裝）

857.9　　103001847

O1305
王道劍〔伍〕
王道無敵

作者：上官鼎
插畫：上官鼎
出版四部總編輯暨總監：曾文娟
資深主編：鄭祥琳
副主編：沈維君
助理編輯：江雯婷
企劃：王紀友
特別感謝：福建省寧德市蕉城區《龍隱寧川》編輯委員會提供圖片

發行人：王榮文
出版發行：遠流出版事業股份有限公司
地址：臺北市南昌路二段 81 號 6 樓
電話：（02）2392-6899　傳真：（02）2392-6658
郵撥：0189456-1

著作權顧問：蕭雄淋律師
2014 年 5 月 5 日　初版一刷
2021 年 2 月 5 日　初版十二刷
定價：新台幣 280 元（缺頁或破損的書・請寄回更換）

ISBN　978-957-32-7368-4

遠流博識網
http://www.ylib.com　E-mail: ylib@ylib.com